Tanja Weber

Oberland

aufbau

Tanja Weber

OBERLAND

Postbote Stifter ermittelt

Kriminalroman

aufbau

FSC
www.fsc.org
MIX
Papier aus verantwortungsvollen Quellen
FSC® C083411

ISBN 978-3-351-03521-1

Aufbau ist eine Marke der Aufbau Verlag GmbH & Co. KG

1. Auflage 2013

Satz LVD GmbH, Berlin
Druck und Binden CPI – Clausen & Bosse, Leck
Printed in Germany

www.aufbau-verlag.de

Etwaige Ähnlichkeiten mit lebenden
oder bereits verstorbenen Personen wären rein zufällig.

Ihr habt die Rechnung ohne uns gemacht!
Was ich ersann, gar bald ist's getan,
Es reift unser Racheplan,
Racheplan, Racheplan!

Carl Millöcker, Der Bettelstudent

1.

Stifter bremste so abrupt, dass der Hinterreifen seines schwer beladenen Rades ausriss, der Kies zur Seite spritzte und eine lange Bremsspur den darunterliegenden Waldboden freilegte. Mit dem linken Bein stützte er sich ab, während er mit beiden Händen den Lenker umfasste und dadurch vermied, dass sein Rad mit den schweren Posttaschen zur Seite kippte. Dann klappte Stifter den stabilen Ständer herunter und ging ein paar Schritte zurück zu dem Krötenpärchen. Das dicke Weibchen kauerte fest an den Boden gepresst auf dem Kies und pumpte schwer. Das deutlich kleinere Männchen klammerte sich an ihr fest und wirkte bereits vertrocknet, so welk war die pockige Haut auf seinem Rücken. Stifter sah das Paar einige Minuten lang an, um zu prüfen, ob sie imstande waren, sich selbst aus der sengenden Sonne zu retten, entschied dann aber, dass die Tiere nur noch eines tun konnten: ergeben auf den Tod warten. Er nahm die fest miteinander verbundenen Kröten hoch, setzte sie auf seinen rechten Handteller und schützte sie mit den Fingern seiner Linken. Dann ging er in den schattigen Wald hinein. Er wusste, dass der kleine Weiher nur wenige Meter von der Stelle, an der die Kröten das Wandern aufgegeben hatten, entfernt war. Kein Weg führte zu dem eingewachsenen Tümpel hin, der sich tief ins Unterholz des Mischwaldes duckte. Hohe, dünne Gräser umgaben ihn, so dass es fast unmöglich auszumachen war, wo sich die Ränder des Wassers befanden. Unter den Schuhen des Postboten schmatzte der Morast. Als der dunkelbraune Schlamm ihm fast bis zu den Knöcheln reichte, bog Stifter die Gräser auseinander und bückte sich. Die Kröten hatten steif auf seiner Hand ausgeharrt, hatten keine Anstalten gemacht, davonzuspringen. Dafür waren sie zu erschöpft, er hatte es am Herzschlag des Weibchens, der nur noch ganz schwach gewesen war, durch die kühle glatte Haut spüren können. Aber sie lebten noch. Denn als er in der Hocke die rechte Hand ausstreckte, sprangen die Kröten gleichzeitig zu beiden Seiten von seiner Hand in das schwarze Moorwasser. Stifter betrachtete die dunklen Ringe, die das Wasser um die Einsprungstelle der Kröten bildete. Still und ruhig schwappten sie an seine Fußspitzen. Dann tauchten die Augen des Weibchens auf und fixierten ihn. »Schönen Tag noch«, sagte Stifter und lächelte.

Er ging zurück zu seinem Fahrrad und setzte seine Runde fort. Obwohl er die Kröten vor dem sicheren Hitzetod bewahrt hatte, war er beunruhigt über ihr Verhalten. Die Zeit der Wanderungen war vorbei. Es war Mitte September. In dieser Jahreszeit sollten die Kröten unter den feuchten Blättern des Waldes liegen, eingegraben in den Waldboden, und sich auf den langen Winter vorbereiten. Die Paarung und Wanderung waren vorbei. Stifter wusste das, weil Rubina Lanz, die jüngste Tochter seiner Vermieter, im Frühjahr jeden Abend losgezogen war, um mit Taschenlampe, Handschuhen und Eimer Kröten zu retten. Sie hatte sie über die stark befahrene Straße getragen, die den Saum des Waldes vom Weiher trennte und für die Kröten auf ihrem Weg in ihre Laichgewässer eine tödliche Gefahr darstellte. Stolz hatte Rubina bei ihrer Rückkehr die Erfolgszahlen präsentiert und sich von ihren älteren Geschwistern für ihr naturschützerisches Engagement aufziehen lassen müssen. Stifter würde Rubina heute Abend fragen, was es damit auf sich hatte, dass ein Erdkrötenpärchen im späten Sommer auf Laichwanderung ging. Ein Irrtum der Natur? Ein trauriger Versuch des Paares, eine zweite Laichzeit einzuläuten? Oder vielleicht einfach nur Degeneration durch Umweltgifte.

Auf dem schönen sonnigen Sommertag lag plötzlich ein Schatten. Stifter bog hinter den Sportplätzen des Schulzentrums in die Chamisso-Straße ein und begann seine Tour.

Er hatte es sich in der Zeit, in der er nun in Lohdorf, Oberbayern, wohnte, angewöhnt, auf dem Weg vom Postamt bis zum Ausgangspunkt seiner Tour den Pfad durch das Wäldchen zu nehmen. Er hätte ebenso gut quer durch das Villenviertel fahren können, durch die kleinen gebogenen Straßen, die an hochherrschaftlichen Bauten vorbeiführten. Auch das wäre ein schöner Weg ohne allzu viel Autoverkehr gewesen. Aber Stifter liebte den Schlenker durch den Wald. Hier begegnete er nur selten einem Menschen, manchmal einem Spaziergänger, aber die beruhigende Atmosphäre von Vogelstimmen, Blätterrauschen, dem Geruch des immer feuchten Unterholzes und dem Geräusch, das die Räder auf dem Kies erzeugten, versetzte ihn in genau die kontemplative Stimmung, mit der er den Tag beginnen wollte. Im Geiste rechnete Stifter auf diesem Weg hoch, wie lange er für die Tour brauchen würde. Er hatte die Post im kleinen Amt von Lohdorf sortiert und, wie es für seinen zwanghaften Charakter typisch war, gezählt. Er wusste, wie viele Sendungen er in welcher Straße austragen musste. Er wusste ebenfalls, ob die zeitraubenden Adressen dabei waren. Im Falle seiner Tour, die ihn von der Chamisso- durch die Adalbert-Stifter-Straße, den Brentanoweg über den Novalisplatz bis zur Wettersteinstraße führte, waren das weniger die Mehrfamilienhäuser mit den unzähligen Briefkästen als vielmehr Grundstücke, deren Briefkästen gut versteckt hinter einer langen Auffahrt lagen. Oder Bewohner, die zu prominent waren, um ihre Namen an das Klingelschild zu schreiben. Oder sich zumindest für zu prominent hielten. Oder Wachhunde hatten, die mit ihren gefletschten Zähnen nach ihm schnappten, wenn er es wagte, die Post in den Briefkastenschlitz zu schieben, und seine Hand nicht schnell genug zurückzog. Aber er hatte hier keine Plattenbauten, im Gegensatz zu Germerow, wo er noch letztes Jahr als Austräger tätig gewesen war. Oder wie in Französisch-Buchholz in Berlin, zu Beginn seiner Arbeit als Briefträger. Hier, in Lohdorfs bestem Viertel, gab es nur Ein- oder Zweifamilienhäuser, schlimmstenfalls Doppelhaushälften. Nicht einmal Reihenhäuser. Hier oben wohnte man für sich. Allerdings war die Architektur durchmischt und bot ein buntes Bild. Villen vom Beginn des neunzehnten Jahrhunderts, mit schweren Schindeldächern und Stuckbordüren über dem hölzernen Entree, oftmals verborgen hinter dichtgewachsenen Wildfruchthecken, standen Schulter an Schulter mit kleineren Siedlungshäusern aus den dreißiger bis fünfziger Jahren. Auch diese befanden sich auf lang hingestreckten Grundstücken, häufig mit Obstbaumbestand, Johannis- und Stachelbeerhecken. Eine Lehre aus der Zeit während und nach dem Krieg, als auch die Bewohner dieser Häuser sich um Lebensmittel sorgen mussten. In den siebziger und frühen achtziger Jahren folgte der mondäne Bungalowbau. Weiße, minimalistische Gebäude, flach geduckt zwischen Koniferen, umgeben von schweren Zäunen aus dunkelgebeiztem Holz. Gekieselte Dächer, schmale

Fenster, die Sauna im Souterrain mit Ausblick auf den Ziergarten. Neu hinzugekommen waren die eckigen Holz-Glas-Kuben, umrandet von Edelholzveranden, die von der breiten Doppelgarage zum japanischen Koi-Teich führten.

Regmaiers bewohnten so einen Architekten-Kubus, und sie waren der dritte Haushalt auf Stifters Tour. Herr und Frau Regmaier waren erst kürzlich nach Lohdorf gezogen, das Haus wirkte fast noch unbewohnt, der Garten war eine Erdwüste. Die Kinder der Regmaiers spielten ausschließlich auf der Holzterrasse, denn dort standen zwei große Plastikautos, die den VW Beetle nachbildeten. Stifter, der das Haus der Regmaiers des Öfteren zum immer gleichen Zeitpunkt anfuhr, kam auch dieses Mal gerade wieder dazu, wie Herr Regmaier seine Frau umarmte, die beiden kleinen Jungs küsste und sich dann mit seiner Aktentasche zur Doppelgarage begab. Er hatte das Tor bereits per Funk geöffnet, jetzt schwang es sanft nach oben und gab den Blick auf den bronzefarbenen Porsche Cayenne frei. Herr Regmeier warf die Aktentasche auf den Beifahrersitz, glitt rückwärts die Auffahrt hinunter, winkte seiner Familie und gab dann Gas. Schnell entfernte sich der schwere Wagen durch die stillen Straßen des Viertels. Frau Regmeier zog die Buben ins Haus, schloss die Tür hinter sich, und Stifter fuhr weiter zu den nächsten Grundstücken. Augenthaler, Seifert, Kunz. Es war ein Montagmorgen und alle Welt unterwegs. Die Kinder in Schule und Kindergärten, die Werktätigen in der Arbeit. Hinter den Fassaden der Häuser und auch auf den Straßen regte sich nur wenig Leben. Ein vereinzeltes Auto dann und wann, eine alte Dame, die ihren Pinscher ausführte, eine junge Frau mit Kinderwagen. Mehr Leben fand nicht statt, aber Stifter empfand das weder als langweilig noch als bedrohlich, er genoss den Frieden.

*

Die Rippen des alten Heizkörpers schnitten in seinen Rücken. Wenn er die Muskulatur anspannte, hielt er es aus, aber er trieb das Spiel nun schon so lange, dass die Muskeln zu zittern begannen, wenn er versuchte, sie hart zu machen. Er konnte sich hinlegen, auf den Rücken, auf die linke Seite, auf den Bauch. Aber er lag seit vielen Stunden auf dem kalten Betonboden, hatte sich gedreht, jede erdenkliche Position ausprobiert. Gebuckelt, mit dem Kopf zwischen den Knien. In der Hocke hatte er gekauert. Aufstehen war zwecklos, sein rechtes Handgelenk war unten an den Heizkörper gekettet, er konnte sich nicht aufrichten. Nun versuchte er also zu sitzen. Nach wie vielen Stunden Gefangenschaft? Er hatte keinerlei Orientierung, welche Zeit vergangen war, seit er sein Büro verlassen hatte. Es war Freitagnachmittag gewesen, das wusste er. Gegen fünf. Kaum jemand war noch in dem Tower unterwegs gewesen, die unzähligen Büros, Gänge, Flure waren wie leergefegt, die Börse war bereits geschlossen. Mit einem guten Schnitt hätte er ins Wochenende gehen können. Aber für ihn hatte es kein Wochenende gegeben. Ihm war das Zeitgefühl schon vor seiner Entführung abhandengekommen. Vielleicht war es deshalb so schwer für ihn, jetzt die Zeit zu rekonstruieren. Er lebte nicht nach der Uhr. Und nach welcher Zeit hätte er sich richten sollen? MEZ? WEZ? OEZ? UTC wohl noch am ehesten. Er war ständig wach und driftete zwischen den Zeitzonen der jeweils geöffneten Märkte. Der Geldmarkt arbeitete immer, und er hatte es sich angewöhnt, im Büro Minutenschlaf zu halten. Die Stunden, die er wöchentlich in seinem Appartement verbrachte, in seinem Bett, konnte er an einer Hand abzählen. Das Bett besaß er nur, weil er die Dachterrassenwohnung möbliert gekauft hatte. Es hatte ihm gefallen, einen guten Deal mit der Maklerin zu machen. Das war alles, was zählte. Was gezählt hatte, in seinem bisherigen Leben. Nun gab es ein neues Leben, und er war darin bloß eine Schachfigur. Er hatte es nicht gewählt und hatte nichts darin zu bestimmen. Anfangs hatte er gegen den Heizkörper geschlagen, in der Hoffnung, dass der Schall durch die Leitungen wandern würde und so jemand auf ihn aufmerksam werden könnte. Bis er gemerkt hatte, dass der Heizkörper abgeklemmt war, an kein Rohrleitungssystem angeschlossen. Er drehte sich auf die andere Seite des Heizkörpers. Hier konnte er den Rücken an die Wand pressen, aber diese Position war auf Dauer ebenfalls unangenehm, denn er musste, wenn er so saß, den rechten Arm quer über seinen Vorderkörper führen, die rechte Schulter verdreht, wenn er sich nicht schmerzhaft ins Handgelenk schneiden wollte. Die Handschellen, mit denen sie ihn angekettet hatten, hinterließen bereits einen rotgescheuerten Rand auf seinem Handgelenk, bald würde der rote Ring wund werden. Er schloss die Augen und konzentrierte sich. Mental war er unschlagbar. Diese Situation würde er überwinden. Er musste wieder die Kontrolle über sein Leben zurückgewinnen. Seine Gegner waren momentan im Vorteil, aber sie waren schwach. Er atmete tief durch die Nase ein, die Luft blähte seinen Brustkorb, und er lächelte. Sie hatten Angst. Das machte sie klein. Er hatte keine Angst. Er würde hier rauskommen. Und dann würde er sie fertigmachen.

*

Um elf gönnte sich Stifter eine kleine Pause. Er verließ seine Route – er hatte dann gerade den Brentanoweg abgearbeitet –, radelte zu der kleinen Bäckerei am Novalisplatz, bestellte sich eine Butterbreze und einen Kaffee und setzte sich vor die Bäckerei in die Sonne. Die Breze war, wie sie sein musste, außen dunkel und knusprig, mit hageligem Salz, innen fluffig weich. Nicht so wie das labberige Gebäck, das einem auf den Berliner S-Bahnhöfen angeboten wurde. Da hatte er nie eine Breze gegessen, das waren eben auch Brezeln und keine Brez'n. Er hatte in seinem achtundvierzigjährigen Leben keinen großen Wert auf Essen gelegt, war kein Freund von Fast Food, und auch der Trend zur Edelkulinarik war an ihm vollkommen vorbeigegangen. Er konnte kein Interesse für Trüffelöle, alten Essig und Biohonig aus den Anden aufbringen. Aber seit er in Bayern war, hatte er Appetit bekommen, lebte weit weniger asketisch als all die Jahre nach seinem Auszug von zu Hause. Der Geruch, der aus der Bäckerei strömte, das frische Holzofenbrot mit der Butter, die er beim Milchbauern nebenan kaufte, die Mittagsgerichte, die der junge Mann beim Metzger an der Essenstheke zubereitete: Leberkäs, Krautsalat, Maultaschen – all das hatte seinen Geschmackssinn reaktiviert, ihm das Wasser im Mund zusammenlaufen lassen. Stifter hatte in Bayern angefangen zu essen. Und jetzt, im Sommer, hatte er, der überzeugte Weintrinker, auch noch begonnen, das kühle Helle schätzen zu lernen.

Stifter spülte den letzten Bissen Breze mit dem Kaffee hinunter und brachte den Steingutbecher zurück zu der freundlichen Verkäuferin, die ihn bereits mit Namen kannte. Dann schwang er sich auf sein Postfahrrad und setzte seine Tour fort. Die Sonne stand jetzt hoch am Himmel, und Stifter überlegte, was er mit dem Rest des schönen Tages anfangen sollte, der versprach, glutheiß zu werden. Er hatte sich angewöhnt, zu einem der vielen umliegenden Seen zu fahren. Mit seinem Privatrad, auch dies eine neue bayerische Errungenschaft, oder der S-Bahn, die bequem zu allen Seen des bayerischen Oberlandes führte. Oder er würde im Wald spazieren gehen. Hinter Lohdorf, das an den Landkreis der Stadt München grenzte, war die Stadt definitiv zu Ende. Hier begannen die weitläufigen Wälder, die, wenn man ihren Pfaden folgte, bis zu den Ausläufern der Alpen reichten, sogar hinüber nach Österreich. So weit war Stifter noch nicht gelaufen, aber er konnte sich vorstellen, eines Tages einfach loszugehen, mit Wanderstock und einem Rucksack und über die Alpen nach Italien zu wandern. Dort würde er sich in Bozen oder Meran ein Hotelzimmer nehmen, drei Tage schlafen und mit dem Zug über den Brenner wieder zurückfahren. Ein Traum. Eines Tages würde er ihn verwirklichen.

Am Grundstück der Damen von Rechlin stellte Stifter sein Rad neben den Holzzaun und holte das eigenhändige Einschreiben für Annette von Rechlin aus der gelben Tasche. Es war vom Amtsgericht, und in der Regel verhieß diese Art von Einschreiben nichts Gutes. Jedenfalls nicht bei Menschen wie den beiden Frauen, die hier wohnten. Mutter und Tochter, adlig und augenscheinlich von der Welt vergessen. Die von Rechlins bewohnten eine große Villa, die vermutlich aus den späten siebziger Jahren stammte, im Landhausstil errichtet war und, ebenso wie das große Grundstück, auf einigen Reichtum schließen ließ. Hier oben auf dem Hügel, in exklusiver Villenlage, wären einem Investor die zweitausend Quadratmeter Grund mit altem Baumbestand Millionen wert. Das Haus der von Rechlins würde abgerissen werden, es war ein großer unzeitgemäßer Klotz. Zwei ausladende Etagen mit rundumlaufenden Balkons, einer großen Terrasse mit wuchtigem Außenkamin und ein stillgelegter Pool im Garten – diese schlafende Immobilie würde kein neuer Bewohner mehr wachküssen. Es schien, als hätten die beiden Damen, Annette, die Tochter, und Gudrun, die Mutter, selbst vergessen, dass sie dieses Haus bewohnten. Die steinerne Terrasse schimmerte grünlich von dem sie überwuchernden Moos. Das Laub der großen Eichen und Kastanien im Garten wurde nicht gerecht, sondern vergammelte auf dem verkarstenden Rasen und verstopfte die Regenrinnen. Die wuchtige Sitzgarnitur aus Tropenholz auf der Terrasse wurde weder genutzt noch abgedeckt, sondern war der Witterung schutzlos ausgeliefert und verblasste, das Holz war grau und rissig. Die Klingeln klemmten, das Gartentor quietschte, und zwischen den Steinen vor der Garage wuchs das Unkraut meterhoch. Die Klingelschilder am Pfeiler des Gartentores wiesen drei Bewohner aus: neben Gudrun und Annette von Rechlin auch noch Volkmar von Rechlin. Ob es sich um den Ehemann der Mutter oder Tochter handelte, wusste Johannes Stifter nicht, aber er wusste, dass es den einzigen männlichen Bewohner hier nicht mehr geben konnte. Er hatte in dem halben Jahr seit seiner Arbeitsaufnahme in Lohdorf keine einzige Sendung für ihn gehabt. Und das stark vernachlässigte Anwesen ließ nicht darauf schließen, dass es hier einen Mann im Haus gab, der sich verantwortlich für die Pflege desselben gefühlt hätte. Gudrun von Rechlin war zu alt, um diese nötigen Arbeiten zu übernehmen, Stifter schätzte die rüstige Dame mit den langen schlohweißen Haaren auf über achtzig. Ihre Tochter Annette, vermutlich um die fünfzig, stand mit ihrer gepflegten Erscheinung in starkem Kontrast zu der Verwahrlosung.

Wenn er sie zu Gesicht bekam, trug sie stets Weiß, mit ihren hellen Baumwollhosen und den weißen Slippern hatte sie die Ausstrahlung einer Ärztin. Die Perlenkette um ihren Hals und die goldenen Ohrringe verliehen ihr eine dezent luxuriöse Note. Allerdings roch sie manchmal überaus stark nach Pfefferminz und Eau de Toilette.

Er klopfte mit harter Faust an die schwere Holztür. Niemand öffnete, auch nicht, nachdem Stifter etwas heftiger nachgelegt hatte. Er drehte auf dem Absatz um und wollte soeben eine Nachricht für Annette hinterlassen, dass sie sich das Einschreiben auf dem Postamt abholen könne, als sich oben, im Dachgeschoss, ein kleines Fenster öffnete. Gudrun von Rechlin steckte den Kopf durch das Fenster, und ihre weißen Haare fielen herab wie die einer alt gewordenen Rapunzel, die kein Prinz jemals aus ihrem Turm gerettet hatte. Misstrauisch rief sie Stifter an und fragte ihn unfreundlich, was er wolle. Johannes Stifter schwenkte das Einschreiben, und als Antwort knallte die alte Dame das Fenster kommentarlos zu. Unschlüssig, was nun passieren würde, harrte Stifter an Ort und Stelle aus, und tatsächlich öffnete sich die große Holztür kurz darauf. Eine große graue Strickjacke hatte sich die Alte um den schmalen Körper gewickelt, was ihre Zerbrechlichkeit eher unterstrich denn verhüllte.

»Geben Sie her!«, ungeduldig streckte Gudrun von Rechlin die altersfleckige Hand nach dem Einschreiben aus.

»Tut mir leid, Frau von Rechlin«, sagte Stifter, »aber das ist ein eigenhändiges Einschreiben, das kann nur Ihre Tochter in Empfang nehmen.«

»Schmarrn«, entgegnete die Alte und blickte ihn missbilligend an. Sie hatte klare blaue Augen und ein feingeschnittenes Gesicht, das nicht zu ihrem harschen Ton und der ruppigen Umgangsweise zu passen schien. Man konnte ihr ihre adlige Herkunft ansehen, aber auch Zeichen von Verwahrlosung entdecken. Gesicht, Haare und Hände waren sauber und gepflegt, ihr Rücken durchgedrückt. Aber die Kleidung war verschlissen, die graue Strickjacke, Cashmere vielleicht, war aus der Form geraten, ausgebeult, mit Fusseln übersät. Die ledernen Hausschlappen waren an der Seite aufgeplatzt, und die Hose, die sie unter dem langen Strickschlauch trug, sah aus wie die eines Mannes. Die Hosenbeine waren hochgekrempelt und gaben den Blick frei auf weiße, magere Waden. Erneut streckte die Alte ihre Hand aus und forderte Stifter damit wortlos auf, ihr das Schreiben an ihre Tochter auszuhändigen, aber Stifter blieb hart. Er sah ihr in die Augen und schüttelte den Kopf. Den Umschlag umklammerte er hartnäckig, aber er war es, der den Blick zuerst abwandte. Trotzdem hatte die Alte verstanden, dass Widerstand zwecklos war, und kramte aus der tiefen Tasche ihrer Jacke einen großen Schlüsselbund hervor. Damit ging sie zu einer zweiten Eingangstür, die sich ein paar Meter neben der schweren Holztür befand und vermutlich zu einer Einliegerwohnung führte. Dort klopfte sie der Form halber zweimal an die Tür, während sie gleichzeitig mit dem Schlüssel aufsperrte. Sie warf Stifter einen Blick über die Schulter zu, der ihn auf Abstand halten sollte. Aber Stifter war neugierig geworden, und kaum hatte die Alte die Tür geöffnet und war eingetreten, folgte er ihr auf dem Fuß. Gudrun von Rechlin verschwand in dem dunklen Flur und rief barsch nach ihrer Tochter. Der Flur war dämmrig und kalt, die Wand mit Kork tapeziert, auf dem Boden lag ein ausgetretener Kokosläufer. Es roch leicht modrig, die Luft war kühl und abgestanden zugleich. Die Alte vor ihm stieß die Türen, die vom Flur wegführten, auf und blickte in die Räume. Stifter wusste, dass er hier nichts zu suchen hatte, dass er das Haus nicht betreten durfte und der Frau vor ihm nicht folgen sollte. Aber es lag eine Spannung in der Luft, die mit den Händen zu greifen war, es war die Ankündigung von etwas Ungeheuerlichem, etwas Ungutem. Gudrun von Rechlin strahlte die unerschütterliche Gewissheit aus, dass sich ihre Tochter im Haus befand, und wenn diese nicht auf das Klopfen und Rufen reagierte, ließ das nur den Schluss zu, dass etwas geschehen war. Nun blieb die Alte stumm vor einem Zimmer stehen. Ihre Schultern sackten nach unten. Sie hatte Stifter noch immer nicht bemerkt und betrat den vor ihr liegenden Raum. Stifter folgte ihr. Sein Blick fiel auf den Paravent aus hellem gerafftem Stoff. Das hier war das Schlafzimmer, und hinter dem Paravent befand sich offenbar das Bett von Annette von Rechlin. Jemand lag darauf, denn von der Wade abwärts sah man die Beine der Person. Ein Bein, in weißer Hose und mit weißem Schuh, lag noch auf der Matratze. Das andere war seitlich hinuntergerutscht, der Schuh lag neben dem nackten Fuß. Stifter folgte Gudrun von Rechlin hinter den Paravent und sah, was diese sah. Annette von Rechlins Oberkörper lehnte an ein paar großen Kissen, ihr welliges Blondhaar fiel ihr über die Schultern, ihr Mund stand offen. Sie versuchte, die Lider zu heben, aber es gelang ihr nicht, sie flatterten nur träge. Als wolle sie sich entschuldigen, griff sich die Frau mit schwerer Hand an ihre Perlenkette, mitten in das Erbrochene, das sich über ihren weißen Seidenpullover ergossen hatte.

2.

Sie schlug ihrer Tochter hart ins Gesicht, aber es kam wie immer kaum eine Reaktion. Annette war so schwach. Sie war zu schwach, um sich zu wehren. Sie hatte sich noch nie gewehrt. Immer wieder klatschte Gudruns knochige Hand gegen die Wangen ihrer Tochter, die sich den Schlägen ergab. Gudrun hatte nichts als Verachtung für ihre Tochter übrig. Dass sie ihr das antat! Dass sie sie sogar den mitleidigen Blicken eines Fremden aussetzte! Was hatte der Mensch hier überhaupt zu suchen?

»Gehen Sie. Gehen Sie!« Gudrun von Rechlin versuchte, diesen fremden Mann mit dem gelben T-Shirt aus dem Zimmer zu scheuchen, aber der starrte auf Annette. Auch so ein Schwächling, das erkannte sie auf den ersten Blick. »Hauen Sie ab, das geht Sie nichts an!«, setzte sie nach, aber der Mann reagierte nicht auf sie.

»Ich muss den Notarzt rufen«, stammelte er. Das war das Letzte, was sie gebrauchen konnte. Ärzte, vielleicht die Polizei, Fragen, Aufsehen. Niemand hatte in ihrem Haus etwas verloren, und daran war nur diese verdammte Henne schuld. Gudrun ging nach nebenan ins Badezimmer, nahm eines der Handtücher und ließ kaltes Wasser darüberlaufen. Dann kehrte sie ins Schlafzimmer zurück.

Der Mann hatte sich zu Annette gehockt, er sprach mit ihr und fühlte ihren Puls. Dann schob er sie behutsam in die stabile Seitenlage. Warum verschwand er nicht endlich? Gudrun presste ihrer Tochter das kalte nasse Handtuch aufs Gesicht, bis diese endlich reagierte und abwehrend die Hände hob. Na endlich, es war auch Zeit, dass die wieder zu sich kam. Blöde Kuh. Der Mann zog ein Telefon aus seiner Hosentasche und begann eine Nummer einzutippen, aber Gudrun schlug mit dem nassen Handtuch danach, so dass es ihm aus der Hand fiel und unter das Bett rutschte.

»Sind Sie verrückt?«, blaffte der Fremde sie an.

»Wir brauchen keinen Arzt. Das kommt jeden dritten Tag vor. Und jetzt hauen Sie endlich ab, ich will keine Gaffer.« Es fiel ihr schwer, sich zusammenzunehmen. Am liebsten hätte sie ihn getreten, ihm das Gesicht zerkratzt, ihn angeschrien. Aber sie konnte sich durchaus mäßigen.

»Ihre Tochter braucht Hilfe! Sie hat einen schwachen Puls und …«

»Sie hat sich betrunken!« Ihre Stimme schnappte über. »Sie hat Tabletten genommen, dann hat sie wieder getrunken.« Gudrun spürte, wie das Zittern wiederkam, das Wutzittern, sie hatte wirklich genug am Hals, sie brauchte niemanden hier, sie kriegte Annette wieder hin, wie immer. »So, wie sie es jeden Abend tut, verstehen Sie? Jeden Abend! Sie säuft! Begreifen Sie das nicht?!« Ihre Kehle brannte bei der Schreierei, aber sie konnte sehen, dass der Mann vor ihr zurückwich. Wie auf Kommando kam Annette wieder etwas zu sich, versuchte, sich auf ihrem Unterarm abzustützen. Ihre schweren Lider hoben und senkten sich vor Anstrengung. Dieser Postbote nahm Annettes Hand, aber Gudrun schlug sie weg.

»Sie sind doch nicht ganz dicht. Ich ruf jetzt die Polizei.« Was fiel dem Kerl denn ein? Der machte wieder Anstalten, nach seinem Handy zu fischen.

»Wenn Sie das tun, zeige ich Sie an wegen Hausfriedensbruch. Sie sind hier eingedrungen.« Das Zittern wurde immer stärker, und Gudrun spürte, dass ihr Herz raste. Aber sie hatte schon Schlimmeres gemeistert, sie würde diesen Wurm hier aus dem Haus bekommen. Das war es immer noch: ihr Haus.

»Mama«, Annette lallte und tastete mit ihrer vollgekotzten Hand nach ihr, »lass.«

Der Mann hatte sein Handy wieder aufgehoben und starrte Annette an. Er hatte Mitleid, aber das brauchten sie nicht. Kein Mitleid. Sie würde es auf die andere Art versuchen.

»Wollen Sie, dass man sie so sieht?« Gudrun zeigte auf Annette, die den Kopf kaum heben konnte, immer wieder fiel er vornüber, das Kinn auf ihr eigenes Erbrochenes. Dass sie sich nicht schämte. »Wollen Sie sie dem wirklich aussetzen?« Es gelang Gudrun kaum, die Härte in ihrer Stimme zu mildern, aber ihre Worte drangen vor, sie würden ihr Ziel erreichen. Er würde Leine ziehen.

Noch zögerte er jedoch. Er hatte sein Mobiltelefon unter dem Bett hervorgeholt und hielt es in der Hand, jederzeit bereit, die Nummer zu wählen. Er sah Annette an, Sorge im Blick.

»Sie können mir helfen, sie bei mir drüben aufs Sofa zu legen, dann kann ich hier saubermachen«, setzte sie nach. Im gleichen Augenblick bereute sie, das gesagt zu haben. Es war nicht gut, wenn er durchs Haus ging. Lag noch etwas herum? Konnte er etwas sehen, was er nicht sehen sollte? Aber jetzt war es zu spät. Sonst ließ sie ihre Tochter einfach liegen, wo sie war. Sie musste nur dafür sorgen, dass sie nicht erstickte. Sie kam ja immer wieder zu sich. Und natürlich hatte sie nicht vor sauberzumachen. Aber sie musste ihm das Gefühl geben, dass sie sich kümmern würde, sonst würde er nicht verschwinden.

Der Mann nickte. Er wollte Annette hochwuchten, aber Gudrun zog ihr erst den verdreckten Pullover aus. Zum Glück trug ihre Tochter darunter ein Leibchen.

Obwohl er schwächlich aussah – schmächtig und zu lang gewachsen –, schien der Briefträger kräftig zu sein, denn er schaffte es, Annette, ihren Arm um seine Schultern gelegt, aufzurichten. Halb trug, halb schleifte er sie, die versuchte, ihre Füße zu koordinieren und zu laufen. Was ihr nur mäßig gelang. Gudrun konnte nicht hinsehen. Ihre Tochter, dieses Wrack, die dumme Henne, die Versagerin. Sie drängte sich an dem Postboten und ihrer besoffenen Tochter vorbei, sperrte die Verbindungstür zwischen den beiden Wohntrakten auf, die sie immer geschlossen hielt und zu der Annette gar keinen Schlüssel besaß, und ging vor in Richtung Wohnzimmer. Mit schnellen Schritten und wachen Augen, damit sie noch etwaige Spuren beseitigen konnte. Aber da war nichts, sie war vorsichtig gewesen. Ihre Schlafräume lagen im ersten Stock, aber so weit würde sie ihn nicht hineinlassen, er sollte Annette auf das Sofa legen und abhauen. Zögerlich stand der Mann mit der schwer an ihm hängenden Annette auf der Schwelle des Zimmers und sah sich um.

»Hier.« Gudrun zeigte auf die ausladende mattgrüne Polstergarnitur. Sie riss noch rasch das kleine Deckchen vom Beistelltisch und legte es zum Schutz auf den Samt. Der Mann wollte etwas sagen, aber sie kam ihm zuvor. »Das Schlafzimmer ist oben. Ich bringe sie später hoch, wenn sie besser beieinander ist. Legen Sie sie hierhin.«

Das gefiel ihm nicht, sie sah ihm an, dass es einen inneren Widerstand gab.

»Und dann gehen Sie. Sofort. Sonst rufe ich die Polizei. Sie sind unbefugt in meinem Haus.« Ihre Stimme wurde wieder scharf. Der Mann sah befremdet drein, aber es scherte sie nicht, was dieser Affe von ihr dachte.

Annette stöhnte, als der Briefträger sie aufs Sofa legte, und zu allem Überfluss begann sie jetzt auch noch zu weinen.

»Es tut mir leid«, ganz schwach und zittrig war ihr Stimme, »es tut mir so leid.«

Dabei sah Annette nicht sie an, sondern den Fremden. Als ob der etwas auszustehen hatte! *Sie* trug doch die ganze Last auf ihren Schultern! Ungeduldig schob Gudrun den Mann zurück in den Flur. Er wehrte ihre Hände ab, aber er ging. Als er die Tür erreicht hatte, drehte er sich zu ihr um und wollte etwas sagen. Aber Gudrun knallte ihm die Tür vor der Nase zu.

*

Mit zittrigen Beinen ging Johannes Stifter zu seinem Postfahrrad. Ihm war schlecht. Von dem Geruch, vom Elend, von der Gemeinheit der alten Frau, von seiner eigenen Ohnmacht. Er blickte zurück. Türen und Fenster des riesigen Hauses waren wieder verschlossen. Die Sonne schob sich hinter Wolken, die plötzlich aufgezogen waren, vom Wind getrieben, verdunkelten fliegende Schatten das Anwesen. Stifter tastete erneut nach dem Handy in seiner Hosentasche. Hätte er darauf bestehen sollen, den Arzt zu holen? War das unterlassene Hilfeleistung? Er hätte den Hausfriedensbruch ruhig riskieren sollen. Andererseits wirkte die Alte tatsächlich weder überrascht vom Zustand ihrer Tochter, noch schien sie der Situation nicht gewachsen zu sein. So routiniert und kalt.

Ihm fiel auf, dass das eigenhändige Einschreiben noch immer quer über der anderen noch auszuteilenden Post lag. Er würde morgen wiederkommen. Er würde Annette von Rechlin ihr Einschreiben übergeben und sehen können, wie es ihr ging. Er stopfte das Einschreiben zurück in die Tasche und versuchte, das rechte Bein über den Sattel zu schwingen. Aber er merkte, dass ihm das Erlebnis noch in den Knochen steckte, seine Beine waren wackelig, und so schob er das Fahrrad ein Stück am Zaun des Rechlinschen Anwesens entlang. Kurz vor dem nächsten Grundstück blieb er stehen und holte tief Luft. Er hatte in einen Abgrund geschaut und das war ihm nicht bekommen. Es gab Dinge, die er nicht über Menschen wissen wollte. Heute Nachmittag würde er schwimmen gehen müssen. Das half. Das hatte schon in Germerow geholfen.

Johannes Stifter setzte seine Tour fort, beendete auch die zweite Hälfte, aber er war fahrig und unkonzentriert. Er hatte sogar einige Sendungen vergessen, die er nun noch nachtrug. Manche Kollegen beließen diese Sendung einfach in der Tasche und teilten sie am nächsten Tag aus, aber das brachte er nicht über sich. Er fand, die Dinge sollten geregelt sein.

Sein Fahrrad stellte er auf dem Posthof ab, dann machte er sich zu Fuß auf den Heimweg. Er wohnte nicht direkt im Ort, sondern hatte Quartier bei Familie Lanz bezogen, die gut einen Kilometer außerhalb in einem eingemeindeten Dorf wohnte. Er liebte es, die Strecke zu Fuß zu gehen, ein langer schnurgerader Kiesweg führte durch die Felder, unterbrochen nur von einer mächtigen Kastanie mit Holzbänken darum. Familie Lanz bewohnte ein altes Bauernhaus, das bereits bei ihrem Einzug vor zwanzig Jahren baufällig gewesen war und es auch bleiben würde. Auf dem großen Grundstück, wo unter Holunderbüschen alte Landmaschinen vor sich hin rosteten, stand ein Gartenhaus, ein besserer Schuppen, den hatte Stifter für achtzig Euro monatlich zuzüglich Strom-, Heiz- und Wasserkosten gemietet. Als er herzog, hatte er noch fünfhundert Euro draufgelegt, dafür hatte ihm Andreas Lanz, der Hausherr, eine Toilette und eine Dusche installiert. Stifter heizte mit Holz, den Ofen hatte er sich selbst besorgt. Holz war reichlich vorhanden, die Lanzens hatten Schlagrecht im angrenzenden Forst. Rings um das alte Bauernhaus, an jeder Schuppen- und Scheunenmauer, waren die Scheite gestapelt, und alle in der Familie wussten, welcher Stapel schon wie lange lagerte und ordentlich durchgetrocknet war oder auch nicht. Johannes Stifter hätte sich ohne weiteres eine kleine Wohnung in Lohdorf leisten können, aber Mehrfamilienneubau war seine Sache nicht. In Germerow hatte er eine alte Datsche bewohnt, nah beim See, mit eigenem kleinem Grund. Er hatte sie verkauft, nachdem es ihm unerträglich geworden war, dort länger zu leben. Nach allem, was vorgefallen war. Seine Freunde, allen voran Ewald und die rote Edith, hatten an seiner Zurechnungsfähigkeit gezweifelt, als er verkündet hatte, dass er ausgerechnet im bayerischen Oberland eine Stelle annehmen werde. In einem von der CSU regierten Bundesland, in dem es ihrer Meinung nach – und einzig die zählte – nur sturschädelige Stammtischdiskutanten oder ignorante Besserverdienende, ganz sicher aber keine vernünftigen Menschen gab! Aber dann erinnerte sich Ewald eines alten Gesinnungsgenossen aus der marxistisch-leninistischen Wohngemeinschaft, die er in den späten Siebzigern in Freiburg bewohnt hatte. Der Bayer war damals eine Ausnahmefigur unter den intellektuellen Studenten gewesen, er war ein Grüner der ersten Stunde, ein Schreiner, der in Freiburg an der Restauration einer Kirche mitgearbeitet hatte. Kurze Zeit später war Andreas Lanz nach Bayern zurückgekehrt, hatte seine Jugendliebe Kyra geheiratet und mit ihr vier Kinder bekommen: Zora, Jeremias, Noah und Rubina. Ewald und Andreas hatten den Kontakt nie ganz abreißen lassen, obwohl der Bayer sich von seiner kommunistischen Frühphase abgewandt hatte und sich dem praktischen Engagement als Grüner widmete: Er hatte gegen Wackersdorf protestiert, war aktiver Kernkraftgegner und der erste Grüne im Lohdorfer Gemeinderat. Ewald dagegen, der mit seiner Ost-Liebe Edith ein Antiquariat im Prenzlauer Berg führte, war nach der Freiburger KP-Kommune in die Kreuzberger Hausbesetzerszene eingetaucht und stolz darauf, die verquastetsten Flugblätter der Berliner Vorwendezeit verfasst zu haben. Seine politisch aktive Phase lag nun, mit Anfang fünfzig, hinter ihm, aber wenn er des Abends in geselliger Runde dem Rotwein zusprach, begann er, lange Tiraden über den Klassenkampf zu halten – bis Edith mit dem feuerroten Haar ihn sanft am Ärmel zupfte, ihm etwas ins Ohr flüsterte und ihn auf das Sofa des Antiquariats bettete, damit er die vier Treppen zu seiner Altbauwohnung nicht mehr erklimmen musste. Andreas Lanz dagegen, der über die Jahre einen eigenen Schreinerbetrieb aufgebaut hatte und zwei Gesellen beschäftigte, war nie ein Mann des Wortes, sondern der Taten gewesen. Die Partei hatte er trotz Illusionsverlusts nicht verlassen und war noch immer politisch aktiv. Die wiedererstarkte Anti-Atomkraft-Bewegung hatte ihm ihre Popularität im Landkreis zu verdanken, und wann immer es eine Demo zu organisieren gab, war Andreas vorne mit dabei. Vor fünf Jahren hatte er damit geliebäugelt, in Lohdorf als Bürgermeister zu kandidieren, aber dem hatte seine Frau Kyra einen Riegel vorgeschoben. Sie war das Kraftzentrum der Familie. Sie machte die Buchhaltung in der Schreinerei, aber das war für sie reine Nebenbeschäftigung. Hauptberuflich pendelte sie, legte Tarotkarten, heilte durch Reiki-Massage und hatte ihre vier großen Kinder fest im Griff. Abends war sie es, die für sich und Andreas einen Joint drehte, damit sie beide nach dem hyperaktiven Tag in den Schlaf finden konnten. Als der Anruf von Ewald gekommen war, dass ein Freund eine Unterkunft suchte, hatten beide nicht lange gezögert und ihr Gartenhäuschen angeboten – in welchem über die Jahre hinweg immer der eine oder andere mittellose Freund gehaust hatte.

Als Stifter mit seinen wenigen Habseligkeiten angekommen war – sie passten in einen geliehenen Ford-Transit –, war er ohne große Präliminarien herzlich aufgenommen worden. Stifter war das zunächst zu eng und familiär gewesen, aber mit der Zeit wusste er die Familienanbindung durchaus zu schätzen. Sowohl Andreas als auch Kyra konnten hervorragend kochen, und da sie jeden Abend große Mengen für die Familie zubereiteten, fiel fast immer eine Portion für ihn ab. Stifter wollte das nicht annehmen, aber er spürte, dass Kyra seine Ablehnung als Beleidigung auffasste, also fügte er sich. Er revanchierte sich damit, dass er Rubina und Noah Nachhilfe erteilte. Mit Deutsch und Mathe hatte es angefangen, aber nun waren noch Englisch und Französisch hinzugekommen. Jeden zweiten Nachmittag oder Abend saß einer der beiden Teenager bei ihm und plagte sich stöhnend durch die bayerischen G8-Hausaufgaben. Noah kam am häufigsten. Er war fünfzehn und in der neunten Klasse. Er hatte lange Haare, die ihm schräg ins Gesicht fielen, war dünn und schlaksig mit eckigen Schultern. Er war mitten im Stimmbruch, aber Noahs Kopf weigerte sich, sich von der Kindheit zu verabschieden, und Stifter hatte das Gefühl, dass der Bald-

Erwachsene bei ihm Unterschlupf suchte, um sich vor dem Erwachsenwerden zu verstecken. Als Noah Stifters Vinyl-Sammlung entdeckte, war er außer sich gewesen, und Stifter spielte stolz bei jedem Besuch eine andere Jazz-Platte vor. Obwohl er als Erwachsener nie Kontakt zu Jugendlichen gehabt hatte – keiner seiner Bekannten hatte große Kinder –, war er zu keinem Zeitpunkt beklommen im Umgang mit Noah. Er hatte sich vielmehr selbst in dem Jungen erkannt. Wenn sie ihre Pflicht, die Paukerei, erledigt hatten, hörten sie zusammen Musik. Stumm, jeder in Gedanken versunken. Irgendwann ging Noah, wortlos, ohne sich zu verabschieden, er hob nur kurz eine schlaffe Hand und schlurfte hinüber zu seiner Familie.

Als Stifter nun, nach dem Erlebnis mit Annette von Rechlin, auf das Lanzsche Bauernhaus zusteuerte, hoffte er insgeheim, dass er heute keine Nachhilfe würde geben müssen. Er hatte auch seine Idee, zum See zu fahren, verworfen. Stattdessen würde er Erskine Petersen auflegen, eine Selbstgedrehte rauchen und sich hinter seinem Haus in den alten Liegestuhl legen. Eine Halbe Helles trinken und einschlafen. Von Annika träumen und vergessen, was er heute gesehen hatte.

*

Sie hatte die Augen fest geschlossen und bemühte sich, in stetigem Rhythmus ruhig zu atmen, sich in den Schlaf zu atmen. Aber der Schlaf wollte nicht kommen. Er war ein seltener Gast bei Beate Klinger. Früher, als sie noch gearbeitet hatte, war sie erschöpft ins Bett gefallen, hatte die Augen zugemacht und wie ohnmächtig bis zum nächsten Morgen durchgeschlafen. Als Klaus geboren wurde, war es mit dem Schlaf vorbei gewesen. Anfangs war es das Stillen, später hatte er nächtelang geweint, dann folgten seine Träume. Immer wieder war sie aufgestanden und zu ihm gegangen, stets darauf bedacht, Julius nicht zu wecken, der einen harten Arbeitstag vor sich und auf seiner Nachtruhe bestanden hatte. Als Klaus ihres nächtlichen Beistandes nicht mehr regelmäßig bedurfte, war sie, trotz abendlicher Erschöpfung, nicht mehr in der Lage gewesen, in der Nacht Ruhe zu finden. Sie hatte es sich angewöhnt, erst ins Bett zu gehen, wenn Julius im Tiefschlaf war. Dann konnte sie es wagen, die Nachttischlampe anzumachen und noch zu lesen. Nicht nur einmal war sie über ihrem Roman eingeschlafen, die Lampe noch immer eingeschaltet. Aber seit Julius nicht mehr praktizierte, hatte auch er mit Einschlafschwierigkeiten zu kämpfen und wurde wach, sobald sie den Versuch unternahm, das Licht anzuschalten. Er hatte sie gebeten, das zu unterlassen, und selbstverständlich war sie dem nachgekommen. Und nun, in diesen schwierigen Zeiten, war an Schlaf nicht mehr zu denken. Stumm lagen sie nebeneinander im Bett, Beate horchte auf Julius' ebenso gleichmäßige Atemzüge und wusste, dass auch er wachlag. Aber sie redeten nicht miteinander. Sie hatten keine Worte für ihr Schicksal. Manchmal nahm Julius unter der Bettdecke ihre Hand. Er hatte, im Gegensatz zu ihr, lange, schlanke Finger, die Haut war weich, und wenn er ihre Hand ganz leicht drückte, war sie für einen Moment voller Hoffnung. Sie hatten in diesem Jahr ihre Goldene gehabt. Gefeiert hatten sie nicht. Es hatte nichts zu feiern gegeben.

Mit einem kleinen Seufzer drehte Beate sich auf die andere Seite. Sie öffnete die Augen, um ihren Mann anzusehen, und ihr Herz machte einen kleinen Sprung. Julius hatte die Augen weit geöffnet, und im ersten Moment sah es so aus, als habe sein Herz ausgesetzt. Aber dann blinzelte er einmal, um gleich darauf wieder zur Decke zu starren. Aus dem Augenwinkel bahnte sich eine Träne ihren Weg durch die faltige Wange, sie lief zäh und vertrocknete auf halber Strecke. Julius' Augen waren glasig, aber das waren sie immer, er war ein alter Mann. Die Augäpfel waren gelblich verfärbt, die Iris hatte ihre strahlend blaue Farbe verloren, und er hatte auf beiden Augen grauen Star. Er hätte es lasern lassen müssen.

»Er wird dafür büßen«, hörte sie plötzlich Julius' belegte Stimme sagen. Unverwandt starrte er an die Decke. Aber natürlich wusste er, dass sie wach war und dass sie ihn ansah. Fünfzig Jahre lagen sie nebeneinander in einem Bett, und da wusste man so etwas instinktiv.

»Wir sind ruiniert«, sagte ihr Mann tonlos. »Und er wird dafür bezahlen.«

*

Die Geräusche hatten aufgehört. Sie wusste, dass die Töne ihrer Phantasie entsprangen, aber wann immer sie an den Mann im Keller dachte, stellte sie sich vor, wie er gegen den Heizkörper schlug und sich die Geräusche der Verzweiflung im gesamten Haus verbreiteten. Es hatte in ihrem Kopf gehämmert. Bis jetzt. Jetzt war Stille. Vielleicht würde sie nun doch schlafen können. Mehr als vier Stunden brauchte sie ohnehin nicht. Sie war rastlos, war es immer gewesen und empfand die Nachtruhe als lästige Pflicht. Beim Abendessen hatte Gudrun ihre Tochter beobachtet, ob die die Geräusche wohl auch hören konnte, aber die war in Gedanken versunken gewesen, hatte sich mit einem ihrer Romane beschäftigt und wie immer weder mit ihr gesprochen noch irgendetwas wahrgenommen außerhalb ihrer beschränkten Welt.

Bittere Wut stieg in Gudrun von Rechlin hoch. Für wen tat sie das alles? Doch nicht für sich selbst, sie war alt, sie würde sterben. Bedürfnisse hatte sie nicht, sie hatte gelernt, sich einzuschränken. Lernen müssen. So, wie es angefangen hatte, würde es auch enden. In Armut. Vielleicht würde sie wieder Kaffee aus gerösteten Kartoffelschalen kochen. Und wenn schon. In der hinteren Ecke des Gartens, von neugierigen Blicken verdeckt, hatte sie im letzten Jahr ein Gemüsebeet angelegt. Mühsam erntete sie jetzt das, was Annette und sie zum Leben brauchten. Salat, Rote Bete, Karotten, Kartoffeln, Zwiebeln, Wirsing, Tomaten. Annette fragte nicht, woher das Gemüse kam. Sie merkte nicht einmal, dass Gudrun immer seltener zum Einkaufen fuhr. Dass sie nicht mehr mit Sahne kochte und auch nicht mit Butter. Dass der Kaffee nur mehr eine dünne Plörre war. Annette war entweder sowieso bei sich drüben und las und las und las, und wenn sie von ihren Büchern aufblickte, dann nur, um sich zu fragen, ob es schon Zeit für das erste Glas war. Und die Pillen. Ihre Freundinnen im Literaturzirkel, zu dem Annette einmal monatlich ging – merkten die nichts? Oder waren das alles Frauen wie ihre Tochter, mit vertrockneten Lenden, ohne Interesse an den Freuden des Lebens? Die sich in die trockene Papierwelt ihrer Bücher flüchteten, aus Furcht, eines Tages aufzuwachen und zu merken, dass sie in ihren Betten zu Staub zerfallen waren, den die polnische Putzfrau kommentarlos zusammenfegte? Sie, Gudrun, war nie so gewesen. Sie war in Ostpreußen aufgewachsen, auf dem Gut ihrer Eltern, gemeinsam mit fünf Geschwistern. Alle tot. Sie war auf Bäume geklettert, hatte mit den Tieren gespielt, mit dem Vieh, hatte der Köchin beim Zubereiten der reichhaltigen Mahlzeiten geholfen, hatte genascht, gelacht und sich die Knie aufgeschlagen. Eine Kindheit, die sie als unbeschreiblich glücklich in Erinnerung hatte, jedenfalls bis zum Krieg und ihrer Flucht, an die sie immer öfter zurückdachte. Abend für Abend lag sie unter der doppelten Daunendecke, mit ihren Bettschuhen und der Angorajacke, und dachte mit offenen Augen an Ostpreußen zurück. Was gäbe sie dafür, das Land ihrer Kindheit, in dem sie unbeschwert und glücklich gewesen war, wie später nie wieder, noch einmal sehen zu können. Auch die Zeit danach hatte sie klar vor Augen, auch wenn sie sich nicht gerne daran erinnerte. Aber damals, auf der Flucht und später, als sie bei Fremden unterkamen, bis sie sich eine Behausung organisiert hatten, hatte Gudrun all das gelernt, was sie jetzt wieder brauchen konnte. Kaffee aus Kartoffelschalen zubereiten. Zuckerersatz aus Rüben kochen. Gemüse ziehen, Strümpfe stopfen und einen Rock aus einer Männerhose schneidern.

Annette hatte so eine Kindheit nicht gehabt. Sie war in den Sechzigern und den Siebzigern aufgewachsen. Eine degenerierte Zeit. Kitzbühel, Saint Tropez, die Malediven. Überall waren sie gewesen. Das Leben ein einziger Urlaub. Sie hatte Pelz getragen und Diamanten. Vergessen waren die mageren Zeiten, und sie hatte alles, was Volkmar ihr geboten hatte, bereitwillig angenommen, weil sie das Gefühl gehabt hatte, entschädigt zu werden. Gudrun fand, dass der Reichtum, den Volkmar um sie herum anhäufte, eine Art Wiedergutmachung für die Zeit nach dem Krieg darstellte. Und sie war schließlich adelig, des Gutsbesitzers Tochter – hatte sie etwas anderes verdient? Vom ersten Augenblick, als sie Volkmar kennenlernte, am 5. Mai 1947 im Münchener Hofgarten, hatte er ihr die Welt zu Füßen gelegt. Vielleicht war es nicht die große

Liebe gewesen, von ihrer Seite, Volkmar hatte ein leicht semitisches Aussehen gehabt, die krankhafte Blässe, die schwarzen Augen, aber seine Liebe war echt gewesen, voller Aufopferung. Gudrun nahm es hin, sie hatte Anspruch darauf. Leider hatte ihre Gier verhindert, dass sie nicht danach gefragt hatte, woher das Geld kam, mit dem Volkmar herumprasste. Er war reich, er war viel auf Reisen, er liebte sie und machte ihr ein Kind. Das hatte ihr genügt. Es hatte ohnehin erst spät geklappt, erst zwölf Jahre nach ihrem ersten Treffen.

Gudrun stemmte sich mühevoll auf ihren linken Arm, knipste die Nachttischlampe an und griff nach dem Wasserglas. Voller Ekel trank sie einige wenige Schlucke, um den galligen Geschmack in ihrer Kehle runterzuspülen. Das Kind. Ein Junge hätte es sein sollen. Am liebsten hätte sie drei gehabt. Starke Nachkommen, die ihr Geschlecht weitergetragen hätten. Gudrun von Rechlin hatte bei der Hochzeit auf ihrem Namen bestanden, was damals zwar unüblich gewesen war, aber Volkmar hatte begeistert zugestimmt, ein Adelstitel schmückte schließlich auch ihn. Ein fairer Handel. Aber dann war statt der drei strammen Jungs dieses schwächliche Mädchen gekommen. Annette. Gudrun hätte lieber Veronika gehabt, aber Volkmar hatte sich diesen einfachen Namen gewünscht. Sie hatte nachgegeben, weil es ihr gleichgültig gewesen war. Sie hatte ein Mädchen als Kollateralschaden empfunden. Es konnte heißen, wie es wollte, sie würde es nicht lieben. Sie wollte auf ihre Jungen warten. Als der Arzt ihr sagte, dass die Gebärmutter bei der Geburt so beschädigt worden war, dass man sie nur noch hatte entfernen können, war es für sie zu spät. Da lag das Mädchen ungeliebt in ihren Armen und hatte diesen schrecklichen Namen. Und Volkmar war hingerissen.

Gudrun machte sich den Vorwurf, dass sie Annette später nicht einfach ins Leben gestoßen, sondern Rücksicht genommen hatte auf ihre vermeintliche Sensibilität. Natürlich war auch daran Volkmar schuld, nicht sie. Aber sie hätte sich durchsetzen müssen. Annette kam ganz nach Volkmar. Die verweichlichte Art, das In-sich-Gekehrte, die Neigung, sich zurückzuziehen – in allem erkannte Gudrun ihren verstorbenen Mann. Volkmar hatte es ebenfalls so empfunden, und das hatte ihn dazu verleitet, Annette, sein Ebenbild, vor allem zu beschützen, sie ganz ihren Interessen zu überlassen. Gudrun hatte zugesehen. Und ihre Tochter mehr und mehr verachtet. Volkmar war tot, er konnte ihr keinen Einhalt mehr gebieten. Den Schaden, den er angerichtet hatte, musste sie nun wieder ausbügeln. Er hatte alles, ihr gesamtes Hab und Gut, Geld, Immobilien und bewegliches Vermögen, verjuxt, verprasst und verhökert. Nun saß sie hier, in der riesigen Villa mit ihrem ungeliebten Kind, und versuchte zu retten, was zu retten war. Sie hätte Annette auch ihrem Schicksal überlassen können, aber so war sie nicht gestrickt. Sie war eine Kämpferin. Gudrun von Rechlin, Nachfahrin derer von Rechlin, Lehnsherren von jeher, war geboren, um zu kämpfen. Und sie würde das, was sie rechtmäßig als ihren Besitz betrachtete, nicht Fremden kampflos überlassen. Schon gar keiner Bank würde sie es in den Rachen werfen.

3.

Der helle Kies knirschte unter seinen Gummisohlen, und Stifter war bei Schritt Nummer eintausendfünfunddreißig angelangt, als er den Fuchs sah. Auf der Stelle blieb er stehen und starrte angestrengt auf das kleine Rasenstück unter der Kastanie. Die Morgendämmerung war bereits angebrochen, das Licht changierte noch zwischen Dunkel- und Mittelblau, der Tag dräute hinter dem tiefen Ton der Nacht. Es war eine klare Sommernacht, und Stifter gelang es, auf der weiten Ebene der Felder mehr als nur Schemen zu erkennen. Der Fuchs schlich um die Holzbank am Baum herum, vermutlich auf der Suche nach Essensresten. Er hatte Stifter nicht bemerkt, und der bemühte sich, flach und geräuschlos zu atmen, damit er den scheuen Jäger nicht aufschreckte. Im Gegensatz zu den Tieren, die sich den Berliner Stadtraum eroberten und unempfindlich gegenüber menschlicher Anwesenheit waren, ließen sich die Wildtiere, die aus den umliegenden Wäldern kamen, nur selten von Menschen ertappen. Den Fuchs allerdings sah Stifter nicht zum ersten Mal. Er hatte ihn bereits an zwei anderen Morgen von ferne bemerkt, wie er am Waldrand umhergestrichen war, sich auf die Lauer gelegt hatte und dann pfeilschnell davongeschossen war, als er Stifter gewahr wurde. Auf der Bank, unter welcher der Fuchs – Stifter wollte glauben, dass es immer derselbe war – nun umherschnüffelte, trafen sich am Nachmittag die Rentner mit ihren Hunden. Sie schwatzten, tranken ein Bier, und manchmal brachte jemand noch eine Brotzeit mit. Nach den Resten von Leberkäs, Obatztem und Breze suchte das Tier nun, falls die Dohlen überhaupt etwas übriggelassen hatten. Jetzt reckte es den Kopf und hob eine Vorderpfote. Der Fuchs hatte den Menschen in seiner Nähe gewittert, blickte rasch zu Stifter und jagte dann über das Feld davon. Johannes Stifter atmete tief aus. Er ließ die Anspannung aus seinem Körper weichen, sog die weiche Luft, die sich über Nacht nicht wesentlich abgekühlt hatte, durch die Nase wieder ein und setzte seinen Weg in Richtung Hauptpost fort. Es war noch kaum jemand unterwegs um diese Zeit, Lohdorf schlief fest. Vereinzelt bog ein Auto aus einer Auffahrt oder überholte ihn ein Wagen auf der Straße. Der Briefträger war dankbar, dass der Tag noch nicht angebrochen war und sein sommerliches Gesicht zeigte, mit dem gleißenden Licht und der sengenden Hitze. Er hatte einen dicken Kopf. Drei Helle hatte er sich gestern genehmigt. Es war aber nicht die Menge, die ihm Kopfschmerzen bereitete, sondern vielmehr der Schlafmangel. Nachdem Noah sich abends von ihm verabschiedet hatte – sie hatten Brötzmann gehört und ein Englisch-Referat vorbereitet –, hatte er in Windeseile das Bier in sich hineingeschüttet, in der Hoffnung, die Bilder, die ihn seit dem späten Vormittag verfolgt hatten, aus dem Kopf zu tilgen. Aber es war ihm nicht gelungen, selbst in den wenigen Stunden unruhigen Schlafs waren sie ihm immer wieder erschienen. Annette und Gudrun von Rechlin. Die keifende Alte, das Erbrochene auf dem weißen Seidenpullover der Tochter, die dunkle Villa, der Kellergeruch. Als Stifter das Haus der adeligen Damen verlassen hatte, war er voll Entsetzen gewesen. Immer und immer wieder hatte er sich vorgestellt, wie Mutter und Tochter in dem als Villa getarnten Bunker zusammenleben mochten. Sie schienen in einer Verzweiflung aneinandergekettet, die jeden Menschen und alles Leben außerhalb ausschloss. Er war versehentlich eingedrungen und hatte etwas Verbotenes gesehen. Das Elend hinter den luxuriösen Mauern. Den Abgrund. Nachher würde er erneut dort klingeln, um das Einschreiben an Annette abzugeben. In welchem Zustand würde sie ihm die Tür öffnen? Noch immer machte Stifter sich Vorwürfe, dass er sich von der Mutter hatte wegschicken lassen. Hatte die Androhung einer Anzeige wegen Hausfriedensbruch ihn dazu verleitet zu gehen? Oder war es nicht vielmehr die Scheu davor, sich mit dem traurigen Leben der beiden Frauen auseinanderzusetzen? Stifter fand, dass er versagt hatte. Er hatte Annette von Rechlin nicht geholfen. Er hatte sie ihrer Mutter überlassen, die augenscheinlich nur Verachtung für die eigene Tochter übriggehabt hatte. Die drei Biere hatten das Gefühl des Versagens nicht vertrieben, eher das Gegenteil bewirkt.

In der Post angekommen, nahm er die gelben Plastikkisten mit den vorsortierten Briefen für sein Gebiet in Empfang und setzte sich hin, um eine eigene Ordnung, seiner Route gemäß, in die Sendungen zu bringen. Der dumpfe Schmerz in seinem Kopf verschwand nach und nach, die Konzentration auf die Briefe, Adressen, Straßennummern und Namen half ihm, sich zu zentrieren. Er hatte dabei den frischen Kaffee getrunken, den sie sich unter Kollegen morgens reihum brühten und die kurzen gedämpften Gespräche der anderen im Hintergrund wahrgenommen. Eine beruhigende Geräuschkulisse. Hier, im Postamt, in den frühen Morgenstunden, blieb jeder gerne für sich, man tauschte sich kurz und freundlich aus, aber den meisten steckte der Schlaf noch in den Knochen, und sie verzichteten auf allzu lebhaften Austausch. Der Umgangston jedoch war freundlich und kollegial; Stifter mochte außerdem die Menschenmischung, die sich hier in Lohdorf angesammelt hatte. Sie waren zehn Zusteller, von Mitte zwanzig bis Ende fünfzig. Ein Drittel alte Postler, zwei Drittel Gestrandete wie er. Studenten, die sich darüber finanzierten, eine junge alleinerziehende Mutter, ein »Jobsammler«, der in seinem Leben schon auf unzählige Arten sein Geld verdient hatte, auf jedem Fleckchen dieser Erde, und nun hier gelandet war. Alle zusammen waren sie das, was man eine bunte Truppe nannte. Fast zwei Stunden brauchte er für die Sortierarbeit, um halb acht schichtete er die Sendungen auf sein Rad, schwang das rechte Bein über den Sattel und startete in den warmen Sommermorgen.

*

Die Sommersonne stieg über Frankfurt empor und warf einen breiten hellen Pinselstrich auf den Küchentisch, als Beate Klinger das Frühstücksgeschirr abräumte. Julius hatte heute Morgen nicht die Ruhe für seine Zeitungslektüre gefunden, sondern war bereits mit Klaus unterwegs zu dessen Lehrstelle. Klaus hatte sich darauf gefreut, wie er sich jeden Morgen aufs Neue darauf freute, die Schlosserei zu betreten. Er lachte, wenn er seine Kollegen und seinen Meister traf, er lachte, wenn er die große und schwere Maschine anschmeißen und die kleinen Metallteile schleifen und polieren durfte. Auch sie waren froh gewesen, dass Klaus nach der Sonderschule, auf Vermittlung durch seine Betreuer, die Lehrstelle in dem integrativen Betrieb gefunden hatte. Solange die Förderung des Betriebes gesichert war und keine Kosten auf ihre kleine

Familie zukamen, würde Klaus dort bleiben und sein Lebtag Metallteile feilen und polieren dürfen. Er war fünfunddreißig. Sie hatte ihn erst spät bekommen, zu spät. Dass die Gefahr einer geistigen Behinderung bestand, hatte man ihnen früh gesagt, aber ein Abbruch wäre für sie nicht in Frage gekommen. Auch für Julius nicht. Sie liebten ihren Sohn, so, wie er war, und sie begriffen seine Defizite nicht mehr als solche. Julius hatte alles daran gesetzt, Klaus finanziell abzusichern, wenn er und Beate einmal nicht mehr waren, denn Klaus war außerstande, für sich selbst zu sorgen.

Umso tragischer war es jetzt, dass sie alles verloren hatten. Julius war volles Risiko gefahren, er hatte diesem Banker vertraut, so wie auch Gudrun und eine Handvoll anderer. Sie hatten nur das zurückgehalten, was sie zum Leben brauchten, und ein kleines bisschen Spargeld. Julius hatte neulich gesagt, dass das Spargeld gerade dafür reichen könnte, sich eine Zyankalikapsel in der Schweiz zu besorgen. Sie hatte lange nicht begriffen, was Julius damit gemeint hatte und für wen das Gift bestimmt sein sollte. Bis sie neulich Nacht gesehen hatte, wie Julius weinte. Wie er verzweifelt neben ihr im Bett lag, die Tränen waren ihm über die altersfleckigen, weichen Backen herabgelaufen, während er mit offenen Augen an die Decke starrte. Dann hatten seine Schultern gezuckt, er hatte eine Hand über den Mund gelegt, um sein immer heftiger werdendes Weinen zu unterdrücken, und schließlich hatte es ausgesehen wie ein epileptischer Anfall, so heftig hatte der Weinkrampf Julius geschüttelt. Es war ihr unmöglich gewesen, einzugreifen, ihn zu trösten. Fassungslos hatte sie der Verzweiflung ihres Mannes zugesehen und in einer Wiederholungsschleife gedacht: Es ist doch nur Geld, es ist doch nur Geld, es ist doch nur Geld. Irgendwann waren Julius die Augen zugefallen, er hatte heftig geschnarcht wegen der vom Rotz verstopften Nase, und sie hatte bis in die Morgenstunden neben ihm gelegen und ihn angesehen. Zum ersten Mal in ihrer fünfzigjährigen Ehe mit einem Hauch Abscheu. Dass Julius daran denken konnte, sich aus der Welt zu stehlen und sie und Klaus in der Misere alleinzulassen, das hatte sie schockiert, aus der Bahn geworfen. Aber als sie Stunde um Stunde wach neben ihrem Mann gelegen und ihn angesehen hatte, hatte Beate irgendwann verstanden, dass diese Überlegung von Julius keine Feigheit war, sondern dem Gefühl der absoluten Ausweglosigkeit entsprang. Sie und Julius hatten nie über diese Nacht geredet.

Beate goss sich einen weiteren Kaffee ein, setzte sich auf einen Küchenstuhl und legte die Beine auf den anderen. Das war ihr die liebste Zeit am Tage. Wenn sie ganz alleine war, wenn Julius und Klaus das Haus verlassen hatten. Dann erlaubte sie sich eine Tasse Kaffee und nahm sich die Zeitung – die sie für gewöhnlich nicht beim Frühstück las, weil sie versuchte, Klaus zu unterhalten – und flog über Vermischtes sowie die lokalen Nachrichten. In letzter Zeit fielen ihr die Meldungen über Verzweiflungstaten besonders ins Auge. Waren es mehr geworden seit der großen Bankenpleite? Oder kam es ihr nur so vor, weil sie selbst plötzlich in einer schlimmen Lage waren? Da waren Männer, die ihre Frauen und Kinder im Schlaf erschossen. Männer, die sich und ihr Haus mit Gas in die Luft jagten. Männer, die mit über hundert Sachen in ihrem Auto auf die Gegenspur fuhren oder gegen eine Wand. Immer waren es Männer. Dachten alle Frauen so wie sie, es ist ja nur Geld? Oder waren es deshalb die Männer, weil sie in der Regel die Versorger der Familie waren, die ihr Leben lang dafür gearbeitet hatten und nun vor dem Nichts standen? So war es bei ihnen, der Familie des Zahnarztes Dr. Julius Klinger. Anfangs hatte auch Beate in der Praxis mitgearbeitet, als Sprechstundenhilfe, um die Kosten niedrig zu halten. Julius hatte damals einen hohen Kredit bei der Bank aufgenommen, um sich den Traum von der eigenen Praxis zu erfüllen. Aber als Klaus kam, war sie natürlich zu Hause geblieben. Die Praxis lief auch gut, und als der Kredit abbezahlt war, hatten sie endlich etwas zur Seite legen können. Beate wusste nicht, wie viel es war, sie hatte mit dem Finanzkram nichts zu tun gehabt. Julius legte ihr jede Woche einen bestimmten Betrag an Haushaltsgeld in die Kasse, Extraausgaben meldete sie vorher an. Alles andere regelte Julius. Als er eines Tages nach Hause gekommen war, kreidebleich, mit der Nachricht, ihr Geld sei weg, war sie weniger schockiert gewesen, als sie ihm gegenüber vorgab zu sein. Denn das Geld, von dem er sprach, war für sie immer eine abstrakte Größe gewesen. Sie hatte keine Ahnung, von welchen Summen er da redete. Hunderttausend? Ein? Zwei? Eine Million? Und auch mit den anderen Begriffen, von denen in den folgenden Tagen und Wochen dauernd die Rede war – am Telefon, am Frühstückstisch bei der Zeitungslektüre, vor dem Fernseher –, konnte sie nichts anfangen. Termingeschäfte, Hedgefonds, Derivate: Beate wusste nichts von ihrer Bedeutung, sie konnte sie nicht in Geldwert umrechnen und was das für Julius, Klaus und sie bedeuten würde. Nur eines hatte sie begriffen: dass dieser Mann daran schuld war, dass das Geld, das Julius hart verdient hatte, das er für ihren Lebensabend, vor allem aber für ihren behinderten Sohn zurückgelegt hatte, dass dieses Geld unweigerlich verloren war.

*

Was ihn wirklich fertigmachte, mehr noch als der Keller und die Handschellen, mehr noch als die Alte und die Neonleuchte, das, was ihm die Lage unerträglich machte, war der Entzug. Keine Monitore, keine Grafiken, keine Indizes. Er konnte sein Hirn nicht abstellen, er dachte an seine Geschäfte. Wie tief waren die Aktien gefallen, wie stand es um seinen Fonds? Was passierte mit den Termingeschäften, wenn der Yen gestiegen war? Er war sich absolut sicher, dass er hier rauskommen würde, aber er hasste es, dass er nicht wusste, was ihn dann erwartete. Wie viel würde er verloren haben? Er war immer top informiert gewesen, er hatte allzeit die Kontrolle über seine Geschäfte gehabt. Sank der Nikkei-Index unter eine bestimmte Marge, hatte sein Smartphone Alarm gegeben. Eine coole App, die ihm ein Kollege aus den Staaten empfohlen hatte. Und jetzt war er seit Stunden, seit Tagen wach, dachte an sein Business und war absolut machtlos. Das würde er sie büßen lassen. Er kniete sich hin, drückte den Rücken gerade durch und legte die Handflächen flach auf den Betonboden. Dann senkte er das Kinn auf die Brust und begann mit seinen Atemübungen. Er zentrierte sich und sammelte seine geistigen Kräfte. Das hatte er in Japan gelernt, Geschäftskunden hatten ihn zu einem Seminar mitgenommen, wo sie lernten, noch effektiver zu arbeiten ohne Auszeiten, einfach durch die geistige Fähigkeit zur absoluten Konzentration und Sammlung. Er liebte dieses Ritual. Er machte es bei Sonnenaufgang entweder am Fenster seines Büros, von dem er einen gigantischen Blick auf das Bankenviertel hatte, oder auf der Dachterrasse seines Appartements, wenn er zu Hause arbeitete. Er würde so seine Energie bündeln für die Stunde der Vergeltung.

*

Stifter hatte seine Kaffeepause in der Bäckerei am Novalisplatz beendet und fuhr in Richtung Wettersteinstraße. Er dachte darüber nach, wie er Annette von Rechlin am besten auf den gestrigen Vorfall ansprechen könnte. Oder sollte er gar nichts sagen? Vielleicht war es besser, dezent darüber hinwegzugehen? Vorausgesetzt, sie war heute überhaupt schon in der Verfassung, sich mit ihm zu unterhalten.

Stifter war in Gedanken so sehr mit der Übergabe des Einschreibens beschäftigt, dass er grußlos an Herrn Hiemer vorbeifuhr, der in seinem Garten auf der Leiter stand und Mirabellen von seinem Baum erntete. Herr Hiemer war ein alleinstehender, sehr rüstiger Rentner, der stolz darauf war, dass er den besten Gartenkompost der Villensiedlung hatte. Zum Beweis, welche großartige Früchte auf der Grundlage seiner Kompostdüngung wuchsen, bot er Stifter über den Zaun hinweg stets Kostproben an, wenn er ihn sah: Stachel- und Johannisbeeren, Himbeeren und Brombeeren, verschiedene Pflaumensorten und jetzt, im September, würden Äpfel, Birnen und Quitten folgen. Aber heute ließ Stifter Hiemers Obstparadies links liegen und steuerte zielstrebig auf das Rechlinsche Anwesen zu. Ein Haus zuvor hielt er sich umständlich damit auf, seine Sendungen umzuschichten, damit das Rad auf beiden Seiten gleichermaßen bepackt war, als sein Blick auf die Alte im Nerzmantel fiel. Er hatte sie schon mehrmals hier oben herumstreifen sehen, aber noch nie war er ihr so nah gekommen. Er betrachtete sie neugierig und versuchte gleichzeitig, sich sein unziemliches Interesse nicht anmerken zu lassen. Die Frau war mager und ihr ehemals schönes Gesicht von senkrechten Falten durchzogen, dünn wie Fadennudeln. Die Falten mündeten ein Stück unter dem Mund in einen Seidenjabot, ehemals vielleicht cremefarben, heute schmutzig grau. Darüber trug die Alte einen ausladenden Nerzmantel, reich gefältelt, der knapp bis zum Boden reichte. Unter dem Saum kamen schwarze Soldatenschnürstiefel zum Vorschein, deren Sohlen vollständig heruntergelaufen waren. Die unzähligen, prallgefüllten und zum Teil zerrissenen Plastiktüten, welche die Frau in beiden Händen trug, wiesen sie als Obdachlose aus. Dennoch hielt sie sich aufrecht, ihren Kopf trug die Dame erhoben, ihr Kreuz schien durchgedrückt. Auf dem Kopf hatte sie einen dunkelroten Stoffturban, der in der Mode der Vierziger gebunden war. Sie wirkte wie eine aus der Zeit gefallene Trümmerfrau. Stifter gelang es nicht, seinen Blick von ihr abzuwenden, aber sie wiederum würdigte ihn keines Blickes. Stolz warf sie mit klaren Augen prüfende Blicke in die Gärten, an denen sie langsam vorüberging. Als sie das Grundstück, welches dem der von Rechlins genau gegenüberlag, erreicht hatte, stellte sie die Tüten ab, griff zielgerichtet nach einem Zweig des Pflaumenbaumes, der fast über den Zaun ragte und pflückte mit flinken und geübten Fingern die reifen Pflaumen ab. Rasch ließ sie diese in einer der Tüten verschwinden, und erst als sie alle Früchte, die sie erreichen konnte, geerntet hatte, packte sie ihr Marschgepäck und zog weiter. Ihr Gesicht zeigte keine Regung, aber der verdutzte Johannes Stifter bildete sich ein, dass ihre Mundwinkel von einem Hauch triumphalen Lächelns umspielt wurden.

Er schob sein Fahrrad ein Haus weiter und klingelte bei Annette von Rechlin.

*

Vom Fenster ihres Bades im ersten Stock hatte sie Edeltraud beobachtet. Wie sie Pflaumen bei Jägers geklaut hatte. Geklaut! Gudrun von Rechlin nahm sich vor, ihre Gemüsebeete noch besser gegen Blicke von außen zu schützen. Edeltraud hatte Adleraugen, und sie würde nicht zögern, ihre Beete abzuräumen, wenn sie wüsste, dass Gudrun sich in ihrem Garten selbst versorgte. Gudrun zog die Spülung und wusch sich die Hände, da sah sie, dass der Briefträger bei ihnen klingelte. In der Hand hatte er dieses vermaledeite Einschreiben für Annette, und sie musste sich beeilen, um zu verhindern, dass ihre Tochter alleine mit dem Kerl sprach. Er würde bestimmt neugierig werden und Konversation machen wollen. Das musste sie um jeden Preis verhindern. Leider Gottes kam sie die Treppe nicht so schnell herunter, wie es erforderlich gewesen wäre, und als sie auf dem halben Absatz war, hörte Gudrun zu ihrem Entsetzen, dass Annette die Tür geöffnet hatte und dem Briefträger freundlich entgegenkam. Hastig nahm Gudrun von Rechlin die letzten Stufen, als sie bereits hörte, wie der Briefträger ihre Tochter begrüßte.

»Guten Morgen.«

»Hallo«, hörte Gudrun Annette antworten, da war sie auch schon zur Tür hinaus. Der Briefträger sah sie an, und sein Gesicht verfinsterte sich augenblicklich. Aber das war ihr nun wirklich egal. Der mochte denken, was er wollte, er war eine Kakerlake für sie. Annette warf ihrer Mutter über die Schulter einen kurzen Blick zu und wandte sich dann wieder an den Postboten.

»Das Einschreiben ist für Sie«, sagte dieser gerade und streckte Annette eine Quittung hin, die sie unterschreiben sollte. »Persönlich«, fügte er mit einem grimmigen Blick auf Gudrun hinzu. Verzieh dich bloß, dachte die und stellte sich neben ihre Tochter.

»Mama, ist schon gut. Ich schaff das auch alleine.« Annette war gereizt, das konnte Gudrun deutlich spüren, aber auch das war ihr gleichgültig. Sie musste das Schreiben in die Finger bekommen, bevor diese dämliche Nuss es würde öffnen können.

Annette wandte sich wieder an den Briefträger, der seinerseits Gudrun von Rechlin nicht aus den Augen ließ.

»Darf ich fragen, von wem die Sendung ist?«, fragte Annette. »Ich erwarte nämlich nichts. Und ein Einschreiben, na ja, das ist ja immer etwas …« Sie ließ den Satz unvollendet in der Luft hängen und scheute sich, das »unangenehm« auszusprechen. Stifter konnte sie verstehen. Die Einschreiben, die er in seinem Leben bekommen hatte, waren die Einberufung zur Bundeswehr und die Einladung zur Testamentseröffnung seines Vaters. Und er wusste aus täglicher Erfahrung, dass die Überbringung von Einschreiben selten mit Jubelschreien quittiert wurde.

Er sah auf den Umschlag, obwohl er die Antwort bereits kannte, so oft hatte er den Absender gelesen. »Vom Amtsgericht München.«

Annette von Rechlin sah den Briefträger ratlos an, aber Gudrun ahnte, welchen Inhalts das Schreiben war. Sie konnte kaum an sich halten, dem nervigen Postboten den Umschlag aus der Hand zu reißen.

»Unterschreib endlich«, raunzte sie ihre Tochter an. Der impertinente Mann zog die Brauen zusammen. Als wenn ihn das was anging, wie sie mit ihrer Tochter redete.

Annette nahm den Stift, den der Mann ihr hinhielt, und unterschrieb. Gudruns Hand zuckte nach dem Umschlag, aber ihre Tochter presste diesen an sich und sah den Postboten an.

»Wie geht es Ihnen heute?«, fragte der, und Gudrun begann, den Mann zu hassen. Es war ein Fehler gewesen, ihn ins Haus zu lassen, er war ein Eindringling. Ihre blöde Tochter war so empfänglich für jede Form der Zuwendung und des Interesses, und wenn der Typ hier anfing, sich zu kümmern, würde diese dusselige Kuh jeden Morgen aus dem Haus laufen, wenn er seine Post einschmiss, und ein Gespräch anfangen! Gudrun wusste, sie musste auf der Hut sein.

»Geh endlich ins Haus!«, herrschte sie ihre Tochter an, aber diese reagierte gar nicht auf sie. Stattdessen sah sie den Mann von der Post an und lächelte.

»Besser. Danke, dass Sie fragen. Es tut mir so leid, dass Sie gestern … Das ist mir sehr unangenehm.«

»Nein«, erwiderte der aufdringliche Mensch, »mir tut es leid. Ich hätte einen Arzt holen sollen.«

Gudrun zog Annette am Arm. Diese hatte verschämt die Augen niedergeschlagen und trat tatsächlich einen Schritt zurück.

»Es war nicht so schlimm, wie es vielleicht aussah. Sie sehen ja, ich lebe noch.« Ihre Tochter versuchte ein dämliches kleines Lachen.

»Zum Glück. Jedenfalls – wenn Sie mal Hilfe brauchen …«

Gudrun fand, es sei Zeit, dazwischenzugehen. »Sicher nicht. Sie haben genug geholfen, auf Wiedersehen.« Energisch zog sie an ihrer Tochter, die dem Postboten zunickte und sich dann ins Haus schieben ließ. Der Mann sah ihnen beiden neugierig nach, und Gudrun konnte es kaum erwarten, hinter sich und Annette die Tür zuzuknallen.

»Mama, was soll das? Ich bin kein Teenager! Du hast dich unmöglich benommen!« Annette war wütend.

»Wer von uns benimmt sich unmöglich?«, schoss Gudrun von Rechlin zurück. »Du wirst von Wildfremden in deinem eigenen Erbrochenen gefunden, also bitte.« Sie griff nach dem Umschlag, aber Annette ging ein paar Schritte zurück.

»Was willst du? Warum bist du so scharf auf meine Post?« Kritisch musterte die Tochter ihre Mutter. »Du weißt ganz genau, was hier drinsteht. Und ich soll es nicht erfahren.«

Gudrun zog es vor, zu schweigen. Annette riss den Brief auf, ohne ihre Mutter dabei aus den Augen zu lassen. Gudrun überlegte fieberhaft, was sie ihrer Tochter sagen sollte. Wie viel Wahrheit Annette verkraftete. Andererseits: Was konnte sie schon unternehmen? Sie würde weinen und es hinnehmen. Und noch mehr trinken.

»Anordnung des Zwangsversteigerungsverfahrens?« Fassungslos ließ ihre Tochter das Schreiben sinken. »Was …?« Sie breitete die Arme aus. »Unser Haus?« Annettes Ärger gegen sie war verflogen, das spürte Gudrun. Jetzt war sie nur noch hilflos. Gudrun entschloss sich, die milde Tour zu fahren, dann konnte es ihr vielleicht gelingen, Annette zu befrieden und auf ihre Seite zu ziehen. Dann würde sie keine weiteren Fragen stellen.

»Ich wollte es dir nicht sagen. Ich wollte dich schützen.«

»Wovor?!« Annettes Stimme schnappte über, und ihre Augen quollen fast aus den Höhlen, so weit hatte sie sie aufgerissen.

»Wie sind pleite. Bankrott.« Vorsichtig ging Gudrun näher an ihre Tochter heran.

»Was heißt das?«

»Das heißt, dass wir nichts mehr haben.«

Annette schüttelte verständnislos den Kopf. »Aber das Haus?«

Jetzt hatte sie Annette erreicht und nahm sie zart am Ellenbogen. »Auch das Haus nicht mehr. Es gehört der Bank.« Sie führte Annette ins Wohnzimmer und setzte diese aufs Sofa, wo noch die Decken und das Kopfkissen lagen, unordentlich und zerwühlt von Annettes unruhiger Nacht.

Ihre Tochter saß zusammengesunken da, schüttelte den Kopf und sah wieder und wieder auf das Schreiben. »Aber Papa … Er hat immer gesagt, es wird mal mir gehören.«

»Trotzdem gehört es jetzt der Bank. Wir mussten ja von irgendetwas leben.«

Nun sah Annette hoch und ihr prüfend ins Gesicht. »Und da hast du Hypotheken aufgenommen? Ohne mit mir darüber zu sprechen? Hast du vielleicht noch meine Unterschrift gefälscht?«

Gudrun hatte ihrer Tochter inzwischen einen Wodka eingegossen und hielt ihr das Glas hin. Aber Annette schüttelte den Kopf, ihre Augen waren schmale Schlitze.

»Du hast alles kaputtgemacht. Du widerliches Stück Mist. Wenn Papa noch leben würde«, zischte sie und ging dann in ihren Teil des Hauses, ohne Gudrun eines weiteren Blickes zu würdigen. Das Schreiben vom Amtsgericht ließ sie auf dem Sofa liegen. Die Verachtung ihrer Tochter tangierte Gudrun nicht weiter. Sie nahm den Brief und wusste, dass ihr keine Zeit mehr blieb. Sie hatte nun zwei Wochen für den Einspruch, und sie musste handeln. Sie ging zum Telefon und drückte die Tasten. Die Nummer hatte sie wohlweislich nicht gespeichert, aber sie kannte die Zahlenkombination auswendig, sie hatte sie allzu häufig gewählt in der letzten Zeit.

»Julius?«

Der Mann am anderen Ende der Leitung antwortete.

»Du musst kommen. Heute noch.«

Gudrun von Rechlin wartete die Antwort nicht ab. Sie legte auf und wappnete sich für das, was zu tun sie jetzt gezwungen war.

4.

»Und? Wie geht's dir? Da oben?«

Unwillkürlich musste Stifter grinsen. Sein neues Domizil in Bayern als »oben« liegend zu bezeichnen kam nur für einen in Frage: Georg Thalmeier, der sich selbst als »dort unten« lebend begriff. Unten, das war in dem Fall der Tegernsee, keine fünfzig Kilometer südlich von Lohdorf gelegen. Mit Georg »Schorsch« Thalmeier, dem ehemaligen Beamten der Münchener Mordkommission in der Ettstraße und späterem Leiter der Kriminalpolizeiinspektion in Bernau, Brandenburg, verbanden ihn die schicksalshaften Erlebnisse im letzten Sommer. Sie waren sich bei einem Mordfall begegnet, Stifter als Verdächtiger, Thalmeier als Ermittler. Der Fall war deprimierend und traumatisch gewesen und letztendlich nicht ausreichend aufgeklärt worden. Es hatte im Verlauf der Ermittlungen einen weiteren Toten und einen schwerverletzten Polizisten gegeben, und als der Sommer sich zum Ende neigte, hatte Johannes Stifter für sich entschieden, dass er es nicht aushalten würde, länger am Ort des Verbrechens zu leben. Er hatte weit weggewollt, irgendwohin, wo ihn nichts mehr an das Erlebte erinnern sollte. So war er in Lohdorf gelandet. Das mit der Flucht vor den Ereignissen war natürlich eine Illusion gewesen, nichtsdestotrotz half ihm die räumliche Distanz beim Vergessen. In etwa zeitgleich war Georg Thalmeier in Rente gegangen, der Fall in Germerow sollte sein letzter gewesen sein. Der alte Polizist hatte Sehnsucht nach seiner Heimat gehabt und war dorthin gezogen, wo er hergekommen war: in ein kleines Kaff oberhalb des Tegernsees. Soviel Stifter verstanden hatte, besaß Thalmeier dort ein Haus.

Ein paar Monate nachdem Stifter Brandenburg verlassen hatte, hatte sein Handy geklingelt und sich überraschend ein bayerischer Bass am anderen Ende der Leitung gemeldet. Es war Georg Thalmeier gewesen, der durch seinen Bernauer Kollegen Karl Galicek von Stifters Umzug erfahren hatte. Thalmeier hatte Stifter plötzlich geduzt und sich danach erkundigt, wie es ihm in den südlichen Gefilden ergehe. Stifter hatte die Vertraulichkeit der bayerischen Eigenart zugeschrieben, jeden ungefragt zu duzen, das war ihm in Lohdorf schon mehrfach begegnet, und er hatte es widerspruchlos hingenommen. Ohne allerdings seinerseits das förmliche Sie aufzugeben. Seit diesem Telefonat hatte Thalmeier sich regelmäßig gemeldet. Einmal die Woche rief er an. Johannes Stifter glaubte, dass Thalmeier einsam war. Er hatte keine Kinder, und die Frau war einige Jahre zuvor gestorben. Hatte Galicek gesagt, Thalmeier selbst sprach nie darüber. Sie tauschten Unverbindlichkeiten aus, und Stifter war amüsiert, weil der alte Mann auf jede seiner Fragen stets mit »Ja mei. Passt scho.« antwortete. Mittlerweile waren die Telefonate zu einem festen Bestandteil seines Lebens geworden, gleich den regelmäßigen fernmündlichen Gesprächen mit seiner Mutter. Heute war Stifter regelrecht dankbar, dass Schorsch Thalmeier ihn anrief, und er zögerte nicht, ihm von den beiden befremdlichen Begegnungen mit den Damen von Rechlin zu erzählen.

Thalmeier hörte aufmerksam zu und seufzte dann: »Ja, mei. Schön ist was anderes.«

»Mmh. Was kann ich tun?«

Längeres Schweigen. »Nix.«

»Nix?«

»Ist doch nix passiert, oder?«

»Na ja.«

Thalmeier nahm sich mit seiner Antwort Zeit. »Ich versteh schon. Aber es ist nix Relevantes passiert. Im strafrechtlichen Sinn. Wie die zwei da leben – das ist halt ihre Sache. Verstehst schon?«

»Ich weiß.«

»Des sag ich dir als Polizist. Als Mensch sag ich dir, schau hin. Sei nett. Klingelst mal, wennst da bist. Fangst a Gespräch an.«

Stifter nickte. Er wusste, dass Thalmeier recht hatte, aber das war ihm zu wenig. Der Anblick von Annette von Rechlin, wie sie dalag, völlig hilflos, mit den schweren Augenlidern. Krank und einsam – das Bild ließ ihn nicht mehr los. Er wollte mehr tun, als nur nett zu sein.

»Wie alt ist die Tochter, hast du gesagt?«

»Keine Ahnung. Mitte fünfzig?«

»Schau her. Kannst eh nix machen.«

Jetzt schwiegen beide Männer. Sie hingen ihren Gedanken nach. Thalmeier brach als Erster die Stille. »Wenn was ist, rufst an.«

Fehlt nur noch, dass er sagt »mein Junge«, dachte Stifter unbehaglich, wie auch immer das auf Bayerisch hieß. Zu viel Nähe war ihm suspekt. Obwohl er den alten Bayer schätzte. Vielleicht mehr als das: Er war ihm sympathisch. Aber sie waren einander doch fremd, sie hatten sich seit September letzten Jahres nicht gesehen, und diese letzte Begegnung war nicht privater Natur gewesen.

»Danke jedenfalls.«
»Nix für ungut.«
Stifter konnte hören, dass Thalmeier dabei lächelte.
»Ich behalte die Damen mal im Blick. Tschüs.«
Das Lächeln wurde breiter. »Servus.«

Stifter beendete das Gespräch und beobachtete, wie Noah über den Rasen auf seine kleine Holzhütte zugeschlurft kam. Woran lag das, fragte sich der Briefträger, dass in einem bestimmten Alter alle Energie aus den Jungen zu weichen scheint. Ein Alter, in dem sie auf dem Höhepunkt ihrer Kräfte sind. Er wusste, dass Noah ein sportlicher Typ war. Er surfte, er fuhr Mountainbike und im Winter Snowboard. Mit den Kumpels spielte er Basketball oder Beachball. Aber kaum war eine sportliche Aktivität beendet, sackte der Junge in sich zusammen. Er schlich mit fragezeichenförmig gebogenem Rücken herum, vom ganzen Elend der Welt niedergedrückt, ließ den Kopf mit den schwarzen Haaren hängen, die sein Gesicht wie ein Vorhang bedeckten, sprach nicht mehr als absolut notwendig und verweigerte jeden überflüssigen Kontakt mit der Außenwelt.

Noah knickte ein Handgelenk schlaff zum Gruß ab, als er Stifter, der in seinem Liegestuhl saß, erreichte und ließ sich ins Gras fallen.

»Wie lief das Referat?«, erkundigte sich Stifter.

Noah zuckte mit den Schultern. Dann zog er aus der Tasche seines karierten Hemds eine CD und hielt sie Stifter hin. Mit dickem Edding stand quer über die Scheibe gekritzelt: Lackmantel de Luxe.

»Deine Band?« Stifter musste ein Schmunzeln verbergen. Seine erste Band hieß, den damaligen Zeiten gemäß, »Nietzsche Five«. Sie hatten miesen Crossover gespielt, waren sich dabei aber vorgekommen wie die legitimen Nachfahren von Genesis. Bis zum heillosen Konzert bei der Schulfete 1980. Danach hatten sie sich nie wieder getroffen und zusammen Musik gemacht. Er hatte bei anderen Bands gespielt, wie seine Freunde auch. Aber seinen Glauben an eine Profikarriere als Musiker hatte er begraben.

Noah nickte und schickte sich an, übers Gras davonzuschlurfen.

»Ich hör's mir heute Abend gerne an. Kommst du zum Lernen vorbei? Oder Rubina?« Erneut das stumme Achselzucken. Dann rang sich Noah aber doch durch, mit ihm zu sprechen.

»Muss noch Zeitungen austragen. Danach mal sehen. Vielleicht kommt ein Kumpel zu mir.«

»Alles klar. Ich bin sowieso hier.«

Keine Reaktion. Noah drehte sich einfach um und ging. Da fiel Stifter etwas ein.

»Noah, wart mal. Du trägst doch oben im Villenviertel aus, oder?«

Die schwarzen Haare wippten auf und ab.

»Auch in der Wettersteinstraße?«

Zögern, dann erneutes Wippen.

»Kennst du die Rechlins? Von Rechlin?«

Jetzt kam Noah neugierig zwei Schritte zurück. Er strich sich die Strähnen aus dem Gesicht und sah Stifter interessiert an. »Nee, glaub nicht. Warum?«

»Ach, nur so.«

Noah legte den Kopf schief und betrachtete Stifter. Dann lächelte er schief.

»Komm, Alter. Warum?«

»Ich war gestern da. Es war ein bisschen …«

Jetzt zeigte Noah echtes Interesse. Er setzte sich neben Stifters Liegestuhl ins Gras. »Ey, die sind voll schräg da oben. Ich meine, da läuft ’ne ganze Menge Irrer rum.«

»Ach ja?«

»Kennst du Edeltraud? Voll krass, Alter.«

»Edeltraud? Nein. Wer ist das?«

»Die hat immer ’nen Nerzmantel an, Alter, immer. Die ist so endkrass. Frisst aus’m Müll, dabei hat sie ’ne Riesenvilla.«

Die Pflaumendiebin, erkannte Stifter.

»Jetzt weiß ich«, entgegnete Stifter. »Die habe ich heute gesehen. Sie trägt zum Nerzmantel einen Turban und Stiefel.«

Noah rupfte einen Grashalm ab und knabberte an dem Stiel. Er schob sich sogar die Haarsträhnen aus dem Gesicht.

»Der Fabi hat schon mal gesehen, wie die bei einem in den Garten eingestiegen ist – Alter!«

»Über den Zaun?« Stifter war fassungslos. Die Frau musste weit über achtzig sein!

»Jeder kennt die, Mann. Edeltraud. Mama hat mal versucht, sich um die zu kümmern. Aber die wollte gar nicht. Die lässt niemanden bei sich rein.«

Stifter wunderte sich. Jemand, der so verwirrt war, gehörte in Obhut. Scheinbar sorgte sich aber niemand darum, dass die alte Frau in ein Heim kam. Noah war jetzt voll in seinem Element.

»Die wohnt Pestalozzistraße. Is ’n Riesengrundstück. Ins Haus kommt man nicht rein, die hat alles verrammelt. Aber wenn sie jemanden erwischt, tillt sie voll aus.« Er grinste. Hinter seiner Stirn arbeitete es sichtbar, und Stifter wusste, dass sich in Noahs Pubertätshirn eine ungute Idee formte.

»Warum ist sie nicht im Heim?«

Schulterzucken. »Mama sagt, die ist harmlos. Nur bisschen gaga.«

Da ist sie nicht die Einzige, dachte Stifter. Wobei er Gudrun von Rechlin nicht für harmlos hielt. Sicher beging die Alte keine Straftaten im landläufigen Sinn, aber er hielt sie für grausam. Seelisch grausam.

»Und die … wie heißen die? In der Wettersteinstraße?«

»Rechlin. Annette und Gudrun von Rechlin.«

Noah war neugierig. »Sind die auch so irre?«

»Ehrlich gesagt, ich weiß es nicht. Seltsam sind sie. Deshalb habe ich dich gefragt. Ob dir mal was aufgefallen ist.«

Noah stand auf, spuckte den Grashalm zur Seite und lächelte.

»Ich hab 'n Auge drauf, Alter.«

Mit diesen Worten drehte er ab und ging zum Haus zurück. Stifter bemerkte, dass er nun weniger schlapp lief, fast wirkte er beschwingt. Er hat ein Ziel, dachte Stifter, etwas, das ihn interessiert. Nicht nur stupides Zeitungsaustragen. Sondern Leute angucken, die gaga sind.

*

Schon an der Art, wie Julius die Haustür aufschloss, hörte Beate, dass er schlechte Laune hatte. Er war ungeduldig und stocherte mit dem Schlüssel herum, bevor dieser ins Loch fand. Als er dann mit Klaus hereinkam und seinen Mantel an die Garderobe hängte, fiel ein Bügel zu Boden, und Julius begann aus dem Stand mit einer Schimpfkanonade. Über die Unzweckmäßigkeit der Garderobe, darüber, dass diese viel zu voll gehängt war – Beate wusste, dass er ihr die Schuld daran gab – und dass die Holzbügel ungeeignet für seinen leichten Sommertrenchcoat waren. Wie oft hatte er schon erwähnen müssen, dass er Bügel mit einem Rutschstopp bevorzugte – auch das war Beates Versagen. Wenn ihr Mann in dieser Stimmung war, so hatte Beate gelernt, war es das Beste, sie tat, als ob sie nicht da wäre. Sie entgegnete nichts auf seine Vorwürfe, zog den Kopf ein und wartete, bis das schwere Unwetter vorüberging. Julius holte dann zu einem Rundumschlag gegen die Schlechtigkeit der Welt aus, die ihn, ganz besonders ihn, mit voller Wucht traf, und er verschonte dabei niemanden mit seiner schlechten Laune. Selbst Klaus hatte in seiner Beschränktheit erkannt, dass es dann besser war, dem Papa aus dem Weg zu gehen, und verschwand rasch in seinem Zimmer. Nicht ohne Beate vorher auf die Wange zu küssen und ihr zu sagen, wie lieb er sie hatte.

Julius war bei seinem Standardthema angelangt, der Gängelung der niedergelassenen Ärzte durch die Krankenkassen, und schimpfte das gesamte Gesundheitssystem in Grund und Boden. Er unterbrach sich dabei nur, um einen prüfenden Blick auf den gedeckten Kaffeetisch zu werfen.

»Du weißt doch, dass ich keinen Kirschplunder esse«, war sein missgelaunter Kommentar.

»Das ist ja auch für Klaus. Für dich habe ich die Quarktasche geholt.«

Julius verzog das Gesicht. »Mach mir zwei Stullen. Ich geh hoch und packe ein paar Sachen zusammen. Ich fahre heute noch runter.«

Beate erschrak. Sie hätte nicht nachfragen müssen, wohin Julius aufbrechen wollte, aber sie tat es dennoch. »Wohin? Warum musst du … Wir hatten doch etwas anderes ausgemacht!«

»Es gibt Schwierigkeiten«, versetzte ihr Mann unwirsch. »Gudrun braucht mich in Lohdorf. Sie kommt mit der Situation nicht alleine klar.«

»Aber wir hatten besprochen, dass du frühestens eine Woche danach runterfahren sollst. Frühestens! Das ist doch viel zu auffällig jetzt. Julius!«

Sie sah ihm an, dass ihm nicht wohl war bei der Sache. Ihnen beiden nicht. Vorher, als sie monatelang geplant und darüber geredet hatten, schien ihnen alles so einfach. So sicher. Sie würden ihr Geld zurückbekommen, davon waren sie überzeugt gewesen. Aber nun, wo sie den Mann hatten und es kein Zurück gab, da tauchten Fragen und Probleme auf, die sie vorher nicht durchdacht hatten. Durchdenken wollten. Dazu kam, dass sie Gudrun von Rechlin nicht über den Weg trauten. Beide nicht, auch Julius, das wusste Beate. Aber er war in der Lage, seine Antipathie wegzudrücken, weil sie der Sache hinderlich war, wie Julius sich auszudrücken pflegte. Der Sache. Sie wuchs ihr über den Kopf, die Sache, und Beate wünschte, sie hätten nie damit angefangen.

Es war vor acht Jahren gewesen. Julius, Klaus und sie hatten sich eine Kreuzfahrt gegönnt. Julius hatte seine Praxis aufgegeben und war in Rente gegangen. Sie hatten sich ihren Lebensabend glänzend ausgemalt, wollten reisen und endlich das Leben genießen, das voller Frustrationen und Entbehrungen gewesen war. Sie hatten die »Hurtigruten« gewählt, eine vierzehntägige Kreuzfahrt durch die Fjorde Norwegens, mit Außenkabine. Und einem dritten Bett für Klaus. Auf dieser Reise hatten sie Gudrun und ihren Mann Volkmar kennengelernt. Volkmar war ein glänzender Unterhalter gewesen, er hatte sogar den spröden Julius schon am ersten Abend um den Finger gewickelt. Als sie zehn Tage später von Bord gegangen waren, hatte Julius die Visitenkarte von Hans Günther Heims, Investmentbanker und Anlageberater, in der Tasche gehabt und jede Menge Anlagetipps von Volkmar. Amerikanische Immobilienfonds, darauf hatte Volkmar gesetzt. Kombiniert mit anderen Anlagen, von denen Beate nichts verstanden hatte. Sie hatte auf der Reise versucht, Abstand zu den Rechlins zu halten, die ihr zu überheblich waren mit ihrem adeligen Getue. Drei Wochen nach Abschluss der Kreuzfahrt hatten sie die Nachricht erhalten, dass Volkmar gestorben war. Hirnschlag, es ging ganz schnell. Da hatte Julius bereits sein gesamtes Vermögen diesem Heims in den Rachen geworfen.

Ein paar Jahre lang war wohl alles gutgegangen, Beate wusste nichts davon. Aber allein die Tatsache, dass sie nichts mitbekommen hatte, ließ sie vermuten, dass mit dem Geld alles lief wie geplant. Bis zum September 2008. Dem Tag der Lehman-Pleite. Sie verstand nicht, warum der Zusammenbruch der Bank den Zusammenbruch der globalen Geldmärkte zur Folge hatte, den Kollaps von Anlegern auf der ganzen Welt, aber sie hatte Julius' Gesicht gesehen, nachdem er mit seinem Sachberater von der Sparkasse geredet hatte. Zuvor hatte er tagelang versucht, diesen Heims an die Strippe zu bekommen. Immer und immer wieder hatte er rastlos die Nummer gewählt, aber der Mann war nicht ans Telefon gegangen oder hatte die Nummer gewechselt. Julius hatte dann mit seiner Bank gesprochen, auch dort hatte man ihm keine Auskunft erteilen wollen, aber um einen persönlichen Termin gebeten. Als Julius an diesem Tag von der Sparkasse gekommen war, war er leichenblass gewesen, hatte sich im Mantel an den Küchentisch gesetzt und Beate mit wässrigen Augen angesehen.

»Unser Geld ist weg«, hatte er gesagt. »Alles. Alles ist weg.«

Und drei Jahre später, fast auf den Tag genau, nach unzähligen Versuchen, die Geschäfte rückgängig zu machen, hatten sie diese Sache angezettelt.

»Warum musst du jetzt zu Gudrun fahren? Warum?« Beate war ihrem Mann ins Schlafzimmer gefolgt. Dort hatte Julius bereits den kleinen Koffer aufs Bett geworfen und holte wahllos Unterhosen und Strümpfe aus dem Schrank.

Beate drängte ihren Mann zur Seite und übernahm das Packen für ihn.

»Gudrun hat die Zwangsversteigerung bekommen. Wir müssen anfangen, ihn unter Druck zu setzen. Uns läuft die Zeit davon.« Julius hatte sich aufs Bett gesetzt und sah zu, wie Beate drei Hemden, eine Ersatzhose, zusammengerollte Socken, Unterhemden und -hosen in den Koffer schichtete.

»Das geht uns doch nichts an. Soll sie sehen, wie sie damit fertig wird. Wir hatten ausgemacht, dass du nach der Entführung die Füße stillhältst.«

Julius schlug mit der Faust aufs Bett. »Wir haben das gemeinsam begonnen, wir ziehen das gemeinsam durch. Und ich habe auch keine Geduld mehr. Er muss ja bloß ein paar Telefonate führen, dann haben wir unser Geld wieder.«

Beate ging ins Bad und holte den Waschbeutel. Sie hatte fertig gepackt, aber sie hätte am liebsten alles herausgerissen, den Koffer aus dem Fenster geworfen und vergessen, dass es das alles gab. Stattdessen setzte sie sich neben Julius und nahm seine Hand. Er ließ es geschehen und streichelte mit dem Daumen ihren Handrücken.

Sie sah ihm in die Augen. »Tu nichts Unüberlegtes.«

Julius begegnete ihrem Blick. Seine Augen waren noch wässriger als sonst. Alle Wut war aus ihnen gewichen, sie spürte, dass auch Julius unter der Last dessen, was ihm bevorstand, fast zusammenbrach.

»Ich brauche dich, Julius. Und wenn schon nicht an mich, dann denk wenigstens an Klaus.«

Er nickte und atmete schwer.

Beate setzte nach. »Lass den Mann laufen. Wir schaffen das auch ohne das Geld.« Sie streichelte einmal zart über seine faltige weiche Wange. »Liebster.«

Seine Schultern strafften sich, der innige Moment war vorüber, und Julius stand auf. Er klappte den Koffer mit Verve zu, nahm ihn und ging die Treppe hinunter. Beate blieb auf dem Bett sitzen und lauschte seinen Schritten. Er wechselte von den Haus- in die Straßenschuhe, nahm den Trenchcoat vom Bügel, zog den Schlüssel ab und öffnete die Haustür. Beate hielt den Atem an, in der Hoffnung, ihr Mann würde ihr noch ein Wort des Abschieds zurufen, aber die Tür fiel ins Schloss.

*

Dass sie ihm kein Essen gaben, war nicht weiter schlimm. Essen hatte für ihn noch nie eine große Rolle gespielt. Wenn es welches gab, gut. Wenn es gut war, umso besser. Aber dass die Alte, die ihn bewachte, ihm so wenig zu trinken gab, machte ihm langsam zu schaffen. Sein Mund trocknete aus, die Luft im Keller war stickig und verbraucht. Er schwitzte wie eine Sau, gleichzeitig hatte er das Gefühl, Schüttelfrost zu bekommen, er litt unter unkontrolliertem Muskelzucken und stechendem Kopfschmerz. Aber er hatte nicht vor, die Herrschaft über Körper und Geist aufzugeben. Er hatte, seit er in dem Keller war, nicht geschlafen. Er hatte lediglich geruht, mal die Augen geschlossen und sich zentriert, aber er würde niemals die Kontrolle verlieren. In den Stunden im Keller war das fast die größte Aufgabe: seine Gedanken zu kontrollieren. Denn er spürte, wenn er sich nicht konzentrierte, begann die Unsicherheit von ihm Besitz zu ergreifen. Die Unsicherheit darüber, was die von ihm wollten. Wer die waren. Diese verschrumpelte Alte, die ihm das Wasser brachte und ihn hasserfüllt anstarrte, konnte ihn wohl kaum entführt haben. Sie war der Zerberus, das stand fest. Wer aber waren die Drahtzieher, und was war ihr Motiv? Er wusste nichts, und er konnte die Situation nicht einschätzen. Aber davon durfte er sich jetzt nicht kirre machen lassen. Stattdessen musste er versuchen, analytisch vorzugehen. Nachdenken, wer ihm das warum antat. Er hatte viele Feinde. Er hatte eine Menge Menschen ruiniert. Firmen, Anleger, Zocker, Banker. Aber er hatte den Menschen nur das geboten, wonach sie gesucht hatten: Geld und immer mehr davon. Sie alle waren getrieben von ihrer Gier. Für ihn hatte Geld keine Rolle gespielt. Die Bewegungen auf seinem Konto waren uninteressant. Es war immer genug da gewesen. Er war auf den Kick aus, den *Thrill*. Den richtigen Moment, den es zu erwischen galt, bevor man kaufte oder verkaufte. Den Transfer einleitete. Er hatte seine Befriedigung daraus gezogen, dass er Transaktionen *all over the world* am Laufen hatte. Er allein. In seiner Schaltzentrale da oben in seinem Hirn, wo alle Fäden zusammenliefen. Unwillkürlich grinste er. Er würde die endgültig ficken. Sie hatten sich ein Tier in den Keller gesperrt und es angekettet, in der falschen Gewissheit, es unter Kontrolle zu haben. Aber es würde der Tag kommen, an dem sie begreifen würden, dass er in der Lage war, die Ketten zu sprengen.

Nun ging er in den Liegestütz und fing an zu pumpen. Dreiundvierzig, vierundvierzig, fünfundvierzig …

5.

Mit beiden Händen hielt sie die Tasse umklammert. Die Wärme tat ihr gut. Sie fror, obwohl es ein heißer Tag war, bestimmt an die dreißig Grad. Aber Gudrun von Rechlin spürte seit langem, dass Kälte ihren Körper ergriff. Die Kälte des Alters, des nahenden Todes. Als sie das letzte Mal beim Arzt war, vor vielleicht zwei Jahren, hatte der festgestellt, dass ihr Blutdruck viel zu niedrig war. Er hatte sie ermahnt, sich mehr zu bewegen. Aber sie war rüstig, sie bewegte sich. Treppauf, treppab. In den Keller und wieder hoch, in den ersten Stock. Und wieder hinunter. Zurzeit aber nahm sie die Treppe in den Keller so selten wie möglich. Der Kerl da unten würde es schon ein paar Tage ohne Essen aushalten. Dreimal am Tag einen Becher mit Wasser, das war das höchste der Gefühle. Sie wusste nicht, was sie mit ihm anfangen sollte. Sie hatten nicht darüber geredet, vorher, als sie den Plan schmiedeten, sie und Julius. Es war ihr gar nicht in den Sinn gekommen, dass sie alleine für die Geisel verantwortlich wäre. Es hatte immer nur geheißen: Nach zwei Wochen kommt Julius, und dann beginnen wir, Druck auszuüben. Aber was in der Zwischenzeit passieren sollte, was sie anstellen sollte mit dem fremden Mann in ihrem Keller, darüber hatten sie sich keine Gedanken gemacht. Hatte *sie* sich keine Gedanken gemacht. Dass sie seine Exkremente wegräumen musste, zum Beispiel.

Gudrun strich über die Wachstuchdecke und starrte dann wieder nach draußen. Frankfurt–Lohdorf, das waren vielleicht vierhundert Kilometer. Fünf Stunden würde Julius brauchen. Also würde er in ein bis zwei Stunden hier sein. Bis dahin müsste Annette endlich aus dem Haus sein, sie sollte ihn nicht sehen. Sie erinnerte sich bestimmt nicht an Julius, den sie erst einmal getroffen hatte, und vor allem: Sie ahnte nichts von ihrem gemeinsamen »Projekt«.

Gudrun hatte sich alles zurechtgelegt. Julius sollte etwas weiter weg parken, am Novalisplatz. Dort, wo die Geschäfte waren. Da fiel ein Wagen mit fremdem Kennzeichen weniger auf. Außerdem würde sie ihn in ihrem Schlafzimmer einquartieren, sie selbst würde so lange auf dem Sofa schlafen. Annette würde nichts bemerken. Sie lebte in der Einliegerwohnung, in ihrem eigenen Teil des Hauses. Das große Wohnzimmer nutzte sie nicht, es sei denn, Gudrun brachte sie zum Ausnüchtern dorthin. Gudrun sah auf die Küchenuhr. Warum war Annette noch nicht gegangen? Der Literaturzirkel begann um acht. Jetzt war es kurz vor acht, und ihre Tochter hatte das Haus noch immer nicht verlassen. In der Regel blieb Annette bis weit nach Mitternacht bei ihren Freundinnen sitzen. Zu dem Zeitpunkt sollte Julius den ersten Durchgang mit dem Mann im Keller hinter sich haben. Vielleicht würden sie dann schon wissen, was zu tun wäre, um ihr Geld zurückzubekommen. Julius war wütend gewesen am Telefon, und das war gut so. Er würde seine Wut brauchen, um aus dem Mann die nötigen Informationen herauszubekommen. Sie kannte Dr. Julius Klinger nicht besonders gut, aber in den letzten drei Jahren hatte Gudrun den Eindruck gewonnen, dass er durchaus ein Mann der Tat sei. Kein Wunder, er hatte eine erfolgreiche Zahnarztpraxis aufgebaut und betrieben, obwohl er aus kleinen Verhältnissen kam. Das allein bewies schon, dass er Biss hatte. Er hätte eine gute Frau an seiner Seite verdient, nicht dieses Hausmütterchen Beate, die ihm den kranken Sohn geboren hatte. Deprimiert dachte Gudrun an ihren eigenen schwächlichen Mann, Volkmar, dessen verkorkste Gene diese Säufertochter hervorgebracht hatten. Ironie des Schicksals. Vielleicht wären sie füreinander bestimmt gewesen, sie und Julius. Aber nun war es zu spät für diese Gedanken. Sie hatten beide ihr Päckchen zu tragen, hatten beide ihre bucklige Verwandtschaft am Bein. Und sie waren ruiniert. Die Früchte eines ganzen Arbeitslebens hatte der Kerl ihnen genommen.

Nun hörte sie eine Tür klappen und beobachtete, wie Annette durch den Vorgarten ging und ihr Fahrrad holte. Gudrun schnaubte. Auf dem Rückweg würde ihre Tochter nicht mehr wissen, dass sie überhaupt ein Rad besaß. Sie würde nach Hause torkeln, sich zum Schluss noch ein paar Schlaftabletten einwerfen und dann halb bewusstlos dem neuen Tag entgegendämmern. Irgendwann würde Annettes Freundin ihren halbwüchsigen Sohn vorbeischicken, der ihrer Tochter das Fahrrad brachte, das sie »vergessen« hatte. Jämmerlich.

Gudrun trank den letzten Schluck Pfefferminztee, spülte die Tasse sogleich ab und stellte sie zurück in den Geschirrschrank. Sie musste noch alles vorbereiten für Julius' Ankunft.

*

Stifter nahm die waschtrommelgroße Salatschlüssel aus Rubinas zarten Händen, tat sich etwas auf den Teller und reichte sie an Jeremias weiter. Der älteste Sohn der Familie Lanz war siebzehn und würde im kommenden Schuljahr sein Abitur machen. Auch Zora, die Erstgeborene, saß heute Abend mit am ausladenden Esstisch, was selten geworden war. Sie hatte den Absprung aus dem Elternhaus bereits geschafft und wohnte mit einer Freundin in einer Wohngemeinschaft in Freising. Sie studierte im nahen Weihenstephan Ökotrophologie. Nur Noah fehlte noch am Tisch. Er legte Wert darauf, dass er mit fünfzehn ein freier Mensch war, tun und lassen konnte, was er wollte, und vor allem: auf keinen Fall pünktlich zu Zusammentreffen mit seinen Eltern erscheinen musste. Johannes Stifter bewunderte die Gelassenheit von Andreas und Kyra ihrem heftig pubertierenden Sohn gegenüber, aber sie bewältigten diese schwere Phase schließlich nicht zum ersten Mal.

Plötzlich erinnerte Stifter sich an die Kröten, über die er mit der jüngsten Tochter, Rubina, sprechen wollte. Er erzählte ihr von dem Pärchen, das er in der sengenden Sonne vom Weg aufgelesen hatte.

»Oh, die Armen!« Rubina sah Stifter sorgenvoll an und wäre vermutlich am liebsten gleich aufgesprungen, um sich auf die Suche nach dem verirrten Krötenpaar zu machen.

»Keine Bange, ich habe sie in einen Tümpel gesetzt, denen geht's gut«, beschwichtigte Stifter. »Aber warum wandern sie los, um diese Jahreszeit?«

Rubina zuckte mit den Schultern. »Keine Ahnung. Vielleicht konnte das Männchen nicht mehr laufen. Die Weibchen sind auf alle Fälle größer und stärker. Vielleicht war er auch krank?«

»Und sie hat ihn zum Onkel Doktor geschleppt?« Jeremias zwinkerte amüsiert zu seiner kleinen Schwester hinüber, die ihm sofort die Zunge rausstreckte.

»Aber die vergraben sich noch nicht, Rubi, oder?« Kyra,

mit ausgeprägten Antennen für beginnenden Geschwisterstreit, mischte sich diplomatisch ein.

Rubina schüttelte den Kopf. »Nee, ist noch zu heiß. Frühestens Anfang Oktober.«

Andreas zwickte seine Frau liebevoll in die vollschlanken Hüften. »Trägst du mich auch rum, wenn ich nicht mehr laufen kann?«

Rubina kicherte, während Kyra ihrem Mann einen Kuss aufs Ohr gab. »Davon träumst du.«

»Aber vergraben könnten wir uns doch, im Herbst?« Jetzt zwinkerte Andreas seinen Kindern zu. Es war seine Art, Kyra zu zeigen, wie attraktiv er sie fand und dass er immer noch verliebt in sie war. Das tat er gerne vor Publikum, und Stifter, seit Jahren ohne feste Beziehung, musste sich eingestehen, dass er sich immer ziemlich einsam fühlte, wenn er vom Lanzschen Familientisch aufstand und in seine Holzhütte hinüberging.

»Jedenfalls ist es bei den Menschen wie bei den Kröten«, konstatierte Zora lächelnd, »die Weibchen sind definitiv die Stärkeren.«

»Am Arsch«, gab Jeremias zurück, den Mund voll Lasagne.

In dem Moment öffnete sich die Tür, und Noah schlurfte herein. Er gab seiner Mama einen Kuss auf den Scheitel, klatschte Andreas ab und setzte sich neben Zora. Keiner machte eine Bemerkung über seine Verspätung, stattdessen füllte Kyra ihm automatisch seinen Teller.

»Boah, du stinkst.« Zora rümpfte die Nase. »Nach Scheißkippen.«

Noah rollte mit den Augen. Wenn die beiden Geschwister aufeinandertrafen, überschüttete Zora ihren kleinen Bruder sofort mit Vorwürfen zu seinen Rauch- und Trinkgewohnheiten, denn sie war strikte Gegnerin von Rauschmitteln jeder Art. Sie ernährte sich vegetarisch und kündigte seit einigen Wochen an, dass sie künftig Veganerin sein wolle. Noah focht das nicht sonderlich an, der Einzige, der ihm in der Hinsicht die Hammelbeine langziehen durfte, war Jeremias. Um vom leidigen Thema abzulenken, ging Noah gleich in die Offensive.

»Deine Damen haben Männerbesuch bekommen«, wandte er sich an Stifter.

Dieser verstand nicht gleich. »Meine Damen?«, fragte er zurück und spürte, dass sich die Augen der ganzen Großfamilie erwartungsvoll auf ihn richteten.

»Von Rechlin«, präzisierte Noah. »Wir haben da oben noch ein bisschen abgehangen, als wir mit den Zeitungen fertig waren …«

»Und gesoffen«, murmelte Zora in ihren Salat.

»Fabi, Lukas und ich«, fuhr ihr Bruder unbeirrt fort. »Da kam so eine Spießerkarre, VW oder so, mit Frankfurter Kennzeichen. Der hat ewig gebraucht, um in die Parklücke reinzukommen. Wir haben uns echt einen abgelacht, so dämlich hat der sich angestellt. Jedenfalls ist dann so'n alter Typ mit Trenchcoat ausgestiegen.«

»Okay. Und warum …«

»Weil ich ihn kurz darauf gesehen habe, wie er bei denen geklingelt hat. Bei den von Rechlins. Ich bin noch mit dem Luki ein Stück gefahren. Und die alte Schabracke …«

»Noah!« Kyra schüttelte den Kopf.

»Was denn?« Noah schaufelte einen Riesenbissen Lasagne in sich hinein und sprach mit vollem Mund weiter. »Die Alte hat ihn jedenfalls reingelassen.«

Stifter nickte, ließ Noahs Geschichte aber unkommentiert,

weil er fand, dass es ihn wahrlich nichts anging, wann die Damen von Rechlin Besuch bekamen. Wen und woher auch immer. Noah schien leicht enttäuscht, dass Stifter seine Geschichte kommentarlos hingenommen hatte und sich das Gespräch am Tisch schnell um etwas anderes drehte.

Von Andreas ließ sich Stifter noch zu einem gemeinsamen Bier nach dem Essen bewegen. Eine Stunde vor Mitternacht drehte er sich als Tagesabschluss noch eine Zigarette mit dem »Schwarzer Krauser«-Tabak, den er stets in einer Blechdose auf dem Fensterbrett aufbewahrte. Er lehnte sich an die hölzerne Wand seiner Behausung, die noch warm von der Sonne war, und betrachtete den klaren Sternenhimmel. Er sah so lange hinauf und versuchte, sich an die Sternbilder zu erinnern, die er von seinem Vater gelernt hatte, bis er sich die Finger an der Glut seiner Kippe verbrannte. Dann ging er ins Bett, glücklich, ohne einen Gedanken an Gudrun oder Annette von Rechlin verschwendet zu haben.

*

»Er macht sich über uns lustig.« Julius saß ihr gegenüber und drehte den Becher mit dem mittlerweile erkalteten Tee in den Händen. Alkohol hatte er abgelehnt. Er hatte nüchtern sein wollen, als er mit dem Gefangenen »verhandelte«. Aber die Verhandlungen hatten kein Ergebnis gebracht. Dabei war Gudrun so hoffnungsvoll gewesen. Als Julius vor ein paar Stunden angerückt war, wollte er sofort in den Keller gehen und den Gefangenen sehen. Er hatte entschlossen gewirkt. So, als wüsste er, was zu tun ist. Aber im Verlauf der Unterredung war Julius immer planloser geworden. Zunächst hatte er sich bedrohlich vor dem Kerl aufgebaut und ihn mit fester Stimme angeredet. Aber der hatte nur geschwiegen und gelächelt. Arrogant, ganz so, als sei er es, der die Oberhand habe. Gudrun hatte gemerkt, dass Julius immer schwächer wurde, dass er nicht mit dem selbstsicheren Gehabe des Gefangenen gerechnet hatte. Beide hatten sie geglaubt, dass der Mann geschwächt sein würde durch die tagelange Gefangenschaft, durch den Essensentzug, dadurch, dass niemand ihm gesagt hatte, warum er im Keller gefangen gehalten wurde. Aber als sie beide vor ihm standen, ihm, der auf dem Boden saß und zu ihnen aufsehen musste, hatte sie gespürt, wie der Kerl innerlich gewachsen war.

Julius hatte einige Schreiben vorbereitet, Vollmachten, die der Mann ihnen erteilen sollte, damit sie sich von seinem Vermögen holen konnten, was ihnen zustand. Aber der Banker hatte nur höhnisch gelacht und den Kopf geschüttelt. Wutentbrannt war Julius daraufhin aus dem Keller gestürmt, hilflos, er und auch Gudrun hatten die Grenzen ihrer Macht erkannt.

»So kommen wir nicht weiter.« Julius sprach aus, was sie beide dachten. Immerhin benennt er das Problem, dachte die enttäuschte Gudrun.

In diesem Moment hörte sie die Gartentür in den Angeln quietschen. Sie warf einen Blick aus ihrem Küchenfenster. Es war Annette, und sie war, wie man an ihrem Schwanken sehen konnte, sternhagelvoll. Aber sie schien gespürt zu haben, dass ihre Mutter auf sie hinuntersah, jedenfalls hob sie mühsam den Kopf und erblickte Gudrun am Küchenfenster. Sie grüßte nicht, sie lächelte nicht. Stumm sahen sie sich in die Augen. Dann wandte Annette den Kopf ab, wie immer, und wankte auf die Tür ihrer Einliegerwohnung zu. Gudrun beobachtete noch eine Weile, wie ihre Tochter sich abmühte, den Schlüssel aus ihrer Handtasche zu kramen und anschließend ins Schloss zu stecken. Niemals hielt Annette ihrem Blick stand, sie hatte es nie geschafft, ihrer Mutter Paroli zu bieten. Gudrun verachtete die Schwäche ihrer Tochter, und als sie darüber nachdachte, fasste sie einen Entschluss.

»Ohne Gewalt kommen wir nicht weiter«, sagte sie und drehte sich zu Julius um.

Dieser sah sie erschrocken an.

»Du hast ihn betäubt, du hast ihn in deinen Kofferraum gesteckt, und du hast ihn hierhergebracht«, setzte sie nach. »Jetzt musst du die nächsten Schritte machen. Sonst war alles umsonst.«

»Das kann ich nicht.« Julius umklammerte die Teetasse mit seinen sehnigen Fingern.

»Doch, Julius, das kannst du.« Gudrun war nun zu allem entschlossen. »Ich habe ihm nichts zu essen gegeben, er ist schwach. Er kann sich nicht zur Wehr setzen.«

»So schwach hat er aber nicht gewirkt«, wandte Julius lahm ein.

Gudrun setzte sich an den Küchentisch und beugte sich zu ihm hinüber. »Mit Worten kommen wir hier nicht weiter. Das hast du ja wohl gemerkt. Wir können es höchstens aussitzen, bis er halb verhungert ist. Aber die Zeit habe ich nicht.«

Sie hatte eindringlich gesprochen und fixierte Julius mit ihrem Blick. Sie war sicher, ihre Worte würden wirken.

Julius starrte nun vor sich auf die Tasse, nur, um Gudrun nicht ansehen zu müssen. Er schüttelte leicht den Kopf, aber sie wusste, dass er endlich begriffen hatte: Er würde nicht darum herumkommen.

»Ich habe noch nie jemandem körperlichen Schmerz zugefügt.«

»Als Zahnarzt? Du machst Witze!«, höhnte sie.

Erschrocken sah er sie an. »Ich bin Arzt!«

Was für eine hehre Empörung, dachte Gudrun. Gerade als Arzt sollte er wissen, wie er jemandem Schmerzen zufügen konnte, um ihn zum Reden zu bringen. Sie hatte durchaus ihre Vorstellungen, wie man das anstellen konnte. Aber sie spürte, dass sie Julius nur verschrecken würde, wenn sie ihn darauf ansprach. Er war sensibler, als sie erhofft hatte. Seine Wut schien verraucht. Jetzt, kurz vor Mitternacht, im bläulichen Schein ihrer Küchenlampe sah er einfach nur aus wie ein armer, verzweifelter, alter Mann. Was er auch war. Dr. Julius Klinger, einem Betrüger zum Opfer gefallen, mittellos.

»Ich muss Beate anrufen.«

»Nein«, gebot Gudrun ihm Einhalt. »Die schläft sicher schon. Du musst sie nicht unnötig wachklingeln und aufregen. Ruf morgen an. Wenn du einen Erfolg verbuchen kannst.«

Jetzt blickte er ihr ins Gesicht. Mit einer Mischung aus Erstaunen und Angst. Er hatte es verstanden, hatte verstanden, dass sie keine Ruhe geben würde. Hatte verstanden, dass er mit Nachdruck fragen musste. Dass er dem Mann im Keller klarmachen musste, in welcher Gefahr sich dieser befand. Sie stand auf und sah auffordernd auf ihn herab.

»Komm. Gib ihm einen kleinen Vorgeschmack.«

Julius zögerte, aber nur einen kurzen Moment. Dann erhob er sich, und Gudrun bildete sich ein, dass sie seine langen Knochen knacken hörte. Sie ging ihm voraus zur Treppe. Auf dem Weg ins untere Stockwerk lauschte sie, ob sie aus

Annettes Einliegerwohnung Geräusche hörte, aber dort blieb alles still. Julius folgte ihr zögerlich.

Schließlich standen sie vor der schweren Kellertür. Volkmar hatte vor Jahren eine Brandschutztür einbauen lassen. Damals hatte sie den Sinn nicht eingesehen und die Maßnahme für reine Geldverschwendung gehalten, aber nun war sie froh darum. Man würde außerhalb des Kellers nichts hören. Gudrun öffnete die Tür und nickte Julius aufmunternd zu. Dieser starrte auf die gelb erleuchteten Betonstufen der Kellertreppe. Mechanisch öffnete er die Schnalle seines Gürtels und zog diesen dann durch die Schlaufen. Er ließ den braunen Ledergürtel einmal durch die Finger gleiten, wie um zu prüfen, ob dieser der bevorstehenden Belastung standhalten würde. Dann stieg er die Stufen hinab, und Gudrun schloss hinter ihm die Stahltür.

6.

Der Wecker klingelte um sechs Uhr dreißig, wie jeden Morgen. Und wie jeden Morgen weckte er Beate Klinger nicht. Denn sie war bereits wach und starrte auf das Ziffernblatt. Die ganze Nacht über hatte sie kein Auge zugemacht, höchstens für ein paar Minuten war sie in einen Dämmerzustand gefallen. Beate dachte an Julius. Er hatte nicht angerufen, nachdem er in Lohdorf angekommen sein musste. Er rief sie immer an, das war eine unausgesprochene Abmachung zwischen ihnen beiden. Er fuhr irgendwohin, und dann rief er sie an. Natürlich. Julius wusste doch, dass sie sich Sorgen machte. Sie hatte den ganzen Abend neben dem Telefon verbracht. Als sie begriffen hatte, dass er sich nicht mehr melden würde, hatte sie sich ihrerseits nicht mehr getraut, bei Gudrun von Rechlin in Lohdorf anzurufen. Vielleicht hatte Julius im Stau gestanden. Vielleicht war er müde geworden und hatte an einer Raststätte ein Nickerchen gemacht. Vielleicht, vielleicht. Jetzt verfluchte sie Julius' strikte Weigerung, sich ein Handy anzuschaffen. Er hatte gemeint, das verursache unüberschaubare Kosten, und da sie beide ohnehin immer zu Hause waren, sei diese Investition unsinnig. Beate dagegen hatte den Besitz eines Mobilgerätes als ein Stück mehr Sicherheit empfunden. Wenn einem von ihnen etwas geschah, konnte man den Partner umgehend informieren. Heutzutage gab es schließlich kaum noch Telefonzellen. Als sie einmal versucht hatte, an einer dieser modernen Säulen zu telefonieren, hatte der Apparat kein Bargeld akzeptiert, nur eine Telefonkarte. Die, die sie noch besessen hatte, war bereits mehr als drei Jahre alt, aber noch fast voll. Der Apparat hatte die Karte nicht genommen. Die Telefonkarte war unbenutzbar geworden.

Beate rollte sich auf die Seite, stemmte sich auf den linken Ellenbogen und richtete langsam ihren Oberkörper auf – so, wie es ihr die Krankengymnastin gezeigt hatte. Dabei grübelte sie unentwegt über das Verbleiben ihres Mannes nach. Ab welcher Uhrzeit würde sie bei Gudrun anrufen und sich nach Julius erkundigen können? Vor acht? Erst danach? Aber, so beruhigte sie sich, bestimmt würde er sich seinerseits bald melden, so pflichtbewusst, wie Julius war.

Sie hörte Klaus in der Küche herumfuhrwerken. Gleich würde er nach ihr rufen. Klaus geriet schnell aus dem Tritt, wenn etwas vom üblichen Rhythmus abwich. Sie hatte ihm noch gar nicht gesagt, dass sein Papa ihn heute früh nicht zur Arbeit bringen werde, sondern der Shuttle. Die Behindertenwerkstatt hatte einen Fahrdienst eingerichtet, den sie aber nur selten in Anspruch nahmen. Seit Julius die Praxis aufgegeben hatte, fuhr er seinen Sohn selbst, jeden Morgen, und er holte ihn auch wieder ab, jeden Nachmittag. Beate wusste, dass Julius sich an alles klammerte, was nach einer Aufgabe aussah. Er war panisch gewesen, als ihm klar geworden war, dass er nicht länger als Zahnarzt praktizieren konnte. Er hatte sich einiges an Lobbyarbeit aufgehalst, war in diversen Verbänden engagiert und ging regelmäßig zu Treffen mit anderen Pensionisten. Er hatte sich noch an den Gedanken geklammert, dass er Vorträge halten oder wissenschaftlich publizieren könnte, aber er war fachlich nicht auf der Höhe der

Zeit, und so hatte sich niemand für Julius' Einlassungen interessiert. Ebenso wenig wie für die Praxis. Es hatte sich kein Nachfolger gefunden. Die Geräte waren zu alt, »schrottreif«, wie der Mann gesagt hatte, der die Praxisauflösung übernommen hatte. Julius hatte gehofft, dass er einen nennenswerten Betrag erlösen konnte, stattdessen konnte er froh sein, dass der Mann nicht noch eine Gebühr verlangt hatte. Es war deprimierend für ihren Mann gewesen.

Ein heftiger Schmerz in der Brust nahm Beate jäh die Luft zum Atmen. Wie eine Messerattacke fühlte es sich an. So etwas war ihr noch nie widerfahren, und sie begann langsam bis zehn zu zählen. Dadurch verschwand der Schmerz allmählich. Beate machte sich aber keine großen Sorgen wegen der Attacke. Sie glaubte nicht, dass diese gesundheitliche Gründe hatte. Sie hatte Angst um Julius, das zerriss sie. Daher rührte der Schmerz. Die Wehmut, wenn sie an ihn dachte. Seine weiche Haut, die übersät war mit Altersflecken und ganz feinen Falten. Seine Traurigkeit und Mutlosigkeit, die sie so hilflos machten.

»Mama! Mama!« Klaus rief aus der Küche, und Beate beeilte sich, den Morgenmantel überzustreifen und ihrem Sohn das Frühstück zu richten.

Klaus hatte sich vorerst beschwichtigen lassen, als Beate ihm eröffnet hatte, dass Julius auf einer wichtigen beruflichen Reise war. Er hatte am Vortag nicht mitbekommen, dass sein Vater weggefahren war. Er hatte in seinem Zimmer über den Modellflugzeugen gesessen und war so ins Basteln vertieft gewesen, dass Beate ihm seinen Abendbrotteller ins Zimmer gestellt und gute Nacht gewünscht hatte. Umso weniger passte es Klaus, dass Julius jetzt nicht da war, um ihn zur Arbeit zu bringen. Zwar hatte er Beates Lügen geglaubt, aber dass er damit nicht einverstanden war, erkannte Beate daran, dass Klaus unruhig auf dem Stuhl hin und her rutschte. Sein Nutellabrot aß er nur zur Hälfte. Als der Fahrdienst klingelte, war Beate heilfroh, ihren Sohn verabschieden zu können, er hatte sie noch nervöser gemacht, als sie ohnehin schon war. Zumal sie Klaus nur im absoluten Notfall belog. Ab und an schwindelte sie, wenn es unbedingt sein musste, aber sie fand, dass Klaus ein so reines und unschuldiges Wesen war und es nicht verdient hatte, belogen zu werden. Er selbst konnte nicht lügen, ja, er wusste mit Sicherheit nicht einmal, dass Leute so etwas taten.

Beate starrte den Telefonapparat im Flur an. Sie strich das messingfarbene Deckchen, auf dem er stand, glatt und wollte zum Hörer greifen, als es im selben Augenblick durchdringend klingelte. Verschreckt zuckte sie zurück. Sie brauchte ein paar Sekunden, um zu begreifen, dass jemand anrief, aber dann riss sie den Hörer erwartungsfroh ab, weil sie fest davon ausging, dass es ein Anruf ihres Mannes war.

»Klinger!«

»Beate? Gudrun hier.«

Augenblicklich wurden ihre Beine schwach. Warum rief Julius nicht selber an? Warum Gudrun?

»Hallo? Beate? Kann ich bitte mit Julius sprechen?« Gudrun klang angespannt.

»Aber …«, entgegnete Beate Klinger hilflos, »Julius ist doch gestern aufgebrochen?!«

»Aufgebrochen? Wohin?« Gudrun schien ungeduldig zu sein, das konnte Beate an der herrischen Stimme hören. Ihr Kopf war jetzt ganz leer. Sie war unfähig, darüber nachzudenken, was dieses Telefonat bedeutete.

»Nach Lohdorf. Er ist gestern Nachmittag zu dir aufgebrochen. Mit dem Auto.« Beates Stimme brach beinahe, aber dafür umklammerte sie den Hörer fester, mit der freien Hand stützte sie sich an der Wand ab.

»Zu mir? Aber hier ist er nicht. Was zum Teufel ...« Gudrun ließ den Satz in der Luft hängen, denn sie zogen beide die gleiche Schlussfolgerung: Julius war etwas zugestoßen.

»Ich rufe sofort die Polizei an.« Als Beate erkannte, dass Julius ganz sicher etwas passiert sein musste auf dem Weg nach Lohdorf, wichen ihre Angst und Zögerlichkeit. Sie musste aktiv werden. Sie musste handeln, Julius finden, retten.

Gudrun sog am anderen Ende der Leitung die Luft scharf ein. »Das ist keine gute Idee.«

»Warum?« Beate begriff nicht. »Er hat sicher einen Autounfall gehabt, wenn er jetzt irgendwo im Krankenhaus liegt ...«

Gudrun unterbrach sie ungeduldig. »Dann hätte sich die Polizei schon längst bei dir gemeldet. Wie ich Julius kenne, fährt er doch nicht ohne Papiere?«

Beate schwieg.

»Eben«, fuhr Gudrun fort. »Das dachte ich mir doch. Wenn es einen Unfall oder Ähnliches gegeben hat, ruft die Polizei umgehend die nächsten Angehörigen an. Wenn sie das nicht getan haben – dann ist ihm wohl auch nichts in der Hinsicht passiert. Und außerdem«, Gudruns Stimme nahm wieder den harten Tonfall an, in welchem sie auch mit Volkmar und ihrer Tochter gesprochen hatte, wenn ihr etwas deutlich missfiel, »was willst du der Polizei sagen? Mein Mann hat einen anderen entführt, und jetzt ist er auf dem Weg zu dessen Versteck?«

Beate fühlte sich aufgefordert, sich zur Wehr zu setzen. »Ich glaube nicht, dass die Polizei da sofort eine Verbindung herstellt.«

»Sofort vielleicht nicht. Aber wenn dieser Heims erst einmal als vermisst gemeldet wird und die anfangen, Nachforschungen anzustellen, dann stoßen sie automatisch auf unsere Namen. Und dann fällt ihnen ganz schnell ein, dass du wegen Julius angerufen hast, der auf dem Weg zu mir war.«

Beate fragte sich, wie Gudrun es schaffte, die Sachen so schnell zu durchdenken. Sie hatte noch gar nicht begriffen, warum Julius verschwunden sein konnte, da hatte Gudrun bereits alle Konsequenzen durchdekliniert. Und ihr blieb nur, Gudruns Thesen abzunicken. Diese fuhr auch schon fort, Beate ihre Überlegungen darzulegen.

»Stell dir vor, Julius ist in der Zwischenzeit unversehrt wieder aufgetaucht. Was machst du dann? Dann bist du schuld, wenn sie ihn wegen der Entführung drankriegen!«

Obwohl sie fand, dass diese Möglichkeit sehr unwahrscheinlich war, leuchtete ihr die Schlussfolgerung doch ein. Das war das Letzte, was sie Julius antun wollte. Und Gudrun hatte ja recht: Die Polizei oder der Notarzt oder wer auch immer hätte im Falle eines Unglücks längst mit ihr Kontakt aufgenommen. Aber was war dann passiert? Wo war Julius abgeblieben? Hatte er einen Herzinfarkt bekommen und saß in seinem Auto auf einem Parkplatz, unbemerkt von allen anderen?

Oder war er gar Opfer eines Verbrechens geworden? Horrorbilder eines ausgeraubten und verprügelten Julius, der in irgendeiner Gasse lag, hilflos, stiegen vor ihrem geistigen Auge auf.

»Was soll ich denn jetzt tun?«, fragte Beate unglücklich in den Hörer.

»Halt die Füße still und warte ab. Geh nicht zur Polizei. Vorher rufst du mich an.« Damit legte Gudrun auf. Grußlos. Und überließ Beate ihren panischen Ängsten.

*

Als Johannes Stifter am Novalisplatz seine übliche Pause einlegte und sich mit Butterbreze und Kaffee auf einen Stuhl in der Sonne setzte, fiel ihm das Auto mit dem Frankfurter Kennzeichen sofort auf, das schräg vor dem Geschäft parkte. Er erinnerte sich, was Noah erzählt hatte, und er sah an der Position des Wagens schon, dass der Fahrer Schwierigkeiten beim Einparken gehabt haben musste. Der Jetta stand schief, die Räder weit eingedreht, der hintere rechte Reifen halb auf dem Bordstein. Auf der Gepäckablage lag ein Knirps-Regenschirm, und vom Rückspiegel baumelte ein kleiner Glücksbringer. Ein Polizist aus Filzstücken, von einem Kind gebastelt. Sicherlich vom Enkel, schoss es Stifter durch den Kopf, der sich daran erinnerte, dass Noah den Fahrer des Wagens als Rentner beschrieben hatte. Wobei das bei einem Fünfzehnjährigen relativ war – vermutlich ging auch er mit Ende vierzig schon als Rentner durch.

Auf der heutigen Tour wollte sich Stifter noch die angebliche Riesenvilla von »Edeltraud« in der Pestalozzistraße ansehen, denn die skurrile alte Pflaumendiebin hatte seine Neugier geweckt. Der Briefträger brachte den Kaffeepott zurück in die Bäckerei, erhielt von der Verkäuferin noch ein Gebäckteilchen vom Vortag geschenkt, dann fuhr er in die Wettersteinstraße. An deren anderem Ende kam ihm eine Figur entgegen, die Noah stark ähnelte: hängender Kopf, hängende Schultern, schlurfender Gang. Nur die Haarfarbe unterschied den einen Teenagerjungen vom anderen, dieser hier trug seine Schüttelfrisur in Blond.

Stifter bearbeitete die Hausnummern 48, 50 und 52, Jelonek, Richter und Sawallisch, bis er kurz vor dem Grundstück der von Rechlins auf die wandelnde Pubertätsdepression traf. Der junge Mann schob ein Damenfahrrad neben sich her und klingelte bei den Rechlins. Stifter machte sich wieder an seinen Packtaschen zu schaffen, neugierig schielte er zum Gartentor der adligen Damen.

Tatsächlich kam Annette von Rechlin in den Garten hinaus, ganz in Weiß mit Perlenkette und frisch gewaschenen Haaren. Man sah ihr bis auf die ausgeprägten Tränensäcke die Alkoholikerin nicht an. Die Frau begrüßte den Jungen herzlich, offensichtlich kannten sie einander, und bedankte sich bei ihm, bevor sie das Rad in Empfang nahm und der Junge davonschlurfte. Als der seine Haare aus dem Gesicht strich, erkannte Stifter in ihm einen von Noahs Freunden und grüßte. Der Name allerdings wollte ihm nicht einfallen. Der junge Mann nickte nur. Dafür hatte Annette von Rechlin den Briefträger bemerkt und warf diesem ein offenes Lächeln zu.

»Haben Sie heute was für mich?«

Stifter blätterte in seinen Sendungen, obwohl er bereits wusste, dass seine Antwort negativ ausfallen musste. Dann schüttelte er bedauernd den Kopf.

»Heute nicht, tut mir leid.«

Annette von Rechlin stellte das Rad an einen hohen Stapel Kaminholz und wandte sich dann wieder zum Gartentor. Sie lächelte, aber Stifter sah nun, dass es sie Mühe kostete. Und dass das Lächeln ihre Augen nicht erreichte. Diese waren gerötet, die Haut darunter grau und faltig. Annette von Rechlin war eine traurige Frau.

»So eine Sendung wie gestern muss ich auch nicht alle Tage haben«, sagte sie und stellte sich zu Stifter an den Zaun.

»Unerfreuliche Nachrichten?«, wagte Stifter vorsichtig zu fragen.

Sie zuckte mit den Schultern und lächelte matt.

»Wann habe ich jemals erfreuliche bekommen?«, bemerkte sie bitter, und Stifter wusste nicht, was er darauf erwidern sollte. Deshalb wollte er schnell auf ein anderes, unverfängliches Thema lenken und kam in einer ersten Eingebung auf den Rentner aus Frankfurt zu sprechen, den Noah gestern ins Haus hatte gehen sehen.

»Sie haben Besuch?«, fragte Stifter nett und schämte sich gleichzeitig, weil ihn das überhaupt nichts anging.

Annette von Rechlin sah ihn ehrlich überrascht an. »Besuch? Wie kommen Sie denn darauf?«

Und Stifter, der in ihrem Gesicht die pure Ahnungslosigkeit herauslas, wollte im Boden versinken vor Scham.

*

Er fühlte sich unverwundbar. Die Hitze, die schlechte Luft im Keller, seine trockene Kehle und das nagende Hungergefühl im Bauch – all das änderte nichts daran, dass er jetzt wusste, wie stark er war. Er würde als Sieger aus der Sache hervorgehen, das hatte sich ja gestern bewiesen. Seine bloße Gegenwart, seine Physis und mentale Stärke waren in der Lage, den Gegner zu Boden zu strecken. Er war ein geiler Typ, er war ein Macher, er war auf der Siegerstraße. In den wenigen Phasen, in denen er weggedämmert war, hatte er sich eingebildet, dass diese Gefangenschaft ihm als Prüfung auferlegt war. Und wenn er sie bestehen würde, würde er wie Phönix aus der Asche steigen und die Welt beherrschen. Seine Welt. Er wäre allmächtig. Wenn er klar war und analytisch über seine Lage nachdachte, wusste er natürlich, dass das nichts anderes war als seine Phantasie, reine Wunschvorstellung. Aber als die Sache mit dem Rentner gestern passiert war, hatte er triumphiert. Vielleicht war ja doch was dran. Er war »The Brain«.

*

Jetzt traute sie sich nicht mehr in den Keller hinunter. Sollte er doch verrecken. Gudrun von Rechlin war die Lust an Rache vergangen. Für den Moment. Sie saß oben im ersten Stock ihres Hauses und hatte Angst. Das hätte alles nicht passieren dürfen. Es war vollkommen aus dem Ruder gelaufen. Wieso bloß waren sie damals auf die Idee mit der Entführung gekommen? Jetzt gab es kein Zurück mehr. Sie hatte diesen Menschen da unten sitzen, und sie wusste nicht, was sie mit ihm anstellen sollte. Er war wehrlos, aber dennoch fürchtete sie sich vor ihm. Sie hatte ihm bis zu dem Zeitpunkt, als Julius ihn hierhergebracht und ihm im Keller den Sack vom Kopf gezogen hatte, noch nie gesehen. Sie war überrascht gewesen, wie jung er gewirkt hatte, wie gepflegt und durchtrainiert sein Körper gewesen war. Und sie hatte augenblicklich gedacht, dass sie ihm nie im Leben ihr Geld anvertraut hätte. Wie naiv waren Volkmar und Julius gewesen! Wenn sie allerdings gründlich darüber nachdachte, musste der Verlust für Julius erheblich schwerer zu verschmerzen sein. Er hatte schließlich Geld zu verlieren gehabt. Sein und Beates Geld für die Altersvorsorge. Statt der Rente, die er als Selbständiger ja nicht vom Staat bekam. Und die Absicherung für den Behinderten, Klaus. Julius hatte tatsächlich Vermögen gebildet, im Gegensatz zu ihrem Ehemann. Volkmar hatte mit Geld spekuliert, das er gar nicht gehabt hatte. Sie hatten Hypotheken, ihre Ferienhäuser waren verkauft oder beliehen, auch die Villa. Im Grunde genommen hatte er durch die Anlage, die er bei diesem Hans Günter Heims getätigt hatte, gar kein Geld verloren, sondern noch mehr Schulden aufgehäuft. Die Beraterin von der Bank hatte ihr nach Volkmars Tod dazu geraten, das Erbe auszuschlagen wegen der horrenden Schulden. Das hatte sie getan, auch Annette war ihrem Beispiel gefolgt. Sie hatten kein Vermögen mehr gehabt, sie erhielten auch keine nennenswerte Rente, weil sie beide kaum gearbeitet hatten in ihrem Leben. Aber sie hatte immer gehofft, dass sie die Villa würde halten können. Bis ihr klargeworden war, dass Volkmar auch die Villa beliehen hatte und das Geld in diese »hundert Prozent sichere« Kapitalanlage gesteckt hatte! Und nun stand die Zwangsvollstreckung ins Haus.

Gudrun warf einen Blick auf den Brief, der auf dem Küchentisch lag. Sie hatte angefangen, einen Brief zu formulieren, in welchem sie darum bat, die Zwangsvollstreckung aufzuheben. Sie wollte und konnte keinen Anwalt damit beauftragen, sie hätte das Geld dafür nicht gehabt. Aber sie wollte ihre hoffnungslose Lage auch keinem Außenstehenden darlegen, dafür war sie zu stolz. Deshalb fiel es ihr auch schwer, den Brief fertigzustellen. Es musste eine andere Möglichkeit geben, die Zwangsvollstreckung auszusetzen. Und diese Möglichkeit saß im Keller. Hätte sie nur gewusst, wie sie es anstellen sollte, ihn zu zwingen, sein Geld rauszurücken! Aber sie war allein, jetzt, wo auch Julius sie im Stich gelassen hatte.

Sie sah aus dem Fenster über die Dächer der anderen Häuser auf den weiter entfernten Waldsaum. 1974 hatten sie das

Haus gebaut. Auf dem Grundstück, welches sie von ihrer Familie geerbt hatte. Der Hälfte des Grundstücks. Ursprünglich hatte ein anderes Haus hier gestanden. Ein Haus, das sie nach ihrer Flucht aus Ostpreußen bekommen hatten, 1945, kurz vor Kriegsende. Alles war in Auflösung begriffen, als sie bei ihren Verwandten in Bayern angekommen waren. Diese Villa hatte leer gestanden, sie waren kurzerhand eingezogen. Von wem ihr Vater sie gekauft hatte, wusste sie nicht. Es hatte sie auch nie interessiert. Sie wusste wohl, dass die Familie, die in der Villa gelebt hatte, das Haus fluchtartig verlassen musste, und offensichtlich hatten Nachfahren später Regressforderungen angemeldet. Aber ihrem Vater war es gelungen, alles abzuwehren. Er hatte auch nicht darüber geredet. Er war der Meinung gewesen, man solle weder mit politischen noch mit finanziellen Belangen die Familie belasten. Ihre Mutter hatte es ihm mit lebenslanger Ergebenheit gedankt. Als Gudrun das Haus dann erbte – ihre Eltern waren gemeinsam in den Freitod gegangen –, hatte Volkmar sich geweigert, in das Haus einzuziehen. Es war ihm zu unmodern gewesen. Also hatten sie es kurzerhand abgerissen, das Grundstück geteilt, die eine Hälfte verkauft und auf der anderen diese moderne Villa im Stil eines Bauernhauses errichtet. Aber Gudrun liebte dieses Haus nicht. Es war klobig, dunkel und machte ihr Angst. In den ersten Jahren nach ihrem Einzug, als vielleicht noch Geld da war – oder sie zumindest so getan hatten –, war das Haus lebendig gewesen. Sie hatten Partys gefeiert, Leute empfangen. Aber als die Zeiten schlechter wurden, Volkmar sich selten zu Hause blicken ließ und Annette zu ihrem Mann gezogen war, da hatte sie ganze Tage auf der Terrasse verbracht, um nicht ins dunkle Haus zu müssen. Als Annette schließlich nach fünfzehn Jahren zurückgekommen war, hatten sie das Haus geteilt, damit ihre erwachsene Tochter eine Einliegerwohnung für sich hatte. Und Gudrun hatte angefangen, sich oben im ersten Stock ihren Adlerhorst, wie sie es nannte, einzurichten. Von hier oben hatte sie einen guten Blick über die Nachbarn, über die Straße und auch in einen Teil ihres eigenen Gartens. Sie fühlte sich so, wie sie sich als Mädchen gefühlt hatte, als sie im Pflaumenbaum gesessen und einen umfassenden Blick auf das Gut gehabt hatte. Das Herrenhaus, wo die Mädchen die Betten zum Lüften aus dem Fenster gehängt hatten. Auf den Garten, in dem ihre Mutter im hellen Seidenkleid ihre Rosen geschnitten hatte. Auf die Stallungen, aus denen die Knechte den Mist hinaus- und das Stroh hineinfuhren. Wo ihr Vater den größten Teil des Tages verbracht hatte, um seine Pferde zu begutachten und sie auszureiten. Auf den Hofplatz, auf dem die Magd gesessen und Gänse gerupft hatte, die Katzen umhergestrichen waren und der Hund an der Kette gelegen hatte.

Wenn sie heute aus ihrem Versteck hinunterblickte, sah sie nur den Verfall. Der riesige Stapel mit Kaminholz, der seit vielen Jahren vor sich hin moderte, weil niemand mehr den Kamin anfeuerte. Sie hätte ihn im kommenden Winter gut nutzen können, da sie kein Geld mehr für Heizöl hatte. Aber der Kamin war verstopft, der Rauch zog nicht mehr ab.

Sie sah das schrottreife Fahrrad von Annette, das am Stapel lehnte. Ihre Tochter nutzte es kaum, weil sie das Haus so selten verließ wegen ihrer Depressionen. Sie selbst nahm das Rad, um damit in den Ort zum Einkaufen zu fahren, aber auch das fiel ihr immer schwerer. Die Autos fuhren schnell und nah an den Radfahrern vorüber, sie hatte immer Angst davor, das Gleichgewicht zu verlieren und auf die Straße zu stürzen. Also ging sie jetzt öfter zu Fuß.

Sie sah die Garage, die sie seit Volkmars Tod nicht mehr geöffnet hatte. Zwischen den Granitsteinen, mit denen die Einfahrt zur Garage gepflastert war, wuchs das Unkraut dicht und hoch. Gudrun dachte an den cremefarbenen Mercedes SE 220, den sie und Volkmar gefahren hatten. Mit wunderbaren Ledersitzen. Eines Tages war er verschwunden, Volkmar hatte ihr nicht gesagt, wohin.

Plötzlich wusste Gudrun von Rechlin, dass sie eine Verwendung für die Garage hatte. Dass die Garage eine entscheidende Rolle spielte. Und nun fiel ihr auch ein Mann ein, den sie um Hilfe bitten konnte. Wenn er noch lebte. Er würde kommen und ihr helfen. Er war nie aus ihrem Leben verschwunden, seit er damals auf ihrem Landgut aufgetaucht war. Harald Tonndorff, Seite an Seite mit ihrem Vater. Er hatte einen Schimmel geritten, und sein Rücken war gerade gewesen, seine Augen geradeaus gerichtet. Sie war vom Pflaumenbaum gesprungen, um sich diesen Mann anzusehen, der so viel Stolz und Selbstbewusstsein ausgestrahlt hatte. Fünfzehn Jahre war sie alt gewesen, er sieben Jahre älter. Die Liebe ihres Lebens. Er hatte sie nie enttäuscht, und er würde sie auch jetzt nicht enttäuschen.

7.

Nur mit großer Mühe gelang es Beate, ihre Sorge um Julius vor ihrem Sohn zu verbergen. Sie saßen gemeinsam vor dem Fernseher, es lief »Bella Block«, und während Klaus begeistert mitfieberte, obwohl nicht klar war, wie viel er tatsächlich von den Geschehnissen begriff, war Beate in Gedanken woanders. Julius war gestern Nachmittag aufgebrochen in Richtung Bayern. Bei Gudrun war er nicht angekommen. Hätte er einen Unfall gehabt, wäre dieser mit Sicherheit entdeckt und sie umgehend benachrichtigt worden. Das war nicht geschehen. Blieben nur die beiden Möglichkeiten, dass Julius etwas passiert war und er, unfähig, Hilfe zu holen, irgendwo auf Entdeckung wartete. Oder dass er sich etwas angetan hatte. Was ebenfalls noch niemand bemerkt hatte. Beate glaubte an Letzteres. Aber sie konnte und wollte es sich nicht mit aller Konsequenz eingestehen. Sie versuchte immer wieder, ihre Gedanken darauf zu konzentrieren, dass Julius auf der Fahrt etwas zugestoßen war – was konnte das sein? Ein Gebrechen, ein Überfall oder Unfall? Hatte er einen Herzinfarkt gehabt, war er ausgeraubt worden oder gegen einen Baum gefahren? Allerdings war Julius verzweifelt genug, um freiwillig aus dem Leben zu gehen, und er hatte erst jüngst von der Zyankalikapsel gesprochen. Sie vermutete, dass er jemanden aufgetrieben hatte, der ihm das Gift besorgt hatte. Natürlich hatte er sie nicht eingeweiht, ihm musste bewusst sein, dass sie ihn nie und nimmer hätte gehen lassen. Aber warum hatte er ihr keinen Brief hinterlassen? Warum war er grußlos gegangen? Hatte nicht einmal Klaus adieu gesagt? Wie sollte sie die Ungewissheit aushalten, nicht zu wissen, wo und wie ihr Mann aus dem Leben gegangen war? Sie hatte doch ein Recht darauf, Abschied zu nehmen!

Beate stand auf und schenkte sich noch ein weiteres Glas Riesling ein. Sie hatte bereits fünf von den harmlosen Baldriankapseln geschluckt, aber es half nichts, ihre Hände zitterten, ihr Herz raste, und im Kopf drehten sich die immer gleichen Gedanken.

Fast stündlich hatte sie ihren Impuls, doch noch die Polizei anzurufen und alles zu gestehen, unterdrücken müssen. Letztendlich hatte die Sorge um Klaus sie davon abgehalten. Denn dann hätte sie offenbaren müssen, dass nicht nur Julius, sondern auch Klaus an der Entführung beteiligt gewesen war. Sie hätten ihr ihren Sohn daraufhin weggenommen und in eine Anstalt gesteckt.

Trotzdem hatte sie heute, als Klaus in der Arbeit war, den ganzen Tag am Telefon verbracht. Sie hatte alle Bekannten und die wenige verstreute Verwandtschaft angerufen, um sich zu erkundigen, ob Julius sich bei irgendeinem von ihnen gemeldet hatte. Natürlich waren alle besorgt gewesen und hatten nachgefragt, und Beate hatte ihre liebe Mühe gehabt, die Sache herunterzuspielen. Sie sagte nicht, dass Julius bereits über Nacht verschwunden war, auch offenbarte sie nicht, wie groß ihre Sorge war, aber natürlich gelang es ihr nicht, jeden Zweifel zu zerstreuen. Sie rechnete allerdings damit, dass das Interesse der Leute, die sie angerufen hatte, nicht allzu tief ging und sie somit schnell vergessen würden, dass Beate sich nach Julius erkundigt hatte. Aber niemand von denen, die sie angerufen hatte, hatte irgendetwas von Julius gehört oder gesehen. Nicht in den letzten Wochen jedenfalls. Während sie all diese Gespräche geführt hatte, war Beate aufgefallen, dass sie in den vergangenen Wochen und Monaten jeglichen Kontakt hatten einschlafen lassen. Sie waren so beschäftigt gewesen mit ihrer finanziellen Misere, dass sie keinen Umgang mit Freunden mehr gepflegt hatten. Umgekehrt hatte auch niemand mehr Interesse an ihnen gezeigt. Beate war nicht entgangen, dass ihre Bekannten sich nach und nach zurückgezogen hatten. Sie kannte das von damals, sie nahm die Zeichen wahr, wenn sich die Leute schwertaten mit dem Umgang. Damals, nach Klaus' Geburt, war es ebenso gewesen. Sie hatte nicht zu der fröhlichen Runde der Mütter am Sandkastenrand gehört, die sich über die Fortschritte und putzigen Episoden ihres Nachwuchses austauschten. Im Bekanntenkreis hatte es viele gleich alte Paare mit Kindern gegeben, aber als sie und Julius ein behindertes Kind bekamen, hatte sich ihr Freundeskreis rasch dezimiert. Beate hatte sogar Verständnis dafür. Es musste schwer sein für Menschen mit gesunden Kindern. Wie sollten sie sich verhalten? Sie konnten nicht ungezwungen über ihren Nachwuchs sprechen, sie schämten sich gegenüber den Klingers mit ihrem Klaus, der noch mit sechs eine Windel getragen hatte, mit acht nicht richtig sprechen konnte und mit zehn unkontrollierte Schreie ausstieß, um sich schlug und sich von niemandem außer seinen Eltern oder Betreuern anfassen ließ? Die Menschen waren unsicher und beklommen gewesen, darum hatten sie den Kontakt mit Klingers vermieden. Aber sie hatten neue Bekannte gefunden, der Freundeskreis hatte gewechselt, Julius war schließlich ein angesehener Mitbürger, Zahnarzt und in vielen Vereinen aktiv. Aber vor drei Jahren, als sie ihr gesamtes Vermögen verloren hatten und Julius in geselligen Runden von nichts anderem mehr gesprochen hatte, war der gleiche Effekt erneut eingetreten. Jede Abendgesellschaft, jede Kartenrunde, jedes Essen war belastet gewesen. Niemand wollte sich mit so viel Kummer und Elend belasten. Julius ging den Leuten mit seiner Klagerei auf die Nerven. Er sah alles schwarz, war durch und durch negativ geworden. Andererseits hatten sie beide auch die Lust an Gesellschaft verloren und sich in ihrem Elend eingerichtet. Beate war immer schon ein häuslicher Typ gewesen, und sie hatte nichts dagegen gehabt, dass ihre Abende darin bestanden, dass sie gemeinsam mit ihrem Sohn vor dem Fernseher saßen. Oder lasen, wenn Klaus an seinen Modellflugzeugen bastelte. Sie hatte dann auf dem Sofa gesessen, die Beine hochgelegt und sich in einen schönen Roman vertieft. Julius hatte am Esstisch gesessen, über der Zeitung und vor sich hin gemurmelt. In letzter Zeit hatte er auch in seinem Arbeitszimmer am Computer gehockt und war im Internet gesurft. Auf der Suche nach Menschen, denen Ähnliches zugestoßen war. Davon gab es eine ganze Menge. Vielleicht hatte er aber auch Geheimnisse gehabt. Beate erinnerte sich, dass Julius hastig Webseiten weggeklickt hatte, wenn sie hereingekommen war, um ihm ein Glas Wein zu bringen oder Salzmandeln. Wahrscheinlich, so schoss es ihr jetzt durch den Kopf, hatte er damals schon nach der Kapsel geforscht. Oder einem anderen Gift, das er sich besorgen konnte, um seinem Leben ein Ende zu machen.

Auf die Idee zur Entführung des Bankers war er auch durch das Internet gekommen. Beate schien es, als sei das Netz voller Anleitungen zu Verzweiflungstaten. Julius hatte ihr einmal erzählt, dass es sogar Anleitungen zum Bombenbauen zu finden gab, vorausgesetzt, man kannte sich so gut aus, dass man diese Seiten fand. So oft, wie Julius in der letzten Zeit im Internet surfte, musste er auf allerhand gestoßen sein.

Der Fernsehkrimi ging zu Ende, und Klaus bettelte darum, noch ein bisschen herumzappen zu dürfen. Beate erlaubte es ihm. Sie hatte heute nicht die Nerven, ihm Grenzen zu setzen. Außerdem lenkte das Gebrabbel aus der Glotze sie ein wenig von ihren düsteren Gedanken ab.

Im Geiste spielte sie immer wieder die Stunde durch, als Julius gestern mit Klaus nach Hause gekommen war bis zu dem Zeitpunkt, als er das Haus verlassen hatte. Hatte er ihr einen versteckten Hinweis gegeben? Deutete etwas darauf hin, dass er einen anderen Plan gehabt hatte als den, zu Gudrun nach Lohdorf zu fahren? Beate war sicher, dass dem nicht so war. Er hatte mit Gudrun telefoniert, dann hatte er Beate mitgeteilt, dass Gudrun Hilfe benötige und er unverzüglich fahren müsse. Je länger sie darüber nachdachte, desto sicherer war Beate, dass sie dort anfangen musste zu suchen. In Lohdorf. Sie würde mit Gudrun von Rechlin sprechen müssen. Vielleicht wusste die etwas, das Julius ihr verschwiegen hatte. Beate trank das Glas in einem Zug aus und fasste den Entschluss, am nächsten Tag nach Bayern aufzubrechen.

*

Das Feuer flackerte friedlich, und der Widerschein tanzte an der Wand seiner Holzhütte. Stifter nahm einen kleinen Schluck von seinem mittlerweile lauwarmen Bier und sah zu den Jugendlichen hinüber. Es war Samstagabend, Noah und seine Freunde sowie Jeremias mit einem Mädchen saßen um das Feuer, tranken Bier, quatschten, rauchten, und einer spielte Gitarre. Das war immer schon so gewesen, dachte Stifter wehmütig und erinnerte sich an seine Jugend. Daran ändern auch die virtuellen Verlockungen nichts. An einem Sommerabend mit Freunden um ein Feuer sitzen, da ging nichts drüber. Als wären wir noch immer Höhlenmenschen.

Zwei der Figuren lösten sich aus der Gruppe, standen auf und kamen zu ihm herübergeschlendert. Einer der beiden war Noah, und er streckte Stifter eine Flasche Bier entgegen.

Stifter winkte ab. »Danke, ich hab noch.«

Noah und sein Freund, den Stifter in der Dunkelheit nicht erkennen konnte, ließen sich trotzdem neben Stifters Liegestuhl ins Gras sinken, als habe sie die fünf Meter Wegstrecke, die sie vom Feuer zu ihm zurückgelegt hatten, völlig erschöpft. In aller Ruhe steckten sich die beiden eine Kippe an, bevor sie damit rausrückten, was sie von Stifter wollten.

»Mein Kumpel hier spielt Sax«, hub Noah mit schwerem Zungenschlag an, und der »Kumpel hier« ließ seinen Kopf zur Bestätigung sanft auf- und abschwingen. Stifter vermutete, dass die beiden Halbwüchsigen mindestens ein Bier mehr getrunken hatten, als gut für sie war.

Stifter wartete ab, aber weil Noah nichts weiter sagte und auch der Freund nicht, fühlte er sich bemüßigt, auch etwas zur zähen Unterhaltung beizutragen. »Prima«, sagte er.

»Mmh«, machte der Kumpel.

Das Gespräch wollte nicht recht in Gang kommen, Noah zog an seiner Kippe und nahm einen Schluck Helles, sein Freund tat es ihm nach, und so trank auch Stifter aus Solidarität aus seiner Flasche.

»Ich hab ihm erzählt, dass du scheißviele Charlie-Parker-Platten hast, Alter.« Noah schwenkte seine Bierflasche in Stifters Richtung.

»So geil, ey«, murmelte der Kumpel und schwang noch ein bisschen heftiger seinen Kopf.

»Ah. Du magst Charlie Parker?«, erkundigte sich Stifter freundlich.

Der Junge zuckte mit den Schultern. »Keine Ahnung. Noch nie gehört.«

Daraufhin brachen die beiden Halbwüchsigen in einen hysterischen Lachanfall aus. Stifter war klar, dass er den schweren, süßlichen Geruch, der vorhin vom Lagerfeuer zu ihm herübergeweht war, richtig eingeordnet hatte. Die Buben hatten nicht nur Zigaretten geraucht. Was ihn allerdings mehr befremdete, war die Tatsache, dass ein junger Mann anfing, Saxophon zu spielen und Charlie Parker *nicht* kannte. Zu seiner Zeit hatte man mit dem Instrument angefangen *wegen* Charlie Parker.

»Wie heißt du?«, fragte er den Jungen, kaum dass die beiden sich wieder eingekriegt hatten.

»Lukas«, antwortete Noah für seinen Freund.

»Also Lukas«, setzte Stifter an und spürte, wie er ins altväterliche Fahrwasser geriet. »Warum spielst du Saxophon? Warum hast du dir ausgerechnet dieses Instrument ausgesucht?«

Jetzt hob Lukas zum ersten Mal den Kopf und sah Stifter direkt an. Der erkannte in ihm den jungen Mann, dem er heute Vormittag in der Wettersteinstraße begegnet war. Er hatte Annette von Rechlin ein Fahrrad gebracht.

Lukas zuckte mit den Schultern und warf Noah einen kurzen, hilflosen Blick zu. »Keine Ahnung.«

»Keine Ahnung?« Stifter war ein bisschen fassungslos. »Oder wollten deine Eltern das?«

Erneutes Schulterzucken. »Weiß nicht. Meiner Mom ist es, glaub ich, egal.« Stifter versuchte, den Blick des Jungen einzufangen, was bei der Dunkelheit nicht ganz einfach war. Aber Lukas schien den prüfenden Blick des Briefträgers auf sich zu spüren und setzte zu einer weiteren Antwort an.

»Das war wegen der Bläserklasse. Da hat mir der Lehrer das Sax zugeteilt. So halt.«

»Spielst du in einer Band?«

»Nee. Noch nicht. Nur im Blasorchester. In der Schule.«

Ein Fünfzehnjähriger, der lustlos im Schulorchester Saxophon blies und keine Ahnung von Charlie Parker hatte. Es war Zeit für Unterricht.

»Na dann.« Stifter erhob sich ächzend aus dem Liegestuhl und hörte, wie seine Knochen knackten. Er ging stramm auf die fünfzig zu.

Sie saßen seit über einer Stunde in der kleinen Hütte und hörten Jazz und Bebop. »The Bird Returns« und danach »Bird and Diz«, im Moment lief die zweite Seite. Noah saß auf Stifters Bett, die Augen zu Schlitzen verengt, und sah aus, als würde er jederzeit einschlafen. Lukas hockte auf dem Boden, die Bierflasche mit beiden Händen umklammert, mit offenem Mund und hängendem Kiefer. Er lauschte hingebungsvoll, und ab und zu ließ er sich zu einem Kommentar hinreißen. »Hammer«, »Geil, Alter« oder schlicht »Wahnsinn«.

Stifter hatte sich einen Espresso gekocht, sonst hätte er zu dieser späten Stunde keinen Musikunterricht mehr durchgehalten, er war seit fast zwanzig Stunden auf den Beinen. Aber er war stolz auf seine Art der Aufklärungsarbeit und fand, es lohne sich dafür durchaus, so lange wach zu sein. Am kommenden Tag war Sonntag, und er konnte ausschlafen. Die Nadel kratzte am Ende der LP, und Stifter hob den Arm des Thorens-Plattenspielers sanft von der schwarzen Scheibe.

»Genug für heute. Aber ihr könnt jederzeit wiederkommen. Noah ist ja sowieso meistens da.« Er nickte Lukas verbindlich zu. Mühsam rappelten sich die beiden Jungs hoch, denen die Übermüdung und zu viel Bier und Cannabis die käseweißen Gesichter verzerrten. Kurz bevor Noah die Hütte verließ, hielt Stifter ihn noch mit einer Bemerkung auf.

»Bist du sicher, dass die Damen von Rechlin gestern Besuch bekommen haben? Die Tochter hat mich ganz erstaunt angeguckt, als ich sie darauf angesprochen habe.«

»Klar, Mann«, sagte Noah empört, »ich hab den alten Sack da reingehen sehen! Die Alte hat ihn begrüßt. Gestern Abend.«

»Komisch.« Stifter zuckte mit den Schultern. »Dann hat die Tochter wahrscheinlich nichts davon mitbekommen.«

»Die ist so breit, ey«, ließ sich plötzlich Lukas vernehmen. »Die war gestern bei meiner Mom. Zum Bücherzirkel«, er betonte das Wort, als fasse er einen Seeigel an, »und die war schon wieder so dermaßen hacke, dass sie nicht mehr Rad fahren konnte.«

»Deshalb hast du es ihr heute also gebracht?«, erkundigte sich Stifter. »Ich hab dich gesehen.«

Lukas grinste breit. »Klar, muss ich jedes Mal, wenn sie bei uns ist. Die säuft wie ein Loch.«

»Darum kann sie sich auch nicht erinnern, ob sie Besuch haben, Mann«, setzte Noah hinzu. »Ich sag ja, die sind alle gaga da oben.«

Damit zogen die beiden auf wackeligen Beinen zu den Resten des Lagerfeuers, das noch glühte und um das nur noch halb so viele Leute saßen wie noch vor einer Stunde. Schlagartig war Stifter deprimiert. Mit dem Gespräch über die Rechlins hatte der bis dahin friedliche Abend eine traurige und unerfreuliche Note bekommen. Er beschloss, sich ins Bett zu legen, die dünne Decke über den Kopf zu ziehen und beim Einschlafen leise Miles Davis zu hören.

*

Sie hörte das Poltern auf der Treppe gegen drei Uhr früh. Sofort war Gudrun von Rechlin wach. Sie schob die Decke beiseite, setzte sich auf und lauschte aufmerksam ins Dunkel hinein. Ihr Herz klopfte laut und schnell, aber sie kannte keine Angst. Keiner der beiden Männer konnte es sein, weder Julius noch der Banker. Oder sollte dieser sich befreit haben? Sie schlüpfte in ihre Strickjacke und griff nach dem Knotenstock, der immer an ihrem Bett stand. Morgens kam sie oft nicht von alleine hoch, sie war so eingerostet, dass sie sich aufstützen musste.

Nun hörte sie schwaches Gemurmel vor ihrer Tür und wusste, dass sie den Stock nicht als Waffe würde einsetzen müssen. Sie riss die Tür auf und blickte auf Annette hinab, die auf dem obersten Absatz der Treppe kauerte. Es war dunkel im Treppenhaus, und Annette, voll wie eine Haubitze, war bei dem Versuch, in den ersten Stock zu gelangen, gestolpert. Jetzt sah sie von unten zu ihrer Mutter auf, die graublonden Haare hingen ihr wirr ins Gesicht.

»Was willst du hier?« erkundigte sich Gudrun ungeduldig. »Ich schlafe, und du gehörst auch ins Bett. Drüben bei dir.«

»Wo ist mein Geld?« Annettes schwere Zunge verhinderte eine klare Artikulation. Mühsam versuchte ihre Tochter, sich am Treppengeländer hochzuziehen.

»Ich weiß nicht, wovon du redest.« Gudrun versteifte sich. Sie wollte sich nicht auf diese Diskussion einlassen. Jahrelang war es Annette egal gewesen, woher das Geld kam und wie viel es war. Sie hatte von Geburt an welches gehabt, und sie musste niemals dafür arbeiten. Es hatte sie nicht interessiert, und deshalb hatte sie weder von Volkmars Zockereien noch von der Pleite mit den Fonds etwas mitbekommen. Aber seit einiger Zeit brachte sie immer wieder das Gespräch auf ihr Erbe. Gudrun erstickte jeden Ansatz im Keim. Sie log, beschwichtigte und wehrte ab. Aber Annette begann immer wieder danach zu fragen, wo ihr Erbe sei.

»Mein Geld«, wiederholte Annette schleppend und wurde laut, »mein Erbe, von Papa, mein Haus … wo ist das alles? Was hast du damit gemacht?« Sie griff nach der Strickjacke ihrer Mutter, die unwillkürlich einen Schritt zurückwich. Gudrun versuchte, Annettes Finger von ihrer Jacke zu lösen, aber diese hatte sich so festgekrallt, dass es unmöglich war, sich aus dem Klammergriff zu befreien. Jetzt zog Annette mit erstaunlicher Kraft ihre Mutter an der Strickjacke näher zu sich heran. Gudrun roch ihren Atem. Eine Mischung aus Pfefferminz und Schnaps. Sie hatte sich also heute Nacht noch nicht über die Kloschüssel gehängt.

»Die Zwangsv…v…ver…, der Brief neulich«, lallte Annette ihr ins Gesicht, »was heißt das? Heißt das, alles ist weg?«

Annette wankte, ihre Augenlider flatterten, aber sie hielt sich an Gudrun fest und schaffte es, ihren Blick nicht abzuwenden, sondern ihrer Mutter in die Augen zu blicken.

»Dein Vater hat alles verspielt.« Gudrun hatte sich zur Offensive entschlossen. Nur so konnte sie die Oberhand über die unerfreuliche Situation zurückgewinnen. Sie würde Annette vor den Kopf stoßen, den heiligen Vater vom Thron schubsen, auf den die Tochter ihn gestellt hatte. Warum musste sie die blöde Kuh schonen? Annette durfte sie nicht belästigen, sie sollte weitersaufen und sich nicht einmischen. Wenn sie ihr jetzt sagte, dass nichts mehr von ihrem Vermögen übrig war, würde diese Versagerin vielleicht von ihr ablassen. Sich noch ein paar Tabletten einwerfen und wegdämmern. Gudrun von Rechlin hielt dem Blick Annettes mühelos stand und fuhr fort. »Volkmar hat alles, was wir besaßen, verjuxt. Wir haben ein Leben auf Pump geführt. Uns gehört nichts mehr. Auch nicht das Dach über unserem Kopf.«

Annette starrte sie an, und Gudrun erkannte an dem tumben Blick, dass das blöde Hirn ihrer Tochter nicht imstande war, diese Information zu verarbeiten. Deshalb fühlte sie sich herausgefordert, noch eins draufzusetzen.

»Du hättest nicht von Jürgen weggehen sollen. Er hätte dich durchversorgt. Trotz seiner Affären. Aber du musstest ja so empfindlich sein!«

Es ging so schnell, dass ihre Tochter sie an der Jacke zog und die Treppe hinunterstieß, dass Gudrun sich bereits einmal seitwärts überschlagen, sich schmerzhaft das linke Bein verdreht hatte und auf dem vierten Treppenabsatz von oben zu liegen kam, noch bevor sie verstand, was gerade passierte.

8.

»Schee hast du's hier.«

Stifter zuckte zusammen. Er hatte nicht bemerkt, dass der massige Exkommissar neben seinem Liegestuhl stand, obwohl er einen Schatten auf den Postboten warf. Er musste wohl wieder eingeschlafen sein.

»Herr Thalmeier! Das ging aber schnell jetzt.«

»Ja mei.« Der alte Polizist sah sich nach einer Sitzgelegenheit um, und Johannes beeilte sich, sich aus dem Liegestuhl zu wuchten, um seinem Besucher einen Stuhl anbieten zu können. Er holte einen der bequemen alten Holzstühle, die Kyra und Andreas neben dem Geräteschuppen gestapelt hatten, klappte ihn mühsam auf und stellte ihn unter den Holunderbaum in den Schatten. Thalmeier mochte die Sonne nicht, soweit er sich erinnerte. Der massige Bayer dankte stumm mit einem Kopfnicken und ließ sich in den Stuhl fallen, aus der Hosentasche holte er ein weißes Stofftaschentuch und wischte sich damit über die Stirn.

»Hast was zum Trinken?«, erkundigte er sich bei Stifter, und der graue Schnurrbart dehnte sich über dem lächelnden Mund in die Breite.

»Ein Helles?«, fragte Stifter, und Georg Thalmeier quittierte dies mit einem Lächeln.

Stifter war noch nicht ganz wach gewesen, als heute Morgen der Anruf kam. Thalmeier hatte rundheraus vorgeschlagen, dem Briefträger einen Besuch abzustatten, weil er sehen wollte, wie sich das Nordlicht in Lohdorf eingerichtet hatte. Es war Stifter nicht wirklich recht gewesen, er war schon übellaunig aufgewacht, mit einem wattigen Schädel. Aber der Vorschlag war von Thalmeier in einer Weise vorgebracht worden, die keinen Widerspruch duldete. Also fügte Stifter sich zähneknirschend. Gestern war es zu spät für ihn geworden, er hatte zu viele Helle getrunken und mehr geraucht, als er üblicherweise rauchte. Fünf Selbstgedrehte »Schwarzer Krauser«. In der Regel rauchte er zwei: eine um halb neun, bevor er anfing, an seiner Promotion zu arbeiten, und eine um eins, kurz bevor er ins Bett ging. Nur dass er gar nicht mehr an seiner Promotion arbeitete. Er hatte seit den Erlebnissen in Germerow die Lust daran verloren. Die Arbeit, die einen Zusammenhang zwischen den Schriften Michel Foucaults und der Musik von Miles Davis herstellen sollte, war ihm überflüssig vorgekommen. Zwar hegte er nach wie vor eine große Sympathie sowohl für den Philosophen als auch für den Musiker, aber er war nicht mehr in der Lage gewesen, sich rein theoretisch damit zu beschäftigen. So schob er seine Doktorarbeit auf die lange Bank. Seinem Doktorvater war es egal, es war ein ehemaliger Kommilitone aus Berliner Tagen, der mittlerweile Dekan in Freiburg war und ihm gänzlich freie Hand ließ. Da Stifter nun der feste Rahmen für die Zigarettenpausen fehlte, rauchte er haltlos, ganz nach Gusto. Und gestern war er regelrecht gierig gewesen.

Nun war er nicht ganz auf der Höhe und fühlte sich seinem Gast gegenüber unbehaglich, der lässig im Schatten des Holunderbusches saß und einen großen Schluck von seinem eiskalten Bier nahm. Danach leckte Thalmeier den weißen Schaum von seinem wuchernden Schnauzbart und musterte Stifter ungeniert.

»Gut schaust aus«, konstatierte der alte Mann schlussendlich. »Gesund. Viel *zu* gesund für einen Philosophen.«

Stifter musste grinsen. »Bin kein Philosoph. Nur Briefträger. Einfach Briefträger.«

Thalmeier nickte wohlwollend und prostete Stifter zu. Dieser hob seine Flasche Mineralwasser und besah sich den ehemaligen Polizeibeamten genauer. Er hätte das Kompliment zurückgeben können, denn auch Thalmeier sah weniger grau und mitgenommen aus als noch vor einem Jahr in Brandenburg, wo sie sich kennengelernt hatten. Es war ein Rekordsommer gewesen, die Hitze im sandigen Bundesland unerträglich, ebenso wie der Fall, der sie zueinandergeführt hatte. Damals hatte Thalmeier trotz Temperaturen von über dreißig Grad beständig einen grauen Wolljanker über dem karierten Hemd getragen. Stifter hatte gedacht, dass Thalmeier mit diesem verwachsen sei, er hatte ihn niemals ohne diese bayerische Rüstung gesehen. Heute aber trug Thalmeier eine ganz andere Kluft. Er war gekleidet, als wolle er später noch auf die Wies'n, denn er hatte allen Ernstes eine dunkelbraune Trachtenlederhose an. Diese war offensichtlich ziemlich alt und wurde häufig getragen, denn sie glänzte an vielen Stellen speckig. Dazu hatte Thalmeier ein helles Hemd aus schwerem Leinen gewählt, ein buntes Halstuch, wollene Strümpfe und Haferlschuhe. Er hätte dem Katalog der bayerischen Tourismuswerbung entsprungen sein können, wenn er nicht gar so authentisch gewirkt hätte.

Thalmeier fing seinen Blick auf, zeigte lächelnd an sich herab und sagte zufrieden: »Da schaust, gell?«

Stifter musste lachen und nickte dann.

»Bin halt dahoam, verstehst.«

Johannes Stifter verstand.

Während Thalmeier sein Bier trank, erkundigte er sich bei Stifter, wie er sich in Lohdorf fühle, wie er mit den Kollegen zurechtkomme, ob er seine Datsche in Germerow verkauft hatte. Auf Nachfragen von Stifter antwortete er allerdings ausweichend, so dass dieser lediglich herausfand, dass Thalmeier wieder in sein Haus gezogen war und dort allein mit einer Katze lebte. Mit dem Brandenburger Kollegen Karl Galicek pflegte Thalmeier engen Kontakt, dieser hatte sogar angekündigt, im Herbst mit Frau und beiden Kindern Urlaub am Tegernsee zu machen. Der alte Kommissar freute sich darüber, er selbst hatte keine Kinder und zur Familie des Kollegen große Zuneigung gefasst.

Nachdem Kyra in den Garten gekommen war und Stifter und Thalmeier zum Essen eingeladen hatte, was diese jedoch ablehnten, brachen die beiden Männer zu einem Rundgang durch Lohdorf auf. Thalmeier hatte sich gewünscht, den Ort zu besichtigen, in Wahrheit aber, so mutmaßte Stifter, wollte sich der alte Bulle ein Bild von dem seltsamen Mutter-Tochter-Paar machen, von dem ihm der Postbote erzählt hatte. Stifter bemühte seine ganze argumentative Kraft, um den alten Mordermittler davon zu überzeugen, dass die Damen von Rechlin zwar seltsam, aber in keiner Weise kriminell seien. Und er nicht die Absicht habe, weiterhin in deren Privatleben herumzuschnüffeln. Thalmeier nickte, klopfte Stifter auf die Schulter, und dieser erkannte, dass sich im Kopf des Älteren eine Idee festgesetzt hatte, die der so schnell nicht aufgeben würde – ganz egal, was Stifter sagte.

Das ungleiche Paar bummelte durch den Ort, der bis auf die Eisdiele wie ausgestorben dalag. Ein heißer Sonntag im September, alle Welt war an einem der vielen Seen und im Biergarten. Nur an der Eisdiele, da sammelten sich die Genussradler, Familien mit Kleinkindern und Teenager, die den sonntäglichen Ausflügen entwachsen waren – darunter auch Rubina Lanz mit ihrer Clique. Sie bemerkte Stifter nicht, weil sie und ihre beiden Freundinnen die Köpfe zusammensteckten und in ein intensives Gespräch vertieft waren. Thalmeier lud Stifter ein, aber dieser winkte ab. Er hatte keinen Hunger auf Süßes, er strebte die Waldwirtschaft hinterm Novalisplatz an, wo er sich eine ordentliche Mahlzeit zur Katerbekämpfung einverleiben wollte. Das hielt Thalmeier jedoch nicht davon ab, sich zwei Kugeln zu gönnen, eine krude Mischung aus Kumquat-Limette-Eis und After Eight. Stifters Magen hob sich ein wenig beim Anblick des Doppelstöckers, aber Thalmeier schleckte begierig die an der Waffel heruntertropfende Eissoße. Sie setzten sich auf einen kleinen Mauervorsprung an Lohdorfs Brunnen, den die Bronzestatue eines Mönchleins zierte. Bruder Josephus, der Gründer eines Marktfleckens, aus dem das spätere Lohdorf erwachsen war. Vor ihnen auf der Hauptstraße manövrierte ein dunkelblauer Mercedes Diesel, der schon bessere Tage gesehen haben musste. Das Kennzeichen war ungarisch, im Fenster hing eine in die Jahre gekommene Marineuniform auf einem Bügel, und hinter dem Steuer saß ein offenbar vollkommen orientierungsloser alter Mann. Thalmeier schüttelte den Kopf.

»Der kann doch gar nimmer fahren, der oide Depp.« Stifter war von der Respektlosigkeit der Bemerkung überrascht, konnte Thalmeier aber nur beipflichten. Der Mann fuhr den Wagen jetzt in stotterndem Schritttempo bergauf und verschwand in der Unterführung, nur um wenige Minuten später unter dieser wieder hervorzukommen und an ihnen vorbei bergab zu fahren. Stumm beobachteten die beiden Männer das Schauspiel. An der großen Kreuzung wendete der Mercedes erneut und steuerte nun direkt auf die Eisdiele zu. Der Mann hinter dem Lenkrad bremste ruckartig, kurbelte das Fenster herunter und erkundigte sich in die Menge hinein nach dem Weg. Aber die Ausflügler, Familienväter und Teenager reagierten nicht auf ihn, so dass Stifter sich bemüßigt fühlte, zum Auto zu gehen und dem Fahrer Auskunft zu erteilen. Wie sich herausstellte, war dieser auf der Suche nach der Wettersteinstraße, und der Briefträger wies ihm den Weg. Der alte Mann bedankte sich, kurbelte mühsam das Fenster hoch und versuchte, seine Fahrt fortzusetzen. Bei dem Bemühen, am Berg zu starten, würgte er allerdings den Motor ab, und er brauchte mehrere Anläufe, bis er es geschafft hatte, den schweren Wagen in Gang zu setzen. Stifter hatte bemerkt, dass der Alte auf einem Auge fast blind war, und fragte sich, wie dieser den Weg von Ungarn bis nach Bayern zurückgelegt hatte. Er setzte sich wieder neben Thalmeier, dem die Eissoße bereits über die Hand lief, und schob sich die dunkle Sonnenbrille auf die Nase. Fünfzehn Minuten noch bis zum Biergarten. Dort würde er eine Spezi trinken, einen Schweinsbraten essen, danach den Expolizisten zur S-Bahn bringen und sich wieder ins Bett legen. Und schlafen bis zum nächsten Morgen. Zufrieden nickte er, als Thalmeier sich das letzte Stück Eiswaffel in den Mund schob, die Hände am Brunnen wusch und Stifter unternehmungslustig zunickte: »Pack ma's?«

*

Gudruns Herz schlug schneller, als sie den dunkelblauen Mercedes vom Novalisplatz in die Wettersteinstraße einbiegen sah. Es war der Wagen, den Harald bereits vor fünfzehn Jahren gefahren hatte, als sie sich zum letzten Mal gesehen hatten. Flüchtig nur. Ein hastiger Kuss in der Hotellobby, aber er war extra für sie nach Budapest gekommen. Sie wusste nicht genau, wo er in Ungarn lebte, aber er hatte gesagt, es sei *in the middle of nowhere*, irgendwo auf dem Land. Sie war damals mit Volkmar im Hotel Boscolo, sie machten eine Kulturreise durch osteuropäische Metropolen. Tatsächlich war Volkmar nur in den Casinos gewesen. Prag, Budapest, Kiew, St. Petersburg. Er hatte sich eingebildet, dass es dort leichter sein würde, das große Glück zu machen, oder dass der Champagner billiger wäre. Was auch immer, es hatte nicht funktioniert. Sie hatten in den teuersten Hotels residiert und waren Erster Klasse geflogen. Aber schon auf der ersten Station ihrer Reise hatte es Probleme mit den Kreditkarten gegeben, und Gudrun hatte gewusst, was das bedeutete. Als sie dann in Budapest alleine in ihrem Hotelzimmer lag, hatte sie Harald angerufen. Sie hatte seine Telefonnummer immer in ihrem Portemonnaie, auf einem kleinen Zettel. Er hatte sie ihr in einem seiner vielen Briefe geschrieben, nachdem er nach Ungarn umgesiedelt war. Er schrieb, er habe sich ein Bauernhaus gekauft und betreibe Landwirtschaft. Von seiner schmalen Rente könne er in Deutschland nur vegetieren, in Ungarn dagegen geradezu fürstlich leben. Wie oft hatte sie sich zu ihm geträumt, in ihrer Vorstellung entsprach sein ungarisches Bauernhaus auf dem Land dem Gut ihrer Eltern in Ostpreußen. Sie stellte sich vor, wie sie gemeinsam ausreiten würden, wie damals. Aber es war nicht 1996 in Budapest, im Hotel Boscolo. Es war auch nicht 1943 in Jäskendorf. Es war 2011, und sie war dreiundachtzig Jahre alt. Sie hatte nichts, mit dem sie einen Mann beeindrucken konnte, sie war alt und arm wie eine Kirchenmaus. Aber ihr Herz flatterte in ihrer Brust wie das eines jungen Mädchens, und sie spürte ihre Wangen erröten, als sich die Fahrertür des Mercedes öffnete und Harald aus dem Wagen stieg. Sie sah nicht, dass sein rechtes Auge von einem weißen Schleier getrübt war und starr in eine andere Richtung blickte als sein linkes Auge. Sie sah nicht, wie steif sein Rücken war, und nicht, wie gichtig seine Finger. Gudrun von Rechlin sah nur, wie der großgewachsene Mann seine Arme zu beiden Seiten ausstreckte, als er auf sie zukam, und dass sein strahlend blaues Auge sie voller Liebe anlachte. Sie öffnete ihm das Gartentor und sank in seine Arme, ihr weißer Kopf an seiner breiten Brust.

»Wie ist das passiert?« Harald deutete auf ihre Verletzungen. Sie saßen in ihrer Küche, sie hatte Kaffee für ihn gekocht, richtigen Kaffee und eine Suppe aus Roter Bete und selbstgezogenen Kartoffeln.

»Ich bin die Treppe hinuntergefallen«, erwiderte sie, denn das war nur halb gelogen und in ihrem Alter glaubhaft. Dabei vermied sie es, ihm in die Augen zu blicken. Die Platzwunde auf dem Wangenknochen hatte sie mit einer Salbe behandelt, aber die Wunde und die Prellung, die sie umgab, waren deutlich zu sehen. Außerdem trug sie einen Stützverband an ihrem rechten Bein, welches sie sich beim Sturz verdreht hatte. Wie durch ein Wunder war sie nicht schlimmer verletzt, sie hätte sich das Genick oder die Wirbelsäule brechen können. Aber sie war zäh wie Leder und hatte lediglich Prellungen und blaue Flecken davongetragen. Als sie sich einigermaßen berappelt hatte, war sie auf allen vieren die Treppe hochgeklettert und hatte sich ins Bett geschleppt, ohne sich um ihre Verletzungen zu kümmern. Der Schock darüber, dass Annette imstande war, ihr Gewalt anzutun, hatte noch eine Weile nachgewirkt, schließlich aber war sie vor Schmerzen und Anstrengung in den Schlaf gefallen. Erst am nächsten Morgen hatte sie im Badezimmer ihre Verletzungen begutachtet und verarztet. Annette aber, die nachdem sie ihre Mutter geschubst hatte, an dieser vorbeigestürmt war, war die letzten Tage über weder zu sehen noch zu hören gewesen. Sie war Gudrun aus dem Weg gegangen, und das war auch besser so gewesen.

»Wo ist dein Gefangener?«, erkundigte sich Harald, während er auf die Suppe pustete. Sie war dankbar, dass er nicht weiter nach dem Sturz fragte.

»In einem Kellerraum«, gab Gudrun zur Antwort. »Man kann ihn nicht hören, selbst wenn er schreit. Dieser Keller liegt am weitesten entfernt von Annettes Wohnung. Es sind zwei Brandschutztüren dazwischen.«

Harald zog die Augenbrauen hoch. Sie waren weiß und buschig, und Gudrun fand, dass sie seinem faltigen Gesicht eine soignierte Note gaben. »Deine Tochter wohnt hier? Ich dachte, sie ist verheiratet?«

»Sie war verheiratet. Aber ihr Mann hat sie betrogen.«

»Der Schönheitschirurg?«

Gudrun nickte. Sie hatte Harald häufig geschrieben, natürlich heimlich, damit Volkmar nichts mitbekam. Dass ihre

Tochter aber in jeder Hinsicht gescheitert war – geschieden, kinderlos und eine tablettensüchtige Säuferin –, das hatte sie verschwiegen. Aus Scham, dass sie nichts Besseres hervorgebracht hatte. Natürlich schob sie die Schuld auf Volkmar, sie wusste, hätte sie Harald geheiratet, damals, so wie es geplant war, hätte sie heute zwei Söhne und mehrere Enkel. Die Söhne wären Mediziner oder Juristen und erfolgreich in ihren Berufen …

»Warum lebt sie bei dir?«, unterbrach Harald ihre Gedanken und sah sie über den Tisch hinweg prüfend an. Gudrun nahm eine seiner Hände in ihre. Die Hand war rau, hatte Schwielen, die Finger waren steif und gebogen wie Krallen. Dennoch liebte sie seine Hände, sie waren sehnig und muskulös. Sie wusste, dass Harald die Sache mit diesen zupackenden Händen zu Ende bringen würde.

»Weil sie schwach ist. Sie ist nicht lebensfähig ohne mich. Sie ist unwert.«

Mit der freien Hand fasste der alte Mann über den Tisch und strich ihr eine lange weiße Strähne, die sich aus ihrem geflochtenen Zopf gelöst hatte, hinters Ohr. »Schhh«, machte er, als müsste er ein scheuendes Pferd beruhigen, »sie ist deine Tochter. Sprich nicht so von ihr.«

»Du hast keine Ahnung.« Gudrun stand auf und schenkte Harald Kaffee nach. Für ihn hatte sie richtigen Bohnenkaffee gemahlen. Sie kam lieber wieder auf das Problem im Keller zu sprechen, über Annette wollte sie nicht reden.

»Ich führe dich nachher gleich runter. Schau's dir an, dann können wir einen Plan machen, wie wir vorgehen. Ich muss diesem Kerl etwas zu trinken bringen.«

»Und zu essen? Gibst du ihm nichts zu essen?«

Sie schüttelte den Kopf und sah in seinem Blick, dass er

das missbilligte. Er schob den leeren Teller beiseite und wischte sich den Mund an der Papierserviette ab.

Sie seufzte und legte einen Apfel neben die Wasserflasche, die sie für den Gefangenen bereitgelegt hatte. Von dem Mann hatte sie Harald bereits am Telefon erzählt. Sie hatte ihm gesagt, dass sie seine Hilfe benötigte, dass er den Kerl dazu bringen müsse, ihr sein Vermögen zu überschreiben. Dass Harald dafür sorgen solle, dass der Schweinehund ein entsprechendes Schreiben unterzeichnete. Was sie sonst noch von ihm erwartete, davon hatte sie kein Wort gesagt.

*

Als sie in Lohdorf aus der S-Bahn stieg, war Beate Klinger einen Moment orientierungslos. Sie war gemeinsam mit Julius schon einmal hier gewesen, allerdings waren sie mit dem Auto gefahren. Klaus hatten sie damals bei seinem Betreuer gelassen, der sich nebenher ein bisschen Geld verdiente, indem er auch in seiner freien Zeit auf seine Schützlinge aufpasste. So hatte sie es heute auch gemacht. Klaus war einverstanden gewesen, denn er durfte sein neues Modellflugzeug mitnehmen und es mit dem Betreuer steigen lassen. Natürlich hatte er nach seinem Papa gefragt, denn das Privileg, ein neues Modell in die Luft steigen zu lassen, hatte von jeher Julius, der Klaus erst mit dem Modellflugzeugbau bekanntgemacht hatte.

Beate sah sich auf dem Bahnsteig um. Einige Familien waren mit ihr aus der Bahn gestiegen, aber diese waren bereits die Treppe hinunter verschwunden. Beate folgte ihnen. In der Unterführung hatte sie die Wahl, nach rechts zum Bahnhofsplatz zu gehen oder nach links in Richtung einer Klinik. Sie wählte den rechten Ausgang. Auf dem Platz war ein leerer Taxistand, aber auf der daran vorbeiführenden Straße herrschte etwas Verkehr. Einige Fahrradfahrer und wenige Fußgänger. Beate fasste sich ein Herz und sprach eine junge Frau an, die mit Kinderwagen und einem Kleinkind auf einem Laufrad unterwegs war. Diese wies ihr den Weg zur Wettersteinstraße, und als Beate die Unterführung durchquert hatte, erkannte sie den dahinter liegenden Platz. Sie wusste, wo sie abbiegen musste, und nach wenigen Metern erreichte sie das Gartentor der Rechlins.

Dort zögerte Beate. Das Anwesen wirkte abweisend, obwohl es im hellen Sonnenschein dalag, es flößte ihr Furcht ein. Ihr Finger, der die bronzene Klingel schon berührt hatte, zuckte zurück. Warum war sie hergekommen? Was erwartete sie von Gudrun? Sie wusste doch, dass Julius niemals hier angekommen war, und dennoch. Ihre Intuition hatte sie hergeführt, weil sie glaubte, in Lohdorf mit der Suche beginnen zu müssen. Aber jetzt wurde sie unsicher, schon der Gedanke an eine Begegnung mit Gudrun von Rechlin schüchterte sie ein. Sie hatte sich nicht angemeldet, sie wusste nicht, wo sie über Nacht bleiben sollte, Gudrun hatte allen Grund, ihr die Hilfe zu verwehren. Andererseits war sie vielleicht froh, dass Beate kam, schließlich beherbergte sie einen fremden Mann in ihrem Keller, einen Mann, den Julius entführt hatte. Der Mann, dessentwegen Julius sich auf den Weg gemacht hatte. Beate Klinger warf einen Blick auf die Villa. Sie war mächtig und wirkte massiv wie eine Burg. Nichts an dem Gebäude war einladend, im Gegenteil, es schien dem Besucher zu sagen, dass er nicht willkommen war. Der Garten war ungepflegt, und jetzt, im späten Sommer, lag immer noch das Laub vom letzten Herbst unter den Bäumen. Es gab in diesem Garten nichts Buntes, keine Blumen, nur Koniferen und Immergrün. Die Laubbäume, wie die von der Miniermotte beschädigte Kastanie, blühten schon längst nicht mehr. Weiter hinten im Garten, am Ende der ungepflegten Rasenfläche, konnte Beate Obstbäume sehen und einen großen Komposthaufen. Dort standen immerhin Körbe, und am Apfelbaum lehnte eine Leiter, was darauf hinwies, dass Gudrun oder ihre Tochter wenigstens hier aktive Gartenarbeit betrieben. Der brachliegende Garten stimmte Beate traurig, denn sie hatte sich immer einen eigenen Garten gewünscht. Aber zu einem Haus hatten ihre Finanzen nicht gereicht, und so beschied sie sich mit einem Balkon. Diesen allerdings hegte und pflegte sie, sie entlockte ihm sogar Gemüse und Obst.

Kein Laut drang aus dem Haus, und Beate Klinger atmete tief ein, bevor sie sich überwand und auf die Klingel drückte. Kurz darauf wurde ein kleines Fenster im oberen Stockwerk aufgerissen, und Gudrun steckte ihren weißen Kopf heraus. Ein altgewordenes Rapunzel, dachte Beate erschrocken, als der lange Zopf über Gudruns Schulter fiel. Gudrun schien bass erstaunt, dass Beate vor ihrer Tür stand, und reagierte zunächst mit einem unwirschen »Was willst du hier?«.

Aber Beate hatte nicht die lange Reise von Frankfurt mit dem Zug unternommen, um sich ins Bockshorn jagen zu lassen. Obwohl sie spürte, dass ihre Hände schweißig wurden und sie bei Gudruns hexenhaftem Anblick Unwohlsein befiel, blieb sie standhaft.

»Kannst du mir bitte aufmachen? Gudrun?«

Gudrun reagierte nicht sofort, sondern starrte Beate an. Diese bemühte sich, ihren Blick nicht abzuwenden. Schließlich gab sich Gudrun einen Ruck.

»Es passt mir jetzt nicht. Komm ein anderes Mal.«

Bittere Wut stieg in Beate hoch. »Nein! Ich suche Julius …«

»Er ist nicht hier«, unterbrach Gudrun sie.

»Das weiß ich, aber ich muss irgendwo anfangen, ihn zu suchen. Bitte öffne jetzt und lass mich rein. Ich bin extra von Frankfurt hierher…«

Gudrun machte allen Ernstes Anstalten, das Fenster zu schließen. Aber jetzt kamen zwei Männer auf der Straße entlanggeschlendert, ein älterer Mann in Tracht und ein etwas jüngerer in Jeans und weißem Hemd. Beate ahnte, dass diese beiden ihre Chance waren, denn was Gudrun um jeden Preis würde vermeiden wollen, war Aufmerksamkeit. Also insistierte Beate mit Nachdruck.

»Gudrun, bitte lass mich jetzt rein. Ich möchte mit dir sprechen. Vielleicht kommt uns eine Idee, wo Julius …«

»Schon gut, ich mach dir auf«, unterbrach Gudrun sie, denn ihr war nicht entgangen, dass die beiden Männer neugierig zu ihnen herüberblickten. Beate grüßte, und die Männer nickten ihr freundlich zu. Kurz darauf kam Gudrun aus der Haustür. Sie warf einen grimmigen Blick auf die Passanten, von denen der eine sie mit Namen grüßte, und öffnete Beate das Gartentor. Dann zog sie sie am Arm in den dunklen Hausflur. Kaum hatte sie die Tür hinter ihnen geschlossen, überfiel sie Beate mit Vorwürfen.

»Was denkst du dir dabei, hier zu erscheinen? Wir hatten verabredet, dass mindestens zwei Wochen vergehen, bis wir uns treffen. Man soll keine Verbindung zwischen uns herstellen können!«

»Aber du hast doch selbst Julius angerufen und ihn gebeten zu kommen«, wehrte sich Beate.

»Weil ich ein Problem hatte. Das hat sich aber erledigt.«

»Weiß Julius davon?«

»Was meinst du?« Gudrun wirkte unwirsch und verwirrt.

Beate schöpfte ein wenig Hoffnung. »Wenn er gewusst hätte, dass du ihn vorerst noch nicht brauchst, dann wäre er vielleicht umgekehrt. Das meine ich.«

Gudrun sah sie spöttisch an. »Und wie hätte er davon erfahren sollen? Er hat kein Handy, soviel ich weiß. Und hier ist er gar nicht angekommen, wie oft soll ich dir das noch sagen.«

Beate spürte, dass sie ihre Tränen nicht länger zurückhalten konnte. Sie war so erschöpft. Sie hatte nicht geschlafen, sie war voller Angst und Sorge, und nun stand sie dieser hartherzigen Frau gegenüber, mit der sie ein böses Schicksal verband, und diese Frau war nicht einmal bereit, ihr einen Stuhl und etwas zu trinken anzubieten, geschweige denn ein offenes Ohr.

Gudrun wurde ungehalten. »Jetzt heul nicht.« Sie kramte ein Stofftaschentuch aus der Tasche ihrer Strickjacke und bot es Beate an. Diese tupfte sich mit zittrigen Händen die Augen trocken.

»Was soll ich machen, Gudrun? Ich bin so hilflos. Ich habe solche Angst. Julius ist etwas zugestoßen, ich bin mir sicher.«

Nun erbarmte sich Gudrun von Rechlin und führte Beate ins Wohnzimmer. Sie nahm auf dem hellgrünen Samtsofa Platz. Beate registrierte, dass Gudrun unruhig war und sich nicht anschickte, ihr etwas anzubieten. Sie wollte sie beruhigen und dann so rasch wie möglich wieder los sein. Aber sie würde so schnell nicht aufgeben. Sie würde einen Hinweis auf Julius erhalten, davon war sie fest überzeugt.

»Was hat er zu dir gesagt, am Telefon?«, erkundigte sie sich bei Gudrun.

Diese starrte sie an. »Was soll er gesagt haben? Dass er jetzt losfährt natürlich.«

»Und dann hat er sich nicht mehr gemeldet?«

»Nein, hat er nicht.«

Sie schwiegen.

Dann fiel Beate etwas ein. »Kann ich zu dem Mann?«

»Nein.« Gudrun stand auf. »Nein, auf gar keinen Fall.«

»Ich will ihn sehen.«

»Warum? Was bringt dir das? Er sitzt im Keller, er ist gefesselt. Mehr ist nicht passiert.«

»Trotzdem.« Beate gab nicht auf. »Vielleicht weiß er was.«

»Woher denn?« Gudruns Stimme klang höhnisch. »Wenn du dich zeigst, dann kennt er dich, und du hängst mit drin. Er sitzt die ganze Zeit im Keller. Seit Julius ihn hierhergebracht hat. Er hat nicht einmal das Gesicht seines Entführers gesehen, nur mich. Und dabei soll es bleiben.«

»Aber ich …«

Gudrun ging in den Flur auf die Eingangstür zu. »Ich habe nein gesagt, und dabei bleibt es. Fahr zurück nach Frankfurt, Beate. Und bleib dort. Julius wird wieder auftauchen. Vielleicht hat er vorübergehend kalte Füße bekommen.«

»Er bleibt doch nicht über Nacht weg, ohne mir zu sagen, wo er ist. Das ist noch nie vorgekommen«, sagte Beate verzagt, während sie Gudrun zur Tür folgte.

»Für alles gibt es ein erstes Mal. Glaub mir. Auch in einer alten Ehe.« Gudrun hatte die Tür geöffnet. Es war ein eindeutiger Rausschmiss, Beate hatte hier nichts mehr verloren.

»Komme ich denn heute noch nach Frankfurt zurück?« Beate machte noch einen letzten Versuch, Gudruns Herz zu erweichen. »Ich habe hier keine Unterkunft. Und ein Hotel kann ich mir nicht leisten.«

Gudrun lächelte sie sanft an. »Bestimmt. Nach Frankfurt fährt sicher alle naselang ein ICE. Und wenn nicht: Die Bahnhofsmission wird sich um dich kümmern.« Damit schloss sie die Tür hinter Beate. Dieser wurde es augenblicklich übel. Weniger, weil Gudrun sie so schnöde behandelt hatte, als vielmehr, weil sie noch einen Blick auf die Flurgarderobe geworfen hatte. Dort hing ein heller Trenchcoat, der dem von Julius auffallend ähnlich war.

9.

Georg Thalmeier machte keine Anstalten aufzubrechen. Gerade eben hatte er verkündet, dass die letzte Bahn in Richtung Tegernsee um 0.10 Uhr von der Donnersberger Brücke abfahren würde, und Stifter hoffte inständig, dass er sich erbarmen und bereits früher aufbrechen würde. Der Tag mit dem Alten war kurzweilig gewesen, sie hatten sich bestens unterhalten, und Stifter war nicht entgangen, dass der Expolizist sich in seiner Gegenwart immer wohler fühlte. Das ging ihm selbst nicht anders. Aber er war völlig übermüdet und sehnte sich nach seinem Bett. Thalmeier dagegen war voll in Fahrt. Sie saßen am großen Esstisch der Familie Lanz, und sowohl Rubina als auch Noah hingen an Thalmeiers Lippen. Anfangs war gerade der Halbwüchsige Stifters Besucher gegenüber äußerst skeptisch gewesen, aber als dieser seine Ermittlungsgeschichten aus über dreißig Jahren Mordkommission ausbreitete, hatte Noah seine Vorbehalte rasch über Bord geworfen. Kyra hatte Thalmeier zügeln müssen, damit er nicht alle grausigen Details auf den Tisch packte, aber die beiden Kinder stachelten den alten Mann an und fragten ihm Löcher in den Bauch. Man sah ihm an, dass er die Aufmerksamkeit genoss, und Stifter mutmaßte, dass Thalmeier dort, wo er herkam, nicht allzu viel Gelegenheit zum Austausch hatte. Warum das so war, blieb ihm ein Rätsel. Der Bayer sprach nie über sein Zuhause, sein Leben dort oder seine private Vergangenheit. Thalmeier konnte aber nicht nur brummig, er konnte auch leutselig sein, ein Zug, der sich erst heute im Lauf des Tages gezeigt hatte. Auch in Germerow hatten sie miteinander zu tun gehabt, aber da war Thalmeier stets wortkarg und nachdenklich gewesen. Jetzt lief er zu großer Form auf.

»Die meisten der Verbrechen, mit denen ich im Lauf meiner Karriere zu tun hatte, sind klein und armselig. Letzten Endes. Und du tätst dich wundern, wegen was manch einer mordet. Wegen nix!«, schloss er soeben eine etwas langatmige Schilderung einer aufwendigen Mordermittlung im Schaustellermilieu. Dann schob er sich genüsslich die letzte Gabel Ossobuco in den Mund.

Noah beugte sich neugierig zu Thalmeier hinüber. Sein Teller war noch fast voll, das Essen kalt.

»Aber es gibt doch auch raffinierte Täter, oder? Die von langer Hand planen. Und vielleicht nie auffliegen.«

»Wenn sie nie auffliegen, dann kann Herr Thalmeier dir darüber auch nichts erzählen«, mischte sich Andreas ein. Alle am Tisch lachten, nur Noah nicht.

Thalmeier wiegte den Kopf. »Wenige. Sehr wenige. Raffiniert, das gibt's nur im Krimi. In den häufigsten Fällen sind die Leute hilflos und brutal. Sie erschlagen, sie stechen zu, sie würgen. Aus Neid, Wut, Enttäuschung. Und die meisten machen sich nicht klar, wie mühsam es ist, einen Menschen wirklich zu töten. Oftmals sind die Opfer noch gar nicht richtig tot, wenn der Täter von ihnen ablässt.«

»Ich glaube, jetzt ist es mal gut mit den Gruselgeschichten«, schritt Kyra sanft ein. »Rubina, für dich ist es spät genug. Schau bitte noch mal die Lateinvokabeln an, dann ab ins Bett.«

»Manno.« Rubina zog eine Schnute. »Darf ich nicht mehr Tatort gucken?«

Andreas schüttelte den Kopf. »Heute nicht. Heute kommt nicht der Lustige. Und morgen ist Schule, ich habe gesagt, du darfst nur in den Ferien.«

»Aber der Noah darf.« Rubina schmollte.

»Ey, Mann, ich bin vier Jahre älter!« Es war Noah anzumerken, dass er es genoss, der Ältere zu sein. Seine beiden großen Geschwister, Jeremias und Zora, waren heute Abend nicht da.

Damit der Streit nicht eskalierte, standen alle Erwachsenen auf und begannen, den Tisch abzuräumen. Rubina verabschiedete sich artig von Thalmeier, der ihr versprechen musste, seine Mordgeschichten ein anderes Mal fortzusetzen. Als der Tisch abgeräumt und Kyra mit Andreas vor den Fernseher verschwunden war, bot Stifter Thalmeier an, ihn zur S-Bahn zu begleiten. Aber Thalmeier lehnte mit dem Hinweis ab, dass Stifter früh rausmüsse und er den Weg allein finde. Höflichkeitshalber drängte Stifter sich auf, noch den Weg über die Felder zusammen zu gehen, bis zum Ortsrand von Lohdorf.

Sie schlenderten nebeneinanderher, und Thalmeier kam schnell wieder auf die Damen von Rechlin zu sprechen.

»Gut hat sie nicht ausgesehen, die alte Dame. Ziemlich üble Prellung im Gesicht. Wirkte sehr frisch, die Verletzung.«

»Ja, unschön«, bestätigte Stifter.

»Glaubst du, die prügeln sich, Mutter und Tochter?«, hakte Thalmeier forschend nach.

»Nein. Die Tochter jedenfalls nicht. Niemals. Aber vielleicht ist die Alte im Haus verunglückt. Kann schon mal passieren.« Stifter wollte nicht, dass Thalmeier sich als Hobbypolizist betätigte und aus reinem Ennui einen Fall schuf, wo keiner war.

»Schon. Aber giftig hat's geschaut. Und auf die Frau am Tor war sie auch nicht gut zu sprechen.«

»Ich hab ja gesagt, dass die Alte eine Giftschlange ist. Sie hätten sehen sollen, wie die mit ihrer kranken Tochter umgegangen ist.«

»Mei, jetzt sag halt Schorsch!«, platzte Thalmeier heraus und blieb auf der Stelle stehen. »Sogar mit deinen Vermietern bin ich schon per du. Das macht man nicht, hier herunten. Das ist anders als bei euch in Hamm, Westfalen.«

Stifter schwieg. Er wollte nicht zugeben, dass er von Thalmeiers eruptiver Sympathiebekundung geschmeichelt war. Und dass ihm der alte Bayer nähergekommen war, als er sich das eingestehen wollte. Aber mit dem Du tat er sich doch schwer. Obwohl Thalmeier recht hatte: Hier unten taten das alle, es wurde inflationär geduzt.

»Also gut. Johannes.« Er streckte Thalmeier die Hand hin.

Dieser nahm sie lachend entgegen und drückte sie fest.

»Schorsch. Freut mich.«

Sie standen mitten auf dem Feldweg in der heraufziehenden Dämmerung, als ein Fahrradfahrer in hohem Tempo auf sie zuhielt. Kaum hatte er die beiden Männer erreicht, bremste er abrupt, so dass der Kies seitlich wegspritzte.

»Hi.« Es war Noah. Er sah die beiden Männer nicht an, sondern popelte an seinem Lenker herum, der dunkle Haarvorhang fiel tief herunter.

»Kommst noch mit?«, baute Thalmeier dem Jungen eine Brücke.

Noah zuckte mit den Schultern und tat gleichgültig. Obwohl es offensichtlich war, dass er ihnen hinterhergefahren war, vermutlich, um noch weitere Geschichten aus Thalmeiers aktiver Zeit zu hören, dachte Stifter, tat er jetzt ganz unbeteiligt, als wäre ihr Treffen zufällig passiert.

»Dann geh' ma noch ein Stückerl.« Thalmeier setzte seinen Weg zufrieden fort, an der einen Seite den Postboten, auf der anderen Noah mit seinem Bike.

Zu Stifter gewandt, sagte der Bayer: »Aber ich hätte an deiner Stelle schon ein Auge auf die da oben.«

Stifter sah, dass Noah aufhorchte und wollte lieber das Thema wechseln. Aber es war bereits zu spät.

»Rechlin?«, fragte Noah nach. »Was geht denn da ab?«

»Nichts«, dampfte Stifter ihn herunter. »Die alte Dame hat sich verletzt. Nichts weiter.«

Thalmeier zog die Augenbrauen hoch, unterließ aber einen Kommentar.

»Sind Sie deswegen hier?« Noahs Neugier war offenkundig geweckt.

»Nein!« Thalmeier schüttelte den Kopf. »Ich bin nur neugierig.«

Jetzt war es an Stifter, die Augenbrauen skeptisch hochzuziehen. Ohne Kommentar.

»Aber komm«, wendete sich der Alte an den Jungen, »jetzt erzähl ich dir vom Kioskmord. Das war 1978, in Untergiesing. Mei, damals war das noch ein wildes Viertel …«

Stifter blieb ein Stück hinter den beiden und musterte amüsiert das ungleiche Paar. Der Mond stand jetzt schon hoch am Himmel, obwohl die Sonne noch nicht untergegangen war, und es versprach, ein aufsehenerregender Sonnenuntergang zu werden.

*

Durch das Fenster in ihrem Schlafzimmer konnte Gudrun von Rechlin den Mond sehen. Der Himmel war glutrot, die untergehende Sonne von azurblauen Wolkenfetzen verdeckt, und der Mond war eine schmale, durchscheinende Sichel. Sie waren früh zu Bett gegangen, Harald war zu erschöpft gewesen, um heute noch etwas zu unternehmen. Aber er hatte Zeit, er konnte so lange bleiben, wie sie ihn brauchen würde. Vielleicht für immer, hatte sie gedacht. Schon seit vielen Jahren hatte sie dieses Gefühl der Geborgenheit wie bei ihm nicht mehr gehabt. Nun aber fühlte sie, wie in seiner Gegenwart alles von ihr abfiel. Die Sorgen und die schwere Last der Verantwortung auf ihren Schultern. Sie hatte Volkmar, solange er gelebt hatte, alles abgenommen, ihm aus dem Rücken geschafft, was ihm unangenehm war oder an was er nicht gerne dachte. Sie bestellte Handwerker, verabredete Arzttermine, sorgte für einen vollen Kühlschrank und ein sauberes Heim. Dafür hatte er alles verwaltet, was die Finanzen betraf, angeblich, weil er ein Händchen dafür hatte. Hätte sie sich nur nicht von ihm einlullen lassen und auch das übernommen! Aber dann wäre Volkmar zu gar nichts mehr gut gewesen. So hatte sie wenigstens die schöne Illusion gehabt, dass er ihr ein Leben in Saus und Braus beschert hatte – wenngleich hoch verschuldet.

Sie wurde aus ihren Gedanken gerissen, als sich Haralds schwielige Hand auf ihren Bauch legte. Er hatte warme Hände, und die Wärme strahlte angenehm auf sie ab. Sie legte ihre Hand auf seine und schob sie langsam unter ihr Leibchen. Dann nahm sie ihre Hand weg, er würde den Weg alleine finden. Sanft streichelnd berührte er ihre Brüste, und Wehmut durchzuckte die alte Frau. Wie schön ihre Brüste gewesen waren. Nicht nur als junge Frau, auch als über Vierzigjährige hatte sie große Brüste gehabt und eine schöne weibliche Figur. Sie war stets fest gewesen, etwas klein vielleicht, aber die Rundungen an den richtigen Stellen. Harald nahm ihre Brustwarzen zart zwischen seine Fingerspitzen und rieb sie vorsichtig. Sie hätte laut schreien mögen, so sehr hatte sie das Gefühl vermisst. Gudrun spürte, wie sie ein Blitz durchzuckte, bis zu den Zehenspitzen, als jagte flüssiges Feuer durch ihren Körper. Sie stöhnte und drehte sich so zu ihm herum, dass sie Brust an Brust lagen. Er massierte den flachen, schlaff herunterhängenden Busen jetzt mit der ganzen Handfläche, und sie spürte ihre starke Erregung. Sie fasste nach unten, zwischen seine Beine und bekam seinen Penis zu fassen. Er war so klein, faltig und weich wie eine haarlose Maus, aber sie umschloss ihn sanft fordernd mit ihrer ganzen Hand. Was war er damals für ein Mann gewesen. Damals, als er sie vom Pferd gezogen hatte und sie sich das erste Mal geliebt hatten. Verboten noch, aber sie waren gewiss gewesen, dass sie bald heiraten würden, denn sie waren füreinander geschaffen. Tränen schossen ihr jetzt in die Augen, Gudrun hätte nicht sagen können, ob das von der Erregung kam, die sie ganz erfasst hatte, oder von der jahrzehntelangen Entbehrung. Niemals hätte sie geglaubt, dass sie dieses ohnmächtige Gefühl noch einmal erleben dürfe. Sie öffnete ihren Mund und roch seinen Atem, schmeckte seinen Speichel. Sein Penis in ihrer Hand regte sich jetzt, Harald ließ von ihrer Brust ab, zog ihre Pyjamahose herunter, aus der sie sich mühsam freistrampelte. Es ging nur schwer, weil sie das verdrehte Bein kaum bewegen konnte, es bereitete ihr höllische Schmerzen. Aber sie war bereit, diese zu ignorieren, denn jetzt umfasste Harald ihren Hintern und zog ihren Körper über sich. Gudrun griff sich nun mit beiden Händen ins Haar und löste den langen weißen Zopf. Dann zog sie sich ihr Leibchen über den Kopf, was ihr Mühe machte, weil sie die Arme nicht mehr ganz über den Kopf heben konnte, aber Harald half ihr. Sie saß nun auf ihm, nackt und schutzlos, nur die langen Haare fielen über die Brüste und bedeckten ein wenig ihren Oberkörper. Das rote Licht des Sonnenuntergangs fiel auf ihre bleiche alte Haut und zauberte einen rosigen Schimmer darauf. Harald hatte sich zurückgelegt, seine gichtigen Hände fuhren leicht auf ihren Oberschenkeln auf und ab, er lächelte sie an und das gesunde Auge strahlte in hellem Blau.

»Du bist so schön wie eh und je«, flüsterte er, und da konnte sie nicht länger an sich halten. Ihr kleiner zerbrechlicher Körper zuckte heftig unter dem Weinkrampf, aber sie war glücklich. Glücklich, weil das Elend der vergangenen Jahre von ihr wich und sie wusste, dass sie endlich nicht mehr allein war.

*

Beate war äußerst unwohl. Natürlich war sie Annette von Rechlin dankbar, dass sie ihr eine Schlafgelegenheit angeboten hatte, aber sie fühlte sich alles andere als aufgehoben. Sie war Gudruns Tochter begegnet, nachdem ihr die Alte die Tür vor der Nase zugeworfen hatte. Beate hatte noch eine Zeitlang ratlos am Gartentor gestanden und nicht gewusst, was tun, als Annette aus ihrem Teil des Hauses gekommen war und sich nach ihr erkundigt hatte. Sie schätzte die Tochter auf Anfang, Mitte fünfzig. Beate Klinger hatte die Frau nur einmal zuvor gesehen, bei ihrem Besuch mit Julius in Lohdorf. Das war kurz nach Volkmars Tod gewesen, kurz nach der Kreuzfahrt. Gudrun hatte schon damals nicht über ihre Tochter gesprochen, sie hatte nur angedeutet, dass diese nach einer unglücklichen Ehe wieder bei ihr eingezogen war. Damals war Annette von Rechlin zur Begrüßung auf die Terrasse gekommen, auf der sie gesessen hatten, mit einem Drink in der Hand. Beate hatte den Eindruck gehabt, dass Annette unglücklich gewesen war und gerne trank, und dieser Eindruck hatte sich heute bestätigt. Sie hatte Annette noch am Gartentor gesagt, dass sie auf der Suche nach ihrem Mann war. Die junge Rechlin hatte ihr keine Auskunft geben können, sie hatte Julius nicht gesehen, und im Gegensatz zur Mutter glaubte Beate ihr jedes Wort. Die Frau wirkte warmherzig und aufrichtig, allerdings auch ziemlich zerstreut. Als Beate ihr erzählt hatte, dass sie heute noch nach Frankfurt zurückmüsse, mit der Bahn, aber nicht wisse, wann und ob überhaupt ein Zug führe, hatte Annette ohne Zögern angeboten, dass sie bei ihr übernachten könne. Dankbar hatte Beate das Angebot angenommen, aber nun, als sie auf dem ungemütlichen Sofa lag, bereute sie den Entschluss beinahe. Aus der Küche hörte sie ab und zu das Klirren von Gläsern oder Flaschen, ansonsten war es ganz ruhig in diesem Teil des Hauses. Totenstill. Sie hatten sich ein wenig unterhalten, bevor Annette ihr das Lager auf dem Sofa bereitet hatte, aber das Gespräch war zäh gewesen. Beate traute sich nicht, von der Sache mit den Fonds, dem großen Verlust und ihrem Plan mit der daraus resultierenden Entführung zu erzählen. Sie hatte schnell gemerkt, dass Annette von Rechlin von nichts wusste. Sie hatten in deren Küche gesessen, die säuerlich roch, weder aufgeräumt noch sauber war und auf deprimierende Weise leer. Außer Flaschen und ein paar Tassen in der Spüle gab es nichts, was darauf hinwies, dass hier jemand wohnte. Kein Obstkorb, kein Brot, nicht einmal Krümel. Als ihre Gastgeberin den Kühlschrank geöffnet hatte, um sich aus der zweiten Flasche Weißwein zu bedienen, hatte Beate erkennen können, dass sich außer Getränken nicht viel darin befand. Eine angebrochene Butter im verknitterten Papier. Ein Glas Cornichons, ein in Plastik verpackter Käse, Pumpernickel. Im Gespräch war Gudruns Tochter freundlich, aber zunehmend betrunken gewesen, und Beate, die Mühe gehabt hatte, die Unterhaltung aufrechtzuerhalten, hatte sich sehr früh ins Bett verabschiedet. Mit schlechtem Gewissen, denn Annette von Rechlin schien ihr ein sehr einsamer und unglücklicher Mensch zu sein, der froh um ihre Gesellschaft war. Aber sie konnte der Frau nicht geben, wonach diese verlangte, sie war zu sehr mit ihren eigenen Sorgen beschäftigt. Sie dachte an Klaus und dass dieser ganz aufgeregt gewesen war, als sie ihn von Annettes Telefon aus angerufen und ihm mitgeteilt hatte, dass er über Nacht bei seinem Betreuer bleiben solle. Und natürlich dachte sie in einem fort an ihren Mann. An Julius, dessen Mantel sie an Gudruns Garderobe gesehen hatte. Denn inzwischen war sie sicher, dass es sein Trenchcoat war, nur wusste sie nicht, was der Grund dafür war, dass Gudrun sie belog. Julius war hier angekommen, aber wo war er jetzt? Warum hatte er sich nicht bei ihr gemeldet? Beates Herz krampfte sich zusammen, als sie daran dachte, dass Julius vielleicht nebenan war, bei Gudrun von Rechlin. Dass er etwas vor ihr verbarg. Dass er gemeinsame Sache mit der Frau machte. Dass die beiden den entführten Banker vielleicht umgebracht haben könnten und dass Julius sich deshalb nicht traute, mit Beate Kontakt aufzunehmen. Was befand sich hinter der Wand, die ihr Lager von Gudrun von Rechlins Wohnbereich trennte?

*

Zum ersten Mal war er richtig down. Die ganzen Stunden hier im Keller hatte er sich bemüht, sich aufzubauen, zu motivieren, fit zu halten und sich nicht in die beschissene Lage, in der er sich befand, zu fügen. Er hatte kein Opfer sein wollen. Nicht jammern und klagen, sonst, so seine Angst, hätte er angefangen zu glauben, seine Lage sei hoffnungslos. Und dann hätte er sich vielleicht nicht mehr gewehrt. Oder den Zeitpunkt verpasst, an dem er sich befreien konnte. Ja, er konnte von sich behaupten, dass er richtig tough geblieben war. Aber seit der Greis mit dem blauen Auge aufgetaucht war, war es mit seiner Beherrschung vorbei. Er hatte den Mann angesehen und gewusst, dass er seinen Meister gefunden hatte. Warum, konnte er nicht sagen. Es war ein Gefühl, Intuition. Denn eigentlich war er genauso ein armer Alter wie die Frau und der andere. Aber von ihm ging eine Bedrohlichkeit aus, die ihm sofort einen Schauer über den Rücken gejagt hatte. Er hatte versucht, dem Blick aus dem blauen Auge standzuhalten, aber er hatte es nicht geschafft. Dieser große alte Mann war zu allem fähig, das hatte er im Moment der Konfrontation gewusst. Er hoffte nur, dass er seine Angst hatte verbergen können. Er wollte nicht, dass seine Entführer merkten, dass er nicht mehr so unbeugsam war wie zu Beginn.

Er setzte sich wieder auf die Unterschenkel, legte die Handflächen auf den Boden und versuchte, sich zu erden, zu zentrieren. Aber es wollte ihm nicht gelingen. Stattdessen wurde ihm schwarz vor Augen und schwindelig. Er hatte kaum etwas gegessen, zuletzt den Apfel, den die Alte ihm vorhin heruntergebracht hatte, das machte sich nun doch bemerkbar, nach wie vielen Tagen? Vier, fünf, sechs, einer Woche? Er hatte das Zeitgefühl verloren, so schnell schon. Seine Breitling hatten sie ihm offenbar abgenommen, als er noch bewusstlos gewesen war, und er hatte, seit er aufgewacht war, versucht, sich vorzustellen, wie lang ungefähr eine Stunde dauerte, und dann hatte er die Stunden gezählt. Aber wenn er einschlief, war er aus dem Tritt, hatte keine Orientierung darüber, wie lange er weg gewesen war. Waren es Stunden oder nur Minuten? Da der Keller kein Fenster hatte und die Alte die Neonröhre immer brennen ließ, konnte er Tag und Nacht nicht auseinanderhalten. Er hatte sich damit beholfen, dass er versuchte, ihre Kleidung zu unterscheiden. Vor ein paar Tagen jedenfalls war der andere alte Mann zu ihm gekommen. Der Ängstliche. Aber den hatte er besiegt. Davon war er fest überzeugt. Er hatte den Kampf gewonnen. Zu Beginn hatte er noch triumphiert, aber je länger die Leiche des Alten da vor ihm auf dem Boden gelegen hatte, desto mehr fühlte er sich davon gestört. Der Leichnam fing an, übel zu riechen. Er bildete sich ein, dass der tote Rentner schon die Luft verpestete. Auf alle Fälle hinderte er ihn daran, sich zu konzentrieren. Mental war die Gegenwart der Leiche ein Problem.

10.

Dass es draußen regnete, wusste Georg Thalmeier, als Mizzi um halb sechs zu ihm ins Bett krabbelte. Der Kater putzte sich noch sorgfältig, bevor er Thalmeier seinen nassen pelzigen Rücken an die Wange drückte und sich wohlig zusammenrollte. Thalmeier warf einen Blick auf die Uhr und drehte sich auf die andere Seite. Dabei drückte er seinen Rücken gegen den des Katers, denn wenn er seinen Teil vom Bett nicht deutlich verteidigte, würde sich der renitente Kerl nach und nach derart breitmachen, dass Thalmeier nur mehr ein schmaler Streifen bliebe. Er hatte Mizzi vom Nachbarn geschenkt bekommen, kurz nachdem er in sein Haus zurückgekehrt war. In der irrigen Annahme, das kleine Tigerkätzchen sei ein Mädchen, hatte der alte Mann es Mizzi getauft, um dann einige Wochen später festzustellen, dass das Tier überall im Haus seine Marken setzte, so dass es sich nur um einen Kater handeln konnte. Eigentlich hatte Thalmeier sich einen Hund anschaffen wollen, damit er zu einer Regelmäßigkeit im Tagesablauf gezwungen wurde und sich außerdem hätte regelmäßig bewegen müssen. Aber die Nachbarn waren ihm zuvorgekommen. Sie hatten einen Wurf von Katzen gehabt und Thalmeier regelrecht erpresst mit der Andeutung, dass jedes Katzenbaby, das keinen Besitzer fände, getötet werden müsse. Da hatte er sich erbarmt. Und war in dem halben Jahr, das er wieder am Tegernsee weilte, eine Symbiose mit dem eigentlich garstigen

Vieh eingegangen. Mizzi war eine komplizierte Kratzbürste. Er war ständig unterwegs, jagte und prügelte sich, aber wenn er zu Thalmeier kam, dann sollte dieser auch Gewehr bei Fuß stehen. Essen servieren und als Kraulstation herhalten. Und der alte Bayer, der den lieben langen Tag nichts Nennenswertes zu tun hatte, kam Mizzis Forderungen gerne nach. Er saß dann an die warme Hauswand seines alten Holzhäusels gelehnt, im Rücken den Hirschberg, den Blick auf den Tegernsee gerichtet, mit dem warmen, schnurrenden Kater auf den Beinen und sinnierte, bis er einschlief.

Es hätte ein Idyll sein können, wenn der ehemalige Polizist dabei nicht so einsam gewesen wäre. Die dreizehn Jahre im Osten Deutschlands, im sandigen Brandenburg, hatten ihm sehr zugesetzt. Er hatte nach dem Tod seiner Frau geglaubt, den Tegernsee nicht mehr aushalten zu können, diese beschauliche Postkartenlandschaft rundherum. Es hatte ihn mit aller Macht fortgezogen, dorthin, wo er nichts und niemanden kannte, wo er sich niemals heimelig fühlen könnte. Das war seine selbstauferlegte Buße gewesen. Er war einsam gewesen, dort oben, aber er hatte seine Einsamkeit gewollt, und wenn es zu sehr schmerzte, hatte er immer seine Arbeit gehabt. Er hatte jeden Feiertagsdienst, jede Schicht übernommen, so viele Überstunden angesammelt, dass er sie niemals würde abbummeln können, vorgeblich, um seine Kollegen mit Familie zu entlasten, tatsächlich aber war es purer Egoismus gewesen. Damit er verdrängen konnte, was geschehen war. Aber nach diesen dreizehn Jahren hatte sein Körper gestreikt. Die klaustrophobischen Anfälle waren in immer kürzeren Abständen über ihn gekommen, sie hatten ihn regelrecht im Klammergriff gehabt, und irgendwann hatte er befürchten müssen, dass sie seine Arbeit behinderten. Der

Rechtsmediziner, den sie da oben gehabt hatten, Dr. Reuters, ein wacher und intelligenter Mensch, hatte ihn eines Tages beiseitegenommen und ihm eine Therapie nahegelegt. Natürlich hatte Thalmeier das abgelehnt, aber nach weiteren Panikattacken hatte er einsehen müssen, dass er so nicht weitermachen konnte. Nach dem Fall in Germerow hatte er das Rentenalter erreicht, und da er keine Karriere im oberen Dienst als Schreibtischtäter anstrebte, hatte Thalmeier seine Siebensachen in einen kleinen Koffer gepackt und war nach Hause zurückgekehrt. Seit dieser Zeit im Januar hatte er keine weitere Attacke mehr gehabt.

Mizzi gab im Schlaf kleine Kieksgeräusche von sich, und Thalmeier drehte sich gerührt zu ihm um und streichelte den Kater. Sein Wecker zeigte auf mittlerweile fast sechs Uhr, und Thalmeier beschloss, heute trotz des unwirtlichen Wetters früh aufzustehen, sich einen Kaffee zu kochen und die Zeitung zu lesen. Nach dem Mittagessen konnte er sich noch einmal hinlegen. Er konnte sich sogar vor dem Mittagessen hinlegen, gleich nach dem Kaffee, und dieser Gedanke deprimierte Thalmeier, noch bevor der Tag angefangen hatte. Die Tatsache, dass er tun und lassen konnte, was er wollte, kam Hand in Hand mit dem Gedanken, dass er im Leben weder eine Aufgabe hatte, noch von irgendjemandem zu irgendetwas gebraucht wurde. Er war sein eigener Herr, zu nichts verpflichtet und damit nutzlos. Überflüssig in der Welt. Ein weiterer Kohlendioxidproduzent, Luftverpester und Müllproduzierer – so dachte Thalmeier über sich in den bittersten Momenten. Aber einfach aus dem Leben gehen, das kam für ihn nicht einmal in den schlimmsten Krisen in Frage. Und so, aus der Erkenntnis der eigenen Nutzlosigkeit heraus, hatte er begonnen, sich Aufgaben zu suchen. Eine war zu ihm ins Haus gekommen: Mizzi. Außerdem hatte er das Angebot seiner früheren Schafkopffreunde, wieder bei ihnen einzusteigen, angenommen und traf sich nun jeden Dienstag zur Kartenrunde im »Jägerhaus«, zwei Orte weiter.

In Brandenburg hatte ihn sein jüngerer Kollege, Karl Galicek, gezwungen, an dessen Familie anzudocken, und Thalmeier war von ihm und seiner Frau Sylvie stillschweigend zum Adoptivopa ernannt worden. Zum Geburtstag hatten die beiden Kinder der Galiceks bei ihm angerufen und ihm gratuliert, was ihn beinahe zu Tränen gerührt hatte. Überhaupt wurde er rührseliger mit dem Alter, Thalmeier fand, er wurde langsam ein sentimentaler Depp. Aber er konnte nicht umhin, sich einzugestehen, dass er sich im Kreise jüngerer Leute und Kinder sehr wohl fühlte, wohler oft als mit anderen alten Trotteln seines Kalibers. Den gestrigen Tag jedenfalls hatte er sehr genossen, bei Johannes Stifter in Lohdorf. Die Familie Lanz war ihm überaus sympathisch, und er hatte sich über das rege Interesse des Teenagers Noah an seinen Berufsgeschichten gefreut. Wenn es nach ihm ginge, würde er öfter zu Besuch kommen. Gesetzt den Fall, das passte Stifter in den Kram. Der hatte ihn leider nicht zu einem weiteren Abstecher motiviert, sondern sich vage »bis dann mal« verabschiedet. Aber vielleicht, so dachte Thalmeier, entwickelten sich die Dinge in Lohdorf doch noch so, dass er gebraucht würde. Seine Intuition hatte ihm jedenfalls nichts Gutes verheißen beim Anblick der mürrischen Alten mit der Prellung im Gesicht, zusammen mit den Schilderungen Stifters vom Alkoholismus der Tochter. Er würde ein Auge darauf haben.

*

Stifter begann seinen Dienst an diesem Vormittag ausgeruht und gutgelaunt. Der Himmel war heute bedeckt, und es fiel sommerlicher Nieselregen. Er mochte dieses Wetter. Es war jetzt wochenlang heiß und trocken gewesen, der Himmel hatte jeden Tag aufs Neue weiß-blau gestrahlt, und er war dieser demonstrativen bayerischen Schönwetterheiterkeit langsam überdrüssig gewesen. Nun hatte er sich das leichte Regencape übergestreift und genoss das Gefühl des warmen sanften Regens auf dem Gesicht. Dass Regen schön mache, behauptete seine Mutter heute immer noch, Jahrzehnte nachdem man den sauren Regen thematisiert hatte. Das hatte sich bei ihm gegen jede Vernunft so festgesetzt, und obwohl er auf einen Zuwachs von Schönheit bei sich keinen Wert legte, war er doch empfänglich für die Vorstellung, dass der Regen seiner Haut guttat.

Als er an der Stelle vorbeikam, wo er das Krötenpärchen aus der Sonne gerettet hatte, bremste Stifter und stieg vom Rad. Er schlug sich ein paar Schritte ins Gehölz, bis er den schwarzen kleinen Tümpel erreichte, an dem er die Amphibien ausgesetzt hatte. Er ging in die Hocke und betrachtete das Wasser. Er hatte gehofft, dass er das dicke Krötenweibchen und sein schwächliches Männchen in trauter Zweisamkeit am Tümpel entdeckte, aber bis auf die Regentropfen, die das Wasser in Schwingung versetzten, ließ sich keine Bewegung ausmachen. Rund um die hohen Gräser, die das Wasser einfassten, sah er allerdings frisch aufgewühlte Grassoden; die darunterliegende dunkle Erde machte den Eindruck, als hätte sie jemand gewaltsam umgegraben, und Stifter mutmaßte, dass hier unlängst ein Wildschwein nach Nahrung gewühlt hatte. Er lauschte in die Stille des feuchten Waldes, konnte jedoch ebenso wenig Tierlaute ausmachen, wie er Leben im Wasser entdeckt hatte. Also ging er zurück zu seinem Rad und klappte den Ständer hoch. Jetzt raschelte es plötzlich unter dem Laub am Tümpel. Ein Tier brachte sich schnell in Sicherheit, nachdem es offenbar regungslos ausgeharrt hatte, um nicht von Stifter entdeckt zu werden. Nur zu gerne bildete sich Stifter ein, dass es die von ihm geretteten Kröten waren. Er schob sein schweres Postfahrrad an, setzte sich mit Schwung auf den Sattel und trat kraftvoll in die Pedale. Gerade mal hundert Meter war er gefahren, als er schon wieder abbremsen musste. Der bronzefarbene Porsche Cayenne des Herrn Regmeier versperrte ihm die Einfahrt in die Chamissostraße, und kaum kam er vor dem Auto zum Stehen, öffnete sich dessen Tür, und der Besitzer stieg aus.

»Ich habe auf Sie gewartet«, kam ihm Herr Regmeier forsch entgegen.

»Auf mich?« Stifter war überrascht. Aber noch bevor er darüber nachdenken konnte, was Regmeier von ihm wollte, offenbarte sich dieser.

»Der Geburtstag meiner Frau steht an. Ich habe etwas bestellt und wollte nicht, dass sie davon erfährt. Wenn Sie mir vielleicht schon mal unsere Post geben könnten, dann schau ich, ob es dabei ist.« Herr Regmeier lächelte starr, als er seine Bitte an den Postboten richtete, und es war ein freudloses Lächeln, als koste es ihn große Mühe, freundlich zu sein. Für Stifter aber war es kein Problem, Herrn Regmeiers Forderung zu entsprechen, er hatte seine Sendungen stets abschnittweise mit Gummibändern gebündelt und konnte mit wenigen Handgriffen die Post für die Familie heraussuchen. Er reichte Herrn Regmeier die drei Sendungen, die er für ihn hatte, Standardbriefe, und dieser blätterte rasch durch. Das verzerrte Grinsen wich dabei nicht aus seinem Gesicht. Johannes Stifter roch das teure, würzig-männliche Aftershave des Mannes und betrachtete dessen gepflegte Hände, die dezent teure Uhr, den mattgoldenen Ehering und die ebenfalls goldenen Manschettenknöpfe, mit denen das strahlend weiße und perfekt gebügelte Hemd am Handgelenk zusammengehalten wurde. Herr Regmeier befand sich ohne Zweifel weit oben auf der Gehaltsleiter. Alles an ihm zeugte von Stil- und Klassenbewusstsein.

Regmeier streckte ihm die Briefe wieder entgegen. »Nichts für ungut. Es war nicht dabei.«

»Das tut mir leid.« Stifter ordnete die Sendungen wieder in seiner Tasche ein.

Herr Regmeier stieg auf den Fahrersitz seines monströsen Wagens, zögerte aber, bevor er die Tür schloss. »Darf ich morgen wieder …? Sie kommen doch immer zur gleichen Zeit?«

Stifter nickte, und Regmeier zog die Fahrertür zu. Er startete und fuhr mit zu viel Gas rückwärts, bevor er wendete.

Er hätte sich auch bedanken können, war Stifters Gedanke, während er dem sich mit überhöhter Geschwindigkeit entfernenden Auto hinterherblickte.

Seine weitere Tour verlief unspektakulär. Als er seine übliche Breznpause in der Bäckerei am Novalisplatz machte, entdeckte er, dass der Frankfurter Wagen des Mannes, der angeblich bei den Rechlins zu Besuch war – oder auch nicht, wenn man Annette von Rechlin Glauben schenkte –, noch immer unverändert am Novalisplatz geparkt war. Als er später die Post in der Wettersteinstraße austeilte, sah er auch den ungarischen alten Mercedes wieder, den der fast Blinde gesteuert hatte. Ob er ebenfalls zu den Rechlins gewollt hatte? Vielleicht feierte die Alte runden Geburtstag und hatte einige

Freunde von außerhalb eingeladen? Den Rentner aus Frankfurt, den Noah gesehen hatte, den Orientierungslosen, der aus Ungarn angereist war, und vielleicht auch die Frau, die am Gartentor gestanden hatte. Diese allerdings hatte Gudrun von Rechlin nur sehr ungern eingelassen, das war ihr anzumerken. Und nach reger Festvorbereitung sah es auf dem Grundstück der Rechlin-Damen auch nicht aus. Er hatte die ganze Zeit, die er in der langen geraden Wettersteinstraße die Post austeilte, einen Blick auf die Nummer 9 geworfen, aber niemand war hinein- und niemand hinausgegangen. Die vergammelte Landhausvilla lag genauso tot da wie eh und je.

*

Obwohl Julius zu Lebzeiten von zarter Gestalt gewesen war, war er als Toter ein schwerer Brocken. Gudrun hatte sich das Beseitigen des leblosen Körpers leichter vorgestellt, aber nun sah sie nicht, wie sie es gemeinsam anstellen sollten, die in die Decke gewickelte Leiche die steile Treppe hochzuwuchten. Zum Glück hatten sie Julius aus dem Raum mit dem Gefangenen geschafft. Sie hatte Angst vor dem Mann bekommen. Er hatte fast vier Tage mit dem Toten in einem Raum verbracht, aber er hatte kein Wort darüber verloren. Nur angesehen hatte er sie. Nichts gefragt, sie nicht angeklagt, sich nicht beschwert. Wie er sich überhaupt noch nie beschwert hatte. Auch nicht darüber, dass er nur wenig zu trinken und so gut wie gar nichts zu essen bekam. Er sah sie nur an, stolz und undurchdringlich. Manchmal glaubte Gudrun von Rechlin sogar, ein Lächeln auf seinem Gesicht zu erahnen. Als könne ihm die Gefangenschaft nichts anhaben. Sie würden es schwer mit ihm haben.

Mit Harald hatten sie heute Morgen beschlossen, sich zuerst um den Toten zu kümmern. Sie mussten ihn verschwinden lassen, er war ein Kollateralschaden, das war so nicht vorgesehen gewesen. Sie hatte Harald vorgeschlagen, Julius unter den Gemüsebeeten zu begraben. Dort war die Erde bereits aufgelockert, es würde weniger mühsam sein, ein entsprechendes Loch auszuheben. Harald würde das heute Nacht im Schutz der Dunkelheit angehen müssen. Dass Beate hier erschienen war, war ein weiterer Störfaktor. Gudrun hoffte, dass sie dieses hysterische Weib von dem Gedanken hatte abbringen können, dass Julius in Lohdorf war. Beate war sehr leichtgläubig und naiv, außerdem in Frankfurt angebunden an diesen behinderten Sohn, sie musste also gestern zurückgefahren sein. Natürlich würde sie irgendwann die Polizei benachrichtigen, wenn Julius nicht mehr auftauchte, aber dann wäre hier unten vielleicht schon alles über die Bühne gegangen. Zum Glück war Harald hier. Natürlich hatte er ihr Vorhaltungen gemacht, auf welch gewagten Plan sie sich eingelassen habe, aber als sie ihm ihre finanzielle Not geschildert und erklärt hatte, dass der einzige Weg, der Obdachlosigkeit zu entkommen war, dass der Mann im Keller ihr sein Vermögen überschrieb, hatte er nicht mehr lange debattiert. Außerdem hatte sie ihm eine Beteiligung in Aussicht gestellt. Er konnte doch nun Julius' Anteil haben. Beate hatte schließlich kein Anrecht mehr auf das Geld, sie hatte sich weder an dem Plan noch an der Entführung beteiligt. Klaus war der Einzige, der in Gudruns Augen Anspruch hätte erheben können, aber der hatte gar nicht kapiert, wozu ihn sein Vater angestiftet hatte, und natürlich war er zu blöd, um Julius' Anteil einzufordern. Insofern war es ein Glück, dass er behindert war.

Von dem Geld hatte Harald nichts wissen wollen, er war gekommen, um ihr zu helfen. Aber wenn erst alles über die Bühne gegangen war, würde sie es noch einmal ansprechen.

Harald fasste nun mit beiden Händen Julius' Fußgelenke samt Decke und schickte sich an, die Steintreppe rückwärts hochzugehen. Er wollte den Körper die Treppe hinaufziehen, Gudrun sollte versuchen, unten Kopf und Schultern etwas anzuheben und zu stützen. Sie hatten ein Seil benutzt, um die Decke festzuzurren. Die Totenstarre war vorüber, die Leiche roch durchdringend. Gudrun erinnerte sich an die Leichen, die sie in ihrem Leben schon gesehen hatte. Es waren nicht wenige gewesen, auf der Flucht 1945, in allen Stadien der Zersetzung. Und ihre Eltern natürlich. Die hatte sie ja entdeckt damals. Aber das war kurz nach ihrem Tod gewesen, sie hatten ausgesehen wie immer.

Julius dagegen hatte einen schrecklichen Anblick geboten. Sein Blick war gebrochen, das Gesicht verzerrt, Blut und getrockneter Speichel klebten am Oberkörper.

Die dritte Treppenstufe hatte Harald bereits erreicht, aber Gudrun konnte ihm die Anstrengung ansehen. Er musste sich bücken, um die Füße packen zu können und an dem Körper zu ziehen. Das Rückwärtssteigen erforderte ein sehr gutes Gleichgewichtsgefühl und viel Kraft. Gudrun bezweifelte, dass das zu schaffen war. Es waren fünfzehn Treppenstufen, die er auf diese Weise zurücklegen musste, und Julius wog zu Lebzeiten vielleicht achtzig Kilo. Beflissen griff sie nun unter die Schultern des Toten und bemühte sich, diese anzuheben, aber sie rutschten ihr immer aus den Händen, sie wusste nicht, wo sie am besten anpacken sollte, um einen festen Griff zu haben.

Harald zog plötzlich ruckartig an den Füßen, sie ließ den Oberkörper fallen, und Julius' Schädel knallte auf dem harten Boden auf. Sie sah erschrocken zu Harald. Der setzte sich auf die Treppe, ohne die Füße loszulassen. Er atmete schwer und winkte erschöpft ab.

»Das spürt er nicht mehr. Gottlob.«

»Glaubst du, wir schaffen das?«, erkundigte sie sich besorgt.

»Sicher.« Harald sah ihr in die Augen. Sie hätte nicht sagen können, was er dachte. »Uns bleibt wohl nichts anderes übrig.«

Sie nickte, unfähig, sich darüber Gedanken zu machen, was geschehen würde, wenn sie scheiterten.

»Hast du dir schon einmal Gedanken darüber gemacht, was du mit ihm machst?« Haralds Kinn zeigte auf die Tür, hinter welcher der Gefangene angekettet saß. »Danach, meine ich.«

»Danach? Nach was?« Sie verstand nicht.

»Wenn du seine Unterschrift hast. Lässt du ihn frei?«

»Es ist unser Geld. Wir haben ein Anrecht darauf.« Sie wollte nicht auf Haralds Frage antworten. Sie hatten das Thema immer ausgeklammert, Julius und sie. Sie waren sich einig gewesen, dass ihnen etwas einfallen würde, wenn es so weit war.

Harald blickte sie stumm an, und in seinem Ausdruck erkannte sie einen Anflug von Zweifel. Er gab keinen weiteren Kommentar ab, stattdessen stand er auf, holte einmal tief Luft und gab ihr das Kommando.

»Jetzt zusammen. Und los!«

Er tastete sich erneut eine Stufe rückwärts, wobei er mit aller Kraft an dem verpackten Körper zog. Sie hatte mittlerweile das Seil, mit dem der Oberkörper umwickelt war, gegriffen und schob, so gut es ging, von unten nach. Sie hatten gerade einmal ein Drittel der Treppe geschafft.

*

Das Pensionszimmer war klein, aber sehr sauber und freundlich. Die Dame hatte sich nicht gewundert, dass Beate nur eine kleine Tasche mit sich führte und ohne Gepäck kam. Sie wollte das Zimmer zunächst auch nur für eine Nacht. Beate Klinger hatte sich im Drogeriemarkt eine Seife, Zahnpasta und -bürste besorgt und wollte nun in den Ort gehen, um zu sehen, ob sie irgendwo zwei Garnituren Leibwäsche bekommen konnte. Vielleicht gab es bei Tengelmann einen Tchibo-Shop.

Annette von Rechlin hatte sie heute Morgen gottlob nicht zu Gesicht bekommen. Angesichts der weiteren leeren Flaschen in der Küche auch kein Wunder. Sie hatte ihr einen Zettel auf dem Küchentisch hinterlassen, aus dem hervorging, dass sie nach Hause, nach Frankfurt, gefahren war. Sie hatte sich bei ihrer Gastgeberin für die Unterkunft bedankt und ihr alles Gute gewünscht. Dann war sie leise aus der Einliegerwohnung geschlichen. Nebenan bei Gudrun war es totenstill gewesen, und Beate hatte ein Ziehen in der Brust gespürt, als sie daran dachte, dass Julius sich vielleicht dort aufhielt. Nachts, als sie mit offenen Augen dagelegen und die ganze Situation überdacht hatte, war sie zu dem Entschluss gekommen, dass Julius bei Gudrun war. Dass die beiden diesen Banker unter Druck setzten, bis er ihnen sein Vermögen überschrieben hatte. Gewiss hatte Gudrun Julius verboten, mit ihr Kontakt aufzunehmen, weil sie es für zu gefährlich hielt. Vielleicht hatte sie Angst, dass das Telefon von Beate abgehört werden könnte oder sonst etwas Idiotisches. Und dass Julius den Anweisungen von Gudrun Folge leistete, konnte sie sich nur damit erklären, dass er Beate und Klaus nicht mit hineinziehen wollte. Denn dass Julius hier in Lohdorf war, dass es tatsächlich sein Trenchcoat war, den sie an der Garderobe gesehen hatte, dessen war sie nun gewiss. Nachdem sie am Novalisplatz ihr Auto gesehen hatte. Mit dem Regenschirm auf der Gepäckablage und dem Schutzpolizisten, den Klaus als kleiner Junge aus Filz gebastelt und Julius einmal zu Weihnachten geschenkt hatte. Es war ihr Schutzpatron, der immer über sie wachen sollte, damit ihnen nichts passierte.

11.

Der alte Mann kniete sich direkt vor ihn hin, damit sie beide auf Augenhöhe waren. Er konnte das milchig gelb getrübte Auge jetzt genauer betrachten. Es bewegte sich, aber es wirkte träger als das gesunde. Dieses war von klarem, hellem Blau und blickte ihn durchdringend an. Der alte Mann roch säuerlich. Er hatte geschwitzt. Vermutlich hatte es ihn all seine Kräfte gekostet, den Toten aus dem Keller zu schleppen.

»Sie wissen, dass wir Sie nicht lebend gehen lassen können?«

Ja. Das wusste er. Seine Gedanken kreisten um nichts anderes. Aber er sperrte sich gegen die Angst, gegen die Todespanik. Er wollte nicht zulassen, dass er einknickte, als winselndes Etwas in diesem Keller krepieren musste. Deshalb erwiderte er nun den stahlblauen Blick. Er würde nicht ausweichen. Er war stark. Er würde kämpfen. Er war ein *winner*.

Der Zyklop streckte eine Hand aus und packte ihn am Kinn. Er drehte das Gesicht direkt zu sich und beugte sich noch näher zu ihm. Das blaue Auge entließ ihn nicht aus seinem Blick. Er musste würgen. Sein Magen krampfte sich zusammen, in Intervallen, die immer schneller aufeinanderfolgten. Gleich würde er dem Alten ins Gesicht kotzen.

»Antworte mir! Weißt du, dass wir dich töten müssen?«

Er nickte. In seinem Mund sammelte sich saurer Speichel, der Schweiß brach ihm aus, und seine Arme, von denen der eine an den Heizkörper gekettet und der andere zum Schutz vor dem Brustkorb verschränkt war, zitterten. Aber er brachte es fertig und nickte. Antworten konnte er nicht, er hätte kein Wort herausgebracht. Er konnte sich nicht erinnern, wann er jemals einem anderen Menschen körperlich so nah gewesen war und insbesondere: so ausgeliefert. Dieser Alte hatte eine Grenze überschritten, er hatte seinen magischen Kreis durchbrochen und fixierte ihn mit seinem Klammergriff. Die Kralle am Kinn drückte fester zu, es tat weh. Aber schlimmer war der Schmerz, den er innen fühlte. In sich drin. Sein Stolz. Seine Unnahbarkeit. Seine Stärke. Der Zyklop hatte das alles zerstört. Er hatte ihn gebrochen. Mit einem Schritt, den er zu weit gegangen war. Die Tränen schossen ihm in die Augen. Er konnte es nicht verhindern. Er weinte. Die warme Flüssigkeit lief ihm übers Gesicht, und der Alte zog abrupt seine Hand weg.

»Schon gut«, sagte er, und seine Stimme hörte sich plötzlich viel weicher an, weniger metallisch, »schon gut. Wir werden sehen, was sich machen lässt.«

Er nickte. Er war erschöpft. Er wollte allein sein. Er hätte alles akzeptiert, auch den Tod.

Der Zyklop stand mühsam auf, und er konnte hören, wie die Gelenke des alten Mannes knackten. Der sah ihn noch einmal an, besorgt, wie ihm schien, und öffnete dann die Tür. Jetzt konnte man von draußen Geräusche hören. Es klang wie Stimmen. Gepolter und Streit. Er sah dem Alten an, dass dieser verwirrt war und stirnrunzelnd aus der Tür blickte, und es war ihm klar, dass dies seine Chance war. Er begann, aus Leibeskräften um Hilfe zu schreien.

*

Beate Klinger hatte einen Schrei gehört. Sehr gedämpft und trotz des Gekeifes von Gudrun. Aber sie hatte es gehört, durch die Kellertür. Wenn das Julius war?! Energisch versuchte sie, Gudrun zur Seite zu drängen. Aber dieses renitente Weib schob die schwere Wohnungstür so schnell zu, dass sie es gerade noch schaffte, den Fuß in den Spalt zu stellen.

»Lass mich sofort rein, Gudrun! Oder ich schreie!«

»Untersteh dich«, zischte Gudrun, und Beate konnte ihr ansehen, wie hochgradig erregt und wütend die kleine Frau war. Beate nahm all ihren Mut zusammen – schließlich war sie zehn Jahre jünger und von weitaus kräftigerer Statur als Gudrun von Rechlin. Sie warf sich mit ihrem ganzen Gewicht gegen die schwere Holztür, stemmte sich mit den Füßen gegen den Rahmen und drückte mit der linken Schulter. Plötzlich gab Gudrun nach, riss die Tür auf, und Beate Klinger stolperte in den dunklen Hausflur. Beinahe wäre sie gefallen, aber es gelang ihr, sich mit einer Hand an der rupfenbespannten Flurwand abzustützen. Überrascht sah sie sich nach Gudrun um und bemerkte gerade noch, wie diese mürrisch nach draußen grüßte. Es war offenbar jemand am Haus vorbeigegangen, deshalb hatte Gudrun so schnell nachgegeben. Sie wollte um keinen Preis in der Nachbarschaft Aufsehen erregen. Das kam Beate nur zupass. Sie würde Gudrun damit unter Druck setzen, ihr drohen, bis sie endlich mit Julius sprechen konnte. Gudrun hatte die Haustür geschlossen, drängte sich an Beate vorbei in den Flur und versperrte ihr den Weg.

»Keinen Schritt weiter!« Sie breitete sogar die Arme aus, um Beate den Durchgang zu erschweren. Beate sah die Panik in Gudruns Augen, und sofort wurde sie ganz ruhig. Wenn Gudrun von Rechlin aus der Fassung war, dann würde sie, Beate Klinger, die Oberhand zurückgewinnen können. Sie entschied sich, ihre übliche Zurückhaltung aufzugeben und sofort zum Angriff überzugehen. Sie musste den Boden nutzen, den Gudrun ihr gelassen hatte.

»Ich will Julius sehen.«

Gudrun blickte sie unschuldig an und hob die Augenbrauen. Das machte Beate noch wütender, diese zur Schau gestellte Unwissenheit.

»Ich glaube, dass du ihm verboten hast, mit mir Kontakt aufzunehmen. Aber ich weiß, dass er hier ist. Ich habe Beweise.«

Nun ließ Gudrun die Arme sinken. Beate konnte ihren Gesichtsausdruck nicht deuten und war sofort wieder verunsichert. Gudrun sah ihr direkt in die Augen – in einer Mischung aus Ungläubigkeit, Staunen, Erschrecken. Dann lachte sie trocken.

»Julius? Hier? Das kann nicht sein.« Gudrun verschränkte die Arme vor der Brust. »Ich habe dich doch selbst angerufen, weil ich ihn sprechen wollte. Falls du dich erinnerst.«

Beates Kehle wurde trocken, sie nickte. Wie es diese Hexe immer wieder schaffte, sie in die Ecke zu drängen. Ihr Gefühl, die Situation in der Hand zu haben, verflüchtigte sich.

»Aber ich glaube dir nicht.« Beate hörte, dass ihre Stimme unsicher und zittrig war.

»Hast du Gründe dafür?«

»Ich habe seinen Mantel hier gesehen.« Beate zeigte zur Garderobe, aber sie konnte den Trenchcoat nicht entdecken. Gudrun schnaubte und zeigte Beate demonstrativ alle Kleidungsstücke, die an der Garderobe hingen. Der Trenchcoat von Julius war nicht darunter.

»Aber sein Auto«, setzte Beate hilflos nach, »unser Auto, der Jetta, der steht an dem Platz. Am Novalisplatz.«

Gudrun runzelte die Stirn und ging ein paar Schritte auf Beate zu. Beate atmete auf. Der Schlag hatte gesessen.

»Sein Auto? Das kann doch nicht sein. Bist du sicher, dass du dich nicht täuschst?«

»Nein«, beharrte Beate. »Und du weißt davon. Er ist hier. Ich bin mir ganz sicher. Und will ihn sprechen! Ich will meinen Mann sprechen, ich will Julius …« Ihre Stimme versagte, und die Tränen schossen ihr in die Augen. Gudrun fasste sie am Arm.

»Ist ja gut, Beate. Ist ja gut. Beruhige dich. Ich glaube dir ja.«

Beate wollte nicht, dass Gudrun sie anfasste. Sie wollte sich auch nicht beruhigen. Alles, was sie wollte, war, mit Julius sprechen. Auf der Stelle. Sie nahm noch einen Anlauf, obwohl ihre Stimme brüchig geworden war, und versuchte, ihre Forderung so nachdrücklich wie möglich vorzubringen.

»Ich rufe die Polizei. Es ist mir egal, ob sie Julius wegen der Entführung drankriegen. Ich will ihn sehen!«

Gudrun schien nachzudenken, sie musterte Beate mit zusammengekniffenen Augen. Ihr langer weißer Zopf war nicht so akkurat geflochten wie üblich, einzelne Strähnen hatten sich gelöst und umrahmten Gudruns verkniffenes Gesicht, das Beate erschien wie eine Rosine. Doch dann zuckten Gudruns Augen und blickten auf etwas, das sich in Beates Rücken befand, die gleichzeitig ein Geräusch hörte. Sie drehte sich um und bemerkte, dass sich die schwere Metalltür, die offenbar in den Keller hinabführte, geöffnet hatte. Aus der Tür kam ein Mensch. Ein alter Mann, aber es war nicht Julius. Dieser Mann war um einiges größer und breiter, aber was ihn am augenfälligsten von ihrem Ehemann unterschied, war, dass er nur ein gesundes Auge hatte. Das starr auf sie gerichtet war. Beate fürchtete sich.

»Guten Tag.« Die Begrüßung fiel eher wie eine Frage aus, und nachdem Beate den Schock über das Erscheinen des Riesen annähernd verarbeitet hatte, musste sie feststellen, dass dieser eine angenehme Stimme hatte.

»Guten Tag«, brachte sie hervor, »Klinger. Ich suche meinen Mann.«

Der große alte Mann, der sie so unverhohlen gemustert hatte, warf nun Gudrun einen fragenden Blick zu. Die lächelte.

»Ja. Frau Klinger ist eine alte Freundin, und sie sucht ihren Mann. Julius Klinger.«

Der Riese blickte nun wieder zu Beate und schüttelte den Kopf.

»Bei uns? Wieso suchen Sie Ihren Mann bei uns? Hier ist niemand.«

»Das ist gelogen.« Beate war überrascht von ihrer eigenen Bemerkung, aber der Besuch bei Gudrun war in keiner Weise so verlaufen wie geplant. Vorher hatte sie sich jeden Satz zurechtgelegt, hatte sich ausgemalt, wie Gudrun reagieren würde, wenn sie ihr offenbarte, dass sie sowohl Julius' Mantel als auch das Auto gesehen hatte, aber nun, hier in dem dunklen Gang, angesichts des fremden Mannes, war jeder Plan Makulatur.

»Ich weiß, dass Sie jemanden gefangen halten. Da unten.« Sie zeigte auf die Metalltür. Ihr Finger zitterte. »Ich weiß das, weil mein Mann ihn entführt hat.«

Der große Alte sah zu Gudrun. Deren Mundwinkel zogen sich noch weiter nach unten, und Beate spürte körperlich, dass sie Gudrun von Rechlin nicht ertragen konnte. Sie hatte sie noch nie gemocht. Diese Frau war gemein und habgierig, und in Beates Augen war sie schuld an ihrem Elend. Nicht der Mann im Keller, sondern Gudrun war es. Sie hatte Julius diesem Anlageberater in die Arme getrieben, weil sie und Volkmar mit ihrem Wohlstand geprahlt hatten, und der arme Julius, der so leicht zu verführen war, hatte den Luxus derer von Rechlin gesehen und gedacht, dass er auch ein Stückchen von dem Kuchen abhaben könnte. Er hatte verkannt, dass er ein kleiner Mann war, der sich hochgearbeitet hatte, aus der Frankfurter Vorstadt, aus kleinen Verhältnissen. Sie, die Klingers, sie gehörten nicht zu solchen wie Gudrun und Volkmar, die in den Casinos der Welt mit ihrem Geld prassten. Gudrun hatte Julius dazu verführt, so sein zu wollen. Und dann, nachdem das Geldgeschäft schiefgegangen war, hatte sie ihn dazu gebracht, kriminell zu werden und seinen guten Leumund aufs Spiel zu setzen. Oh, wie sie Gudrun von Rechlin hasste.

»Ich will ihn sehen! Sofort.« Sie schrie, hoch und schrill. Der Mann mit dem toten Auge nickte Gudrun zu und öffnete die Kellertür. Ein gelber Lichtschein fiel in den dunklen Flur, und er erschien Beate wie eine Verheißung und der Weg zur Hölle gleichermaßen.

»Bitte, dann kommen Sie«, sagte der Mann und hielt ihr die Tür auf. Beate Klinger tat einen Schritt und blickte dann die Betontreppe hinunter. Ein Schauer lief ihr über den Rücken, aber sie war fest entschlossen, diesen Weg bis zum bitteren Ende zu gehen.

*

Sie hatten ihm einen Teller Grießbrei gebracht. Als Belohnung, vermutete er. Dass er geschwiegen hatte. Aber er hatte die Zusammenhänge viel zu spät begriffen. Die Frau war mit dem Zyklop in seinen Keller gekommen und hatte ihn nur angestarrt. Sie war fassungslos gewesen, und er hatte versucht, seine Würde zu bewahren. Sich aufrecht hingesetzt, die Brust herausgedrückt, ihr gerade in die Augen geblickt. Aber es hatte nicht viel genutzt, sie war schockiert gewesen, das war ihr deutlich anzumerken. Die Hand hatte sie vor den Mund geschlagen und den Kopf geschüttelt. Schließlich war sie, ohne mit ihm zu sprechen, wieder hinausgegangen. Dass er sie nicht um Hilfe bitten konnte, war ihm sofort klar gewesen. Außerdem hatte der Zyklop ihn unerbittlich fixiert, und der Blick hatte ihm zu verstehen gegeben, dass er nichts Falsches sagen sollte, sonst würde er es bitter bereuen.

Aber was ihn wirklich gekillt hatte, war das gewesen, was die Frau zu dem Zyklopen gesagt hatte, als sie den Keller verlassen hatte: »Das hat Julius ihm angetan.« Da hatte er gewusst, wer ihn gefangen hielt. Und warum. Zu diesem Namen hatte er kein Gesicht, aber eine Verbindung. Dr. Julius Klinger, eines seiner Opfer. Das war also der eine Alte gewesen, der, der schon tot war. Dann konnte die alte Frau nur die Witwe Rechlin sein, ihr Mann hatte den Fonds damals bei ihm erworben. Unwillkürlich musste er lächeln. Es war gut, seinen Gegner zu kennen. Noch dazu, wenn es ein so schwacher war.

*

Sie mussten warten, bis es dunkel war, um die Schubkarre mit Julius aus dem Gebüsch zu holen. Das Grab hatte Harald bereits ausgehoben. Er hatte es tagsüber ausheben können, denn es würde nicht weiter auffallen, wenn neben ihren Gemüsebeeten noch eine weitere Furche entstand. Dessen ungeachtet konnte man diesen Teil des Gartens von außen kaum einsehen, sie hatte den Platz für die Beete damals mit Bedacht gewählt. Als wenn sie es geahnt hätte.

Sie hatte Harald beim Graben beobachtet. Er hatte es kaum geschafft, das Grab tiefer als einen halben Meter auszuheben. Das war natürlich zu niedrig, Julius musste mindestens eineinhalb, wenn nicht gar zwei Meter in die Tiefe versenkt werden. Nur dann konnte sie gefahrlos Zwiebeln und Samen in die Erde stecken und später die Ernte einfahren.

Harald würde dieses Jahr neunzig werden. Noch immer war er groß und stark, aber er war in den fünfzehn Jahren, die sie sich nicht gesehen hatten, auch gebrechlicher geworden, das sah Gudrun jetzt. Er hatte heute Julius die Kellertreppe hochschleppen müssen. Dann sollte er das Grab ausheben, den Toten hineinlegen und alles wieder zuschütten. Außerdem hatte sie von ihm verlangt, dass er den Gefangenen unter Druck setzen sollte. Sie begriff, dass sie vielleicht zu viel von ihm verlangt hatte. Als sie ihn in Ungarn angerufen hatte, war nur die Rede von dem Gefangenen gewesen. Sie hatte ihm ihre Notlage geschildert und ihn gebeten, ihr dabei zu helfen, dass der Mann seine Unterschrift unter ein paar Papiere setzte. Den Toten im Keller hatte sie wohlweislich verschwiegen. Harald wäre sonst nicht gekommen. Vorhin, als sie ihm Kartoffeln und Eier gebraten hatte, hatte er sie darauf angesprochen. Er war ungehalten gewesen und hatte ihr bittere Vorwürfe gemacht. Dass sie ihn unter falschen Voraussetzungen hergelockt hatte. Dass es für ihn gefährlich sei, sich in Deutschland aufzuhalten. Er hatte gedacht, dass er herkommen, den Mann unter Druck setzen und nach getaner Arbeit wieder fahren werde. Von einer Leiche sei nie die Rede gewesen. Außerdem hatte er ihr unterschwellig zu verstehen gegeben, dass er glaube, sie habe Julius getötet, um sich das gesamte Vermögen des Bankers allein unter den Nagel zu reißen. Natürlich hatte Gudrun schon den Gedanken gehabt, dass der Tod von Julius Klinger eine günstige Auswirkung auf die mögliche Höhe ihres Erlöses hatte, aber dann hatte sie den Gedanken verworfen und Julius' Anteil Harald versprochen. Gestern hatte er das noch ausgeschlagen, aber heute, nachdem er die Arbeit mit der Leiche hatte, hatte er sich doch bereit erklärt, das Geld zu nehmen.

Gudrun stand von ihrem Küchenstuhl auf, nahm den Melitta-Filter aus Steingut und setzte ihn auf die Kanne. Harald hatte sich hingelegt, er wollte, dass sie ihn weckte, wenn es dunkel genug war. Sie sah aus dem Fenster. Noch zog sich ein schmaler rötlicher Streifen über den Horizont. Der Regen hatte aufgehört. Jetzt, zu Abend, klarte es auf, und morgen würde ein weiterer schöner Spätsommertag beginnen. Plötzlich erinnerte sich Gudrun daran, dass jetzt Wies'n-Zeit war. Und wie so oft herrschte gerade dann in München besonders schönes Wetter. Die Stadt zeigte sich von ihrer bezauberndsten Seite. Vor vielen Jahren, als noch niemand auf die Idee gekommen war, in den Zelten nackt auf den Tischen zu tanzen, war sie mit Volkmar gerne auf die Wies'n gegangen. Sogar ihr Dirndl hatte sie noch irgendwo. Volkmar hatte ihr Komplimente gemacht, dass ein Dirndl ihre weibliche Figur besonders gut zur Geltung bringe, aber sie hatte sich im Gegenzug immer ein wenig für ihren Mann geschämt, der mit seiner mickrigen Statur einfach nur lächerlich ausgesehen hatte. Trotzdem hatte sie es genossen, sich dort zu zeigen. Ein Bekannter von Volkmar hatte eine Box im Schottenhammel gehabt, dort hatten sie jahrelang verkehrt. Bis für sie eines Tages kein Platz mehr in der Box gewesen war. Volkmar hatte ihr nie den wahren Grund dafür genannt, aber sie hatte gemutmaßt, dass Volkmar mit dem Bekannten Geldgeschäfte gemacht hatte. Die, wie immer, für alle Beteiligten unbefriedigend gelaufen waren. Sie wäre gerne weiterhin jährlich auf die Festwiese gegangen, aber Volkmar hatte sich geweigert. Und dann waren sie ohnehin zu alt gewesen, und Volkmar war endlich gestorben.

Gudrun von Rechlin schaufelte noch einen zusätzlichen Löffel Kaffeepulver in den Filter, damit das Gebräu besonders stark würde. Sie und Harald hatten eine lange Nacht vor sich. Wenn Harald abgereist war, würde sie sich den echten Kaffee wieder verkneifen, so lange, bis sie endlich das Geld von diesem Menschen da unten hatte. Gestern hatte sie noch gehofft, dass sie Harald vielleicht zum Bleiben überreden könnte, aber heute war sie nicht mehr so sicher, ob sie das überhaupt wollte. Ein Schatten hatte sich auf sie gelegt, auf ihre große, lebenslange Liebe. Sie spürte, dass er nicht einverstanden war. Nicht mit ihr und nicht mit dem, was sie getan hatte. Allerdings – Harald war der Letzte, der ihr mit Moral kommen konnte. Dafür klebte zu viel Blut an seinen Händen.

»Riecht nach Kaffee.«

Erschrocken drehte sie sich um. Harald stand im Türrahmen, verknittert vom Schlaf, aber er lächelte.

Sie deutete auf den Wasserkessel in ihrer Rechten, mit dem sie das Kaffeepulver übergoss. »Wir haben ja noch einiges vor, heute Nacht.«

Er setzte sich an den Küchentisch, schweigend.

Gudrun stellte ihm eine Tasse Kaffee hin, mit Milch und Zucker, sie wusste, wie er ihn trank. Aber sie vermied es, sich zu ihm zu setzen, stattdessen trank sie ihren Kaffee im Stehen und schmierte Brote.

»Du musst das Grab noch tiefer ausheben, es ist zu flach. Im Herbst wird die Erde vom Regen weggespült, und irgendwann liegt er dann frei.«

Harald schnaufte. »Ich glaube, dass das nicht richtig ist.«

Sie fuhr herum. »Was?«

»Dass du seine Leiche verbuddelst. Das hat seine Frau nicht verdient.«

»Nicht verdient? Und wie, bitte, stellst du dir das vor? Wenn ich ihn auf die Straße lege, wo er gefunden wird, dann dauert es doch keine halbe Stunde, und die Polizei steht bei mir auf der Matte.«

»Na und? Du hast ihn doch nicht umgebracht.«

»Ich halte einen Mann im Keller gefangen!« Gudrun konnte nicht fassen, dass Harald sich derart als Bedenkenträger entpuppte! Er, der immer ein Mann der Tat gewesen war, notfalls auch skrupellos, wenn es nicht anders ging. »Und wenn Julius tot aufgefunden wird, ganz egal, wo, stellt man sofort einen Zusammenhang her.«

Sie wendete sich wieder den Broten zu, aber es gelang ihr kaum, die Margarine darauf zu schmieren, so sehr zitterten ihre Hände.

»Vielleicht solltest du ihn freilassen.« Haralds Stimme klang warm und sorgenvoll, aber Gudrun glaubte ihm diese Besorgnis nicht. Er wollte sie allen Ernstes von ihrem Plan abbringen, obwohl er wusste, wie sehr sie das Geld brauchte und dass sie schon viel zu weit gegangen war, um jetzt noch zurückzurudern. Sie schüttelte nur stumm den Kopf. Ihre Kehle war eng und wie zugeschnürt, sie war außerstande, ihm zu antworten.

Harald aber ließ nicht locker. »Du wirst ihn töten müssen. Du kannst doch nicht glauben, dass er dir sein Vermögen überschreibt, du lässt ihn frei, und er akzeptiert das? Einfach so? Natürlich geht er zur Polizei.«

»Töte du ihn.«

Harald sah sie an. In seinem Blick lag Erstaunen, aber je länger er sie anstarrte, desto mehr wurde daraus Abscheu. Sie hatte das nicht sagen wollen. Sie hatte damit warten wollen, bis alles gut über die Bühne gegangen war. Julius unter der Erde, das Geld auf ihrem Konto. Sie hätte Harald seinen nicht unbeträchtlichen Anteil ausgezahlt und ihn dann gebeten, das Problem zu erledigen. Aber egal. Nun war es eben heraus. Es war ihr in dem Moment auch beinahe gleichgültig, was er von ihr dachte, sie würde ihn schon dazu bringen, zu tun, was sie von ihm erbat. Das war ihr immer schon gelungen. Und außerdem tötete Harald nicht zum ersten Mal.

12.

Sie ließen die Unterseiten der braunen Bierflaschen aneinanderklacken und prosteten sich zu. Kyra nahm einen Schluck aus der Flasche, um sich gleich danach ein kleines Wasserglas mit Hellem einzuschenken. Sie hatte einen Liegestuhl neben den von Stifter gestellt und kuschelte sich jetzt genussvoll in ihre Strickstola. »Hast du eine Kippe für mich?«

Stifter war überrascht. Er hatte Kyra noch nie Zigaretten rauchen sehen. Sie drehte wohl ab und zu einen kleinen Joint für sich und Andreas, was vor den Kindern strikt verheimlicht wurde, aber dass sie im Alltag rauchte, war an Stifter bislang vorbeigegangen. Nichtsdestotrotz hielt er sein Päckchen »Schwarzer Krauser« hoch. »Ich dreh dir eine, wenn du willst.«

Sie nickte.

»Seit wann rauchst du?«, erkundigte sich Stifter.

Kyra sah ihn an und lächelte. »Immer schon. Ich hab in der Schwangerschaft mit Zora natürlich ganz aufgehört. Aber kaum war sie abgestillt, habe ich angefangen, ab und zu eine Genusszigarette zu schnorren. Für schöne Momente. Ich kauf mir nie Kippen, aber irgendjemand hat immer eine.«

»Auch heute noch?«

Sie lachte. »Auch heute noch.«

Stifter hatte die erste Zigarette fertiggedreht und reichte sie Kyra hinüber, die sofort daran roch und den würzigen Tabakgeruch tief einsog. Er holte die Apfelschale, die er in der Tabakdose aufbewahrte, damit das Kraut nicht zu trocken wurde, heraus und schnippte sie unter den Holunderbusch. Dann drehte er sich aus den Resten, die sich noch am Boden der Dose befanden, selbst eine.

»Und, kann ich auf dich zählen?« Kyra nahm einen weiteren Schluck von ihrem Bier.

Andreas war vorhin zu einer Sitzung seiner Partei aufgebrochen, und Kyra war kurz darauf bei Stifter aufgetaucht. Sie war gleich mit der Tür ins Haus gefallen und hatte ihn gefragt, ob er sich vorstellen könne, ihr bei der Vorbereitung einer Spontanparty zu helfen. Andreas wurde am Samstag fünfzig.

»Ja, klar. Kannst du.« Stifter steckte sich die Zigarette an und inhalierte tief. Sofort erfasste ihn der sanfte Schwindel des ersten Zuges.

»Allerdings …, ich weiß nicht so richtig, wie ich dir am besten helfen kann. Kochen kann ich nicht, und Partys organisieren war bislang noch keines meiner Hobbyhorses.«

Kyra lachte wieder. Sie lachte oft, und Stifter hörte ihr gerne dabei zu. Sie hatte ein raues, kehliges Lachen, das zum Ende hin weich ausperlte.

»Keiner muss kochen. Ich habe allen gesagt, dass sie was mitbringen sollen. Sonst merkt Andreas ja sofort, was los ist.«

»Er weiß gar nichts von seiner Feier?« Stifter war baff.

»Nein. Und noch schlimmer: Er will gar nicht feiern.«

Stifter musterte Kyra, die sich mit zufriedenem Lächeln eine Haarsträhne hinters Ohr strich. Das war typisch für die Machtverhältnisse im Hause Lanz. Andreas, der Kraftkerl, das gestandene Mannsbild, der nach außen hin, sei es in seinem politischen Engagement oder in seinem Betrieb, fordernd und selbstbewusst auftrat, mit einem Charakter gesegnet, der ihn zum natürlichen Anführer werden ließ, gleich, wo er erschien, ordnete sich zu Hause gerne und ergeben seiner Frau unter. In der Familie war Kyra die, die die Fäden in der Hand hielt, die organisierte und bestimmte. Und wenn Andreas seinen fünfzigsten Geburtstag nicht feiern wollte, dann war das nachgerade eine Aufforderung für Kyra, ihren Mann eines Besseren zu belehren.

»Bisschen riskant, findest du nicht?«, erkundigte sich Stifter.

Kyra schüttelte den Kopf, und die Strähne, die sie eben noch sorgsam hinters Ohr geschoben hatte, fiel ihr wieder ins Gesicht. »Quatsch. Ich weiß genau, dass er sauer ist. Dann schmollt er eine Stunde, aber wenn er dann ein Bier getrunken und ein schönes Steak vom Grill gegessen hat, dann freut er sich, dass all seine Lieben um ihn herum sind.

»Wie viele willst du einladen?«

Kyra zuckte mit den Schultern. »Weiß nicht, ich habe ein paar Leute angerufen. Vielleicht so fünfzig. Deinen Freund kannst du ruhig mitbringen.«

Stifter wusste im ersten Moment nicht, wer gemeint war, aber dann fiel ihm ein, dass die Familie Lanz bisher nur einen Menschen kennengelernt hatte, mit dem er verkehrte: Georg Thalmeier. Oder Schorsch, wie er seit gestern zu ihm sagte.

»Er ist kein Freund.«

Kyra sah ihm ins Gesicht, nahm einen Zug von ihrer Zigarette und kniff die Augen zusammen. »Er ist nett, er hat dich besucht. Und du magst ihn. Also, was soll er sonst sein?«

Um eine Antwort kam Johannes Stifter herum, denn in diesem Moment erschienen zwei Gestalten vor der Haustür. Noah und sein Freund Lukas.

»Mama, kann ich Luki noch nach Hause bringen?«

Noch während er die Frage stellte, hatte Noah bereits sein Mountainbike von der Hauswand geschoben und ein Bein über den Sattel geschwungen.

»Ich glaube nicht, dass dein Freund einen Babysitter braucht.«

»Mann, Mama. Es ist noch nicht mal zehn.«

»Zisch ab.«

Gemeinsam sahen Stifter und Kyra zu, wie die beiden Pubertierenden auf ihren Bikes losrasten. Sie traten wie besessen in die Pedale, und Lukas riss dabei übermütig sein Vorderrad in die Höhe. Jungs in dem Alter, dachte Stifter, konnten vor Kraft nicht einmal normal Fahrrad fahren. Sie mussten sich und allen anderen beweisen, dass sie die Herren der Welt waren. Er bedauerte, dass sich der Überschwang so schnell wieder verlor.

Kyra grinste und schüttelte den Kopf. »Er ist der Schlimmste.«

»War Jeremias nicht so?«

»Nein.« Kyra lachte wieder und trat dann im Gras die Kippe aus. »Er war irgendwie normaler. Erschreckend vernünftig. Fast schon zu brav. Vielleicht, weil er unter der Fuchtel seiner älteren Schwester stand. Noah ist mehr, wie ich in dem Alter war.«

»Ich war völlig verklemmt«, gestand Stifter.

»Bist du heute noch.« Kyra rieb ihm kumpelhaft über den Arm. »Aber ganz lieb dabei.«

»Danke.« Es sollte ironisch klingen, aber der Tonfall war

ihm verrutscht, denn Stifter konnte nicht verhehlen, dass ihn Kyras Urteil getroffen hatte.

»Ich habe gedacht, du und Noah, ihr seid doch ein ganz gutes Team. Ihr könntet euch um die Getränke kümmern. Ihr holt beim Luckner ein paar Kästen Bier und Limo. Der vermietet auch Gläser. Ich mach euch eine Liste. Du kannst mein Auto haben. Hast du überhaupt einen Führerschein?«

Stifter bejahte. Kyra hatte bereits alles durchdacht und geplant, er musste lediglich ihren Anweisungen Folge leisten, was ihm nur recht war.

»Es kommen auch ein paar Singlefrauen.« Kyra grinste breit, während sie sich den letzten Schluck aus der Flasche ins Glas goss.

»Kein Bedarf, aber danke.« Stifter war jetzt peinlich berührt. Hoffentlich kam sie nicht auf die Idee, ihn verkuppeln zu wollen.

»Warum nicht? Du bist im besten Alter.«

»Ich hab mich letztes Jahr verliebt.« Stifter dachte an Annika. An ihre wasserhellen Augen, die weiche Haut, die kleinen Leberflecken auf ihren Armen. Und an alles andere leider auch. »Es ist nicht gutgegangen.«

Zum Glück ließ Kyra seine Bemerkung unkommentiert. Sie zog lediglich die Brauen nach oben und trank ihr Glas mit einem Zug aus.

»Du wirst dich auch so amüsieren.« Sie stand auf und blickte auf ihn herab. »Gute Nacht, Johannes.«

»Gute Nacht.« Er sah ihr hinterher, wie sie, in ihre Stola gewickelt, ins Haus ging, und dachte, dass Andreas wirklich das große Los gezogen hatte.

*

Sie war vollkommen durchgeschwitzt. Die Strickjacke hatte sie längst ausgezogen, sie trug nur eine dünne Kittelschürze, aber das Wasser lief in Bächen an ihrem Körper herab. Harald hatte sie dazu verdonnert, das Haus zu putzen, alle Bereiche, mit denen Julius in Berührung gekommen war. Im Keller hatte sie begonnen, beim Gefangenen, der kein Wort zu ihr gesagt hatte. Den Grießbrei hatte er bereits aufgegessen, und sie hatte ihm noch einen Teller von der Rote-Bete-Suppe hingestellt, um ihn zu besänftigen. Sie wollte nicht, dass er mit ihr redete, Fragen stellte. Und tatsächlich hatte er nur einmal den Mund aufgemacht. Aber das hatte gereicht, um sie in Angst und Schrecken zu versetzen. »Werde ich jetzt gemästet, Frau von Rechlin?«, hatte er sie gefragt, und sie war schockiert, dass er ihren Namen kannte. Früher oder später hätte sie sich ihm sowieso offenbaren müssen, nämlich dann, wenn er zu ihren Gunsten die Papiere unterschreiben sollte, aber noch war es nicht so weit gewesen, und es war ihr ein Rätsel, wie er ihr auf die Spur gekommen war. Sie hatte Beate im Verdacht, aber Harald war dabei gewesen, als diese im Keller gewesen war, und er schwor Stein und Bein, dass Beate keinen Namen genannt hatte. Und Heims hatte sie nie gesehen, sie hatte lediglich schriftlich mit ihm verkehrt. Nur Volkmar war persönlich nach Frankfurt gefahren, um den Deal mit diesem Mann klarzumachen. Die sichere Kapitalanlage mit gigantischer Rendite.

Gudrun wischte sorgfältig das Treppengeländer mit dem feuchten Tuch ab. Jede Ritze der gedrechselten Streben wurde geputzt, man konnte nie wissen. Ihre schweißigen Finger juckten in den Gummihandschuhen. Aber es gab kein Entrinnen, keine Gnade. Sie traute sich nicht, aufzuhören und morgen weiterzumachen, sie hatte Respekt vor Haralds deutlichen Anweisungen. Es hatte gleich nach dem Kaffee angefangen. Sie hatte Harald gesagt, dass er in den Garten gehen solle, um das Grab für Julius weiter auszuheben. Vielleicht war ihr Ton zu schroff gewesen, und sie hatte es an der nötigen Demut fehlen lassen. Aber er hätte nicht so heftig reagieren müssen. Er hatte mit beiden Händen flach auf den Tisch geschlagen, und vor Schreck war sie zusammengezuckt, so dass ihre Kaffeetasse zu Boden gefallen und zerbrochen war. Harald hatte ihr bittere Vorhaltungen gemacht, dass sie ihn über das, was ihn hier in Lohdorf erwartete, im Unklaren gelassen hatte. Dass sie ihm weder von einer Leiche erzählt hatte, noch dass sie von ihm erwartete, dass er den Mann im Keller tötete. Er hatte ihr vorgeworfen, dass sie keinen Plan hatte, sondern sich zur Gänze darauf verließ, dass er ihr alle unangenehmen Dinge aus dem Rücken schaffte. Selbst sei sie nicht bereit, etwas dafür zu tun, dass die Dinge geregelt würden, geschweige denn, dass sie eine vage Vorstellung hatte, wie es nun weitergehen solle. Gudrun hatte sofort erkannt, dass jedes Widerwort, das sie ihm gab – und sie fand, dass sie darauf durchaus ein Recht hatte –, die Situation nur weiter eskalieren lassen würde. Stattdessen schwieg sie. Weil sie wusste, dass sie so auf Dauer mehr erreichen würde. Sie hatte den Kopf gesenkt und darauf gewartet, dass das Gewitter vorüberzog. Was es auch tat. Haralds Wut war so schnell verraucht, wie sie gekommen war. Entschuldigt jedoch hatte er sich nicht, aber er hatte ihr Anweisungen erteilt. Während er im Garten die Grube aushob, sollte sie im Haus jede mögliche Spur von Julius beseitigen. Das Auto, welches Beate am Novalisplatz gesehen hatte, war das größte Problem, aber wenn es erst einmal verschwunden war, würde man das als Hirngespinst einer verzweifelten Frau abtun können. Es war jedenfalls nicht ratsam, dass Harald den Jetta tagsüber wegfuhr, sie hatten beschlossen, dass er das Auto in der Nacht holen und erst einmal in Gudruns unbenutzter Garage parken sollte. Gudrun hatte den Autoschlüssel in Julius' Mantel gefunden und war froh gewesen, dass er ihn nicht in der Hosentasche getragen hatte.

Der Mann im Keller ahnte wohl, warum sie wie besessen putzte. Aber das würde den Druck auf ihn erhöhen. Er musste sich im Klaren darüber sein, dass sie vor nichts zurückschreckten. Dass sie ihn nur laufen lassen würden, wenn er die Papiere unterschrieb. Jetzt schüttete Gudrun das Putzwasser in die Toilette und betätigte den Abzug. Die braungraue Brühe rauschte in einem Strudel den Abfluss hinunter. So gründlich hatte sie schon seit Jahren nicht mehr geputzt. Vielleicht seit Halina nicht mehr kam, die polnische Putzfrau. Also seit acht Jahren, seit Volkmars Tod.

Gudrun hatte nun ihren Teil der Aufgabe erledigt, sie würde in den Garten gehen und sehen, wie weit Harald war. Sie zog die Gummihandschuhe ab und wusch sich ihre Hände. Sie waren krebsrot und hatten Druckstellen, die Haut war aufgescheuert und würde ihr in den nächsten Tagen zu schaffen machen. Wunden verheilten nicht mehr so schnell, wenn man alt war. Sie nahm den Rindertalg aus dem kleinen Wandregal und rieb die Hände damit ein. Ein warmer, klarer Tropfen fiel auf ihre Hände, erst einer, dann in schnellerer Folge weitere. Sie weinte. Gudrun kniff die Augen fest zusammen, damit nicht noch mehr Tränen strömten. Keine Schwachheiten. Sie wollte die Tränen mit Macht zurückhalten, sich keine Nachgiebigkeit gönnen. Aber es gelang ihr nicht, das Wasser schoss ihr förmlich aus den Augen, und schließlich wurde sie von einem Krampf geschüttelt, der sie zwang, sich hinzusetzen. Sie sank auf die geschlossene Toilette und hielt sich mit den Händen am Waschbecken fest. Dann versuchte sie, ein paarmal tief Luft zu holen, bis sie sich endlich beruhigt haben würde. Sie fühlte, wie erschöpft sie war. Und nicht nur das, sie war das alles so satt. Ihres Lebens überdrüssig. Ihre Schultern waren zu schwach, dieses und Annettes Leben zu stemmen. Die Verantwortung für die nichtsnutzige Tochter zu tragen. Warum durfte sie nicht abtreten? Im Grunde war es doch egal, ob sie das Haus verlor oder nicht, wenn sie ohnehin nicht mehr lange darin leben konnte. Warum musste sie so verdammt zäh sein? Warum war es ihr nicht erlaubt, sich jetzt, wo es nichts mehr gab, für das es sich zu leben lohnte, einfach ins Bett zu legen und einzuschlafen? Nach Volkmars Tod hatte sie geglaubt, dass der Kampf um ihr Vermögen ihr Stärke und Lebensmut zurückgeben würde. Sie hatte sich an dem Entführungsplan festgebissen, weil sie nicht zulassen wollte, dass so ein Schwein wie dieser Mann da unten im Keller ihr ungestraft alles wegnehmen durfte. Sie hatte siegen wollen, aus Prinzip. Gestern Nacht noch, als sie Harald geliebt hatte, hatte sie gehofft, dass nun noch einmal ihre alte Stärke zurückkehren würde. Sie hatte sich ausgemalt, dass sie, nachdem sie ihr Geld hatte, mit Harald noch ein paar schöne Jahre verleben durfte. Aber jetzt, in diesem Moment, brach das ganze Elend über ihr zusammen. Harald hatte recht. Sie hatte die Sache nicht im Griff. Sie würde scheitern und noch tiefer im Elend versinken, denn sie hatte keine Kraft mehr. Und was ihre Situation verschlimmerte: Sie hatte niemanden an ihrer Seite.

Es polterte im Treppenhaus, schwere Schritte kamen die Treppe herauf. Das musste Harald sein, Gudrun wischte sich rasch über die feuchten Augen. Sie hörte durch die geschlossene Tür, dass er nach ihr rief. Erneut zog sie an der Toilettenspülung, strich sich die Kittelschürze glatt und trat hinaus in den Flur.

»Ich bin so weit.« Harald stand direkt vor der Tür, sie musste zu ihm aufblicken. »Jetzt musst du mir helfen.«

Er war voller Erde, und die dicken Gummistiefel hatten auf der Treppe Erdklümpchen hinterlassen, aber sie vermied es, ihn zurechtzuweisen. So nickte sie ergeben und wollte ihm folgen.

»Die Gummihandschuhe brauchst du«, sagte er barsch und zeigte auf den Putzeimer, auf dessen Rand sie die Dinger gelegt hatte.

»Wozu?«

»Wir müssen die Leiche in die Grube legen. Das geht besser zu zweit.«

Gudrun konnte sich ein Stöhnen nicht verkneifen, aber Haralds scharfer Blick zwang sie dazu, die Zähne zusammenzubeißen. Es war unvorstellbar für sie, den übelriechenden Körper anzufassen, geschweige denn, ihn hochzuheben und in die Grube zu legen. Jede Faser ihres alten Körpers schmerzte, sie wollte schlafen, sie war zu Tode erschöpft.

Sie nahmen den Weg über das Wohnzimmer und die Terrasse. Gudrun warf einen Blick zu Annettes Fenster, aber bei ihrer Tochter war alles dunkel. Annette schlief ohnehin nach vorne heraus – tief betäubt in der Regel. Außerdem war der Teil des Gartens, wo die Leiche in der Schubkarre unter dem Gebüsch wartete und wo Harald die Grube ausgehoben hatte, von Annettes Einliegerwohnung aus nicht einsehbar. Harald drehte sich auf der Terrasse um und wies Gudrun an, das Licht im

Wohnzimmer auszumachen. Er hatte eine Taschenlampe dabei, außerdem war es eine sternenklare Nacht. Gehorsam ging Gudrun zurück und löschte das Licht. Unsicher tastete sie sich vorwärts, setzte behutsam einen Fuß vor den anderen, um nicht zu stürzen.

»Kannst du mir leuchten?«, bat sie Harald, der daraufhin wortlos die Lampe anknipste, damit sie im Lichtstrahl zu ihm gelangen konnte. Kaum hatte sie ihn erreicht, machte er die Lampe aus und ging mit großen Schritten vor ihr her. Sie hatte Mühe, mit ihm Schritt zu halten, aber sie wollte ihn nicht verlieren, unsicher, wie sie war.

Schließlich hatten sie das Gebüsch erreicht, und Harald hieß sie, die stacheligen Zweige hochzuhalten, damit er darunter die Schubkarre mit der verschnürten Leiche hervorziehen konnte. Sie hatten Julius der Länge nach in die Karre gelegt, aber er ragte an beiden Seiten weit darüber hinaus, was es schwierig machte, das Gleichgewicht zu halten. Zweimal kippte die Karre auf dem kurzen Weg zu der ausgeschachteten Grube um, und es war jedes Mal überaus mühselig, die Fracht wieder an ihren richtigen Platz zu bugsieren. Gudrun hielt die Schubkarre, während Harald alleine versuchte, das Paket wieder darauf zu platzieren, bevor er erneut das Schieben übernahm. Kurz vor der Grube hielt er plötzlich an. Er stellte die Schubkarre ab und bedeutete Gudrun zu schweigen. Tatsächlich hörte sie nun auch etwas. Zuerst raschelte es, dann folgte ein Schaben, was sie schnell als das Geräusch, das verursacht wurde, wenn Stoff an eine Steinmauer rieb, identifizierte. Sie hörten Kichern und gedämpfte Flüche. Gudrun war starr vor Schreck, es gab keinen Zweifel, jemand war über die hintere Gartenmauer geklettert und in ihr Grundstück eingedrungen! Einen kurzen Moment dachte sie an Edeltraud, die ihr Gemüse stehlen wollte, aber dann verwarf sie den Gedanken sofort. Edeltraud brauchte dazu nicht den Schutz der Nacht, sie war dreist genug, bei Tage hier einzusteigen, wenn sie das gewollt hätte. Und Edeltraud würde mit Sicherheit nicht kichern.

Jetzt sah sie auch im Schatten der Nacht zwei Gestalten gebückt über die Wiese auf sie zulaufen, offenbar hatten die Eindringlinge sie und Harald noch nicht bemerkt. Harald ging ein paar energische Schritte nach vorne, als plötzlich ein dumpfes Geräusch zu hören war, auf welches ein abgehackter Schrei folgte. Harald knipste die Taschenlampe an und leuchtete in den Garten. In der Grube, die er für Julius ausgehoben hatte, lag ein Mensch, der sich im Schein der Taschenlampe mühsam aufrappelte. Geblendet hob er die Hände über den Kopf, sein Gesicht und sein Oberkörper waren mit frischer Erde beschmiert, und er war voller Angst.

»Bitte … tun Sie mir nichts.«

Es war ein Jugendlicher, mit viel zu langen schwarzen Haaren, der starke Ähnlichkeit mit dem Jungen hatte, der bei ihnen die Wochenzeitung austrug.

13.

Sie saß im Zug nach Hause und blickte aus dem Fenster. Die Landschaft zog an ihr vorbei, aber Beate Klinger war nicht imstande, ihren Blick einzuhaken, etwas wahrzunehmen außer ihrer Trauer und Angst. Sie war nicht fündig geworden in Bayern, im Gegenteil, die Reise hatte sie gleichermaßen erschüttert und verunsichert. Sie hatte Julius nicht aufgespürt. Noch weniger als zuvor wusste sie, wo er abgeblieben sein konnte. Es war nicht so, dass sie Gudrun Glauben schenkte, die immer und immer wieder versichert hatte, dass Julius bei ihr nicht aufgetaucht war. Aber sie konnte auch nicht das Gegenteil beweisen. Sie war im Haus umhergegangen, aber von Julius keine Spur. Nur die Sachen des anderen Mannes, der sich ihr im Übrigen nicht vorgestellt hatte. Sie hatte auch nicht fragen wollen. Denn obwohl dieser große und steinalte Mann sich ihr gegenüber freundlich verhalten hatte, war er furchteinflößend. Er hatte eine kraftvolle Aura, der etwas Gewalttätiges anhaftete. Beate war ohnehin schon verängstigt gewesen, nachdem sie im Keller gewesen war. Danach wollte sie keine Minute länger als nötig mit dem einäugigen Alten und der giftigen Gudrun allein im Haus verbringen. Oder eben nicht allein, denn da war ja noch der Gefangene. Sie hatte seinen Anblick nicht ausgehalten. Wie der Mann an die Heizung gekettet war, das Handgelenk wundgescheuert. Der Nachttopf neben ihm, sein verschwitztes Hemd, der leere

Becher und der Apfelgriebsch. Am schlimmsten aber war der Blick des Gefangenen gewesen. Der sie um Hilfe gebeten hatte. Sie sollte ihm helfen, ihn da rausholen, ihn befreien. Das hatten seine Augen ihr gesagt, er hatte förmlich um Hilfe geschrien. Aber Beate hatte bei seinem Anblick erkannt, dass vor ihr der Grund für Julius' Verschwinden saß. Und sie außerstande war, sich damit zu beschäftigen. Sie war aus dem Keller geflüchtet und wollte diesen Mensch dort unten vergessen. Ihr Mann hatte sich versündigt, als er ihn entführt hatte. Julius war dafür verantwortlich, dass der Gefangene dort unten hockte und litt und um sein Leben fürchtete. Dabei war Julius Arzt. Er war stolz darauf gewesen, dass er sich dem humanistischen Menschenbild verschrieben hatte, er war ein guter Mann. Gewesen? Jedenfalls hatte er eine Schwelle übertreten, er war nicht mehr der Mann, den sie geheiratet hatte, und sie war sich nicht sicher, ob sie ihn wieder zurückwollte. Wer war Julius geworden? Was war mit ihm passiert? Beate Klinger hatte keine Antwort auf die Fragen, sie wusste nur, dass sie nach Hause wollte. Zu Klaus, ihrem Sohn. Dass sie ihn in die Arme nehmen und getröstet sein wollte. Klaus war fünfunddreißig und ein Bär von einem Mann. Größer als sie und Julius, außerdem neigte er zur Fettleibigkeit. Aber er war anlehnungsbedürftig wie ein Kleinkind, und nicht selten in den letzten Jahren hatte Beate das Gefühl gehabt, dass es oft ihr Sohn gewesen war, der ihr Trost und Halt gegeben hatte. Vorhin allerdings hatte er sich ganz verzweifelt angehört. Der Betreuer hatte angerufen und ihr klargemacht, dass sie Klaus nicht länger abstellen könne, er habe schlimmes Heimweh und verstehe nicht, warum Mama und Papa ihn so lange alleine ließen. Sie hatte noch mit Klaus selbst gesprochen, und es war ihr gelungen, ihn zu trösten. Sie hatte ihm gesagt, dass sie sich gleich in den Zug setzen und nach Hause fahren werde. Und dass er morgen einen ganzen Tag zu Hause bleiben dürfe, sie würden Malefiz spielen und dabei einen großen Teller Kekse naschen. Klaus weinte ein bisschen am Telefon, aber schließlich hatte sie ihn so weit, dass er aufhörte zu schluchzen.

Sie hatte gestern nach dem Besuch bei Gudrun kein Auge zugemacht. Am liebsten wäre sie sofort nach Frankfurt zurückgefahren, doch wieder war es zu spät gewesen. Sie hatte das Pensionszimmer also eigentlich nicht gebraucht, hätte sie besser geplant. Sie hätte schon am Vormittag zu Gudrun gehen und sie damit konfrontieren sollen, dass sie das Auto gesehen hatte. Was allerdings, so wusste sie jetzt, auch zu nichts geführt hätte.

So musste sie den Abend in der Pension verbringen, anstatt bei ihrem Sohn in Frankfurt zu sein. Immer wieder war sie von dem fremden Bett mit der Bettwäsche, die so neutral und gestärkt war, dass man sich gar nicht heimelig fühlen konnte, aufgestanden und hatte aus dem Fenster auf den Platz geblickt. Und sie hatte den silberfarbenen VW Jetta sehen können mit dem Frankfurter Kennzeichen. Wie war es nur möglich, dass Julius auf den wenigen Metern zwischen dem Novalisplatz und der Wettersteinstraße Nummer 9 spurlos verschwunden war? Sie hatte ihren Kopf an die kühle Fensterscheibe gelehnt und über den nächtlichen Novalisplatz geblickt. Dabei hatte sie sich gefühlt, als sei sie gestorben. Aber nicht ganz tot, sondern so, als hätte sie einfach nur ihr Leben verlassen. Als sei sie einen Schritt daraus hervorgetreten, hätte es hinter sich gelassen. Aber das neue Leben war noch nicht da und auch nicht das Ende. Sie befand sich vielmehr in einem Zwischenreich, einem Schwebezustand, der

Fortgang war ungewiss. Jetzt wusste sie, hatte Beate gedacht, was es bedeutete, wenn einem der Boden unter den Füßen weggezogen wird. Buchstäblich.

Sie entfernte sich von Lohdorf und wollte mit jedem Kilometer mehr das vergessen, was sie dort erlebt hatte. Sie würde später darüber nachdenken, was als Nächstes zu tun war. Zu Hause, in Sicherheit. Notfalls würden sie und Klaus alleine zurechtkommen. Vielleicht tauchte Julius wieder auf. Vielleicht aber war er tot. Dann würde die da unten büßen müssen. Gudrun von Rechlin. Wenigstens, so beruhigte sich Beate, hatte sie noch mit Annette gesprochen. Das war sie ihr schuldig. Immerhin hatte die Tochter sie aufgenommen. Beate glaubte, dass die junge Rechlin ein guter Mensch war, nicht so durch und durch verdorben wie ihre Mutter. Sie hatte es verdient, dass Beate ihr die Augen öffnete. Sie hatte Annette von Rechlin gesagt, dass ihre Mutter im Keller einen Mann gefangen hielt. Allerdings war Beate überrascht gewesen, dass Annette ihr auf Anhieb geglaubt hatte. Sie hatte sich sogar bei Beate für die Information bedankt, sie in den Arm genommen und ihr eine gute Heimreise gewünscht. Dann konnte Beate fahren. Sie hatte in der Tochter den Samen gesät, und wenngleich sie nicht selbst vor Ort sein konnte, um Gudrun und ihrem Freund, dem Einäugigen, den Mord an ihrem Ehemann nachzuweisen, so konnte sie doch gewiss sein, dass die alte Rechlin von nun an nicht unbeobachtet blieb.

*

Stifter bremste vor dem Gartenzaun der Familie Lanz und stieg von seinem Fahrrad. Heute war er überraschend früh fertig, es war erst kurz nach eins. Er hatte sich am Morgen entschieden, mit seinem eigenen Fahrrad zur Post zu fahren, und deshalb für den Nachhauseweg auch nur zehn Minuten statt dreißig gebraucht. Während er sein Rad durch den Garten schob, auf seine kleine Holzhütte zu, dachte er an Herrn Regmeier. Der hatte heute wieder am Wendehammer der Chamissostraße auf ihn gewartet und sich seine Post von ihm geben lassen. Dann hatte er nervös zwei Briefe aus der Post gefingert und ihn gebeten, die restliche Post – ohnehin nur Werbesendungen – in den Briefkasten zu werfen. Um erneut grußlos davonzufahren. Stifter glaubte Herrn Regmeier nicht, dass es dabei um eine Geburtstagsüberraschung für seine Frau ging. Er hatte die Briefe am Morgen bei der Sortierung in der Hand gehabt, es waren Schreiben, die an Herrn Regmeier persönlich adressiert waren. Das eine von der Bank, das andere von einem Anwalt. Herr Regmeier schien in Schwierigkeiten zu stecken, und er wollte partout nicht, dass seine Frau etwas davon erfuhr. Aber das war die Privatsache dieses Mannes und ging ihn nichts an. Ihm tat nur die Frau leid. Sie war immer ausgesprochen freundlich, aber auch schüchtern. Es schien sie viel Kraft zu kosten, die beiden Kleinen in Schach zu halten; wenn Stifter ihr morgens begegnete, war sie meistens noch im Hausanzug, ungeschminkt, und hatte tiefe Ringe unter den Augen. Sicherlich bedauerte sie es, dass der Garten rund ums Haus noch nicht begehbar war.

Während er die unversperrte Tür zu seiner Hütte öffnete und ihm die stickig-warme Luft aus dem Zimmer entgegenschlug, dachte er, dass es eigentlich an der Zeit war, dass der Garten der Familie angelegt wurde. Schließlich waren Regmeiers bereits im Frühjahr eingezogen, und jetzt, im Spätsommer, war es doch Zeit, Beete zu bepflanzen und Rasen zu säen. Dann könnten die zwei Jungs im kommenden Jahr auf dem Grundstück tollen, anstatt immer nur ihre Kreise auf der Holzterrasse zu ziehen. Aber was ging ihn das schon an. Er ermahnte sich, weniger über das Leben der Menschen, denen er die Post brachte, nachzugrübeln. Wenn die Regmeiers die nächsten zehn Jahre keinen Garten hatten – was ging ihn das an? Und wenn Annette von Rechlin süchtig war und sich von ihrer Mutter gängeln ließ – es war nichts, worüber er sich den Kopf zerbrechen sollte.

Er öffnete das Fenster über dem noch ungemachten Bett und schob die hölzernen Fensterläden auf, als sein Blick auf Noah fiel, der mit dem Bauch auf dem großen blauen Trampolin im Garten lag, alle viere weit von sich gestreckt. Er lag reglos da, wie tot, aber als Stifter genau hinsah, bemerkte er, dass der Körper auf dem Sprungtuch ganz leicht auf und ab wippte. Als er einen der Fensterläden einhakte, blickte Noah auf. Unter dem schwarzen Haarvorhang war sein Gesicht nicht zu sehen, nur ein Auge starrte darunter hervor. Stifter hob eine Hand und grüßte.

»Hallo!«

Noah gab keine Antwort, er starrte still und wippte leicht. Stifter wendete sich ab und holte das Steak aus seiner Tasche, das er auf dem Nachhauseweg vom Metzger besorgt hatte. Er hatte noch Kartoffeln von gestern, die würde er sich in der Pfanne aufbraten. Zusammen mit einem Salat war das eine phantastische Mahlzeit. Plötzlich fiel ein Schatten auf die kleine Küchenzeile. Noah stand in der geöffneten Tür. Er sagte noch immer kein Wort.

»Heute früher Schule ausgehabt?«, erkundigte sich der Postbote, während er den Herd anmachte und einen Schuss Öl in die Pfanne goss.

Noah ging, ohne ihm zu antworten, an Stifter vorbei und schmiss sich auf dessen Bett. »Bin heut nicht gegangen.«

Während er weiterhantierte, fragte Stifter über die Schulter: »Bist du krank?«

»Nee. Nicht direkt.«

Er hatte keine Lust, dem Jungen alles aus der Nase zu ziehen. Also beschloss er, einfach weiterzukochen. Wenn Noah etwas auf dem Herzen hatte, dann würde er schon damit rausrücken, schließlich war er ja zu ihm in die Hütte gekommen. Er schnitt die speckigen Kartoffeln in Scheiben, zupfte die Salatblätter und prüfte nebenbei, ob die Pfanne heiß genug war.

»Bin gestern sozusagen in ein Grab gefallen.«

»Was?« Stifter drehte sich amüsiert um, wohl wissend, dass Noah eine kleine Begebenheit dramatisch aufbauschte. Aber dann erkannte er, dass der Junge, der heute noch weißer war als sonst, ein eingefallenes Gesicht hatte und ihn voller Angst anblickte.

»Wie? Wie ist das denn passiert?«

Noah versteckte seine Hände zwischen den langen dünnen Beinen und schaute weg. Es würde keine Heldengeschichte folgen, das war Stifter sofort klar. Noah schämte sich, und er wusste nicht, wo beginnen.

»Ich hab doch den Luki gestern nach Hause gebracht. Und als wir in der Wettersteinstraße waren, haben wir uns gedacht …«

Stifter schmiss das Steak in die Pfanne und noch eine Knoblauchzehe dazu. Ihm schwante nichts Gutes.

»Wir sind halt über die Mauer. Bei denen da oben …«

»Bei den Rechlins?« Er hatte es geahnt.

Noah holte ordentlich Anlauf. »Boah, das sind so Freaks,

Alter! Wir sind halt rüber, weil wir dachten, einfach mal gucken und so, ist ja nicht schlimm, keine Ahnung. Wir wollten ja nichts klauen oder so, einfach nur rüber und gucken. Und plötzlich, es war voll dunkel, ich hab nichts gesehen, und auf einmal geht's total tief runter! Alter, ich hab so einen Schreck gekriegt.«

Verdientermaßen, dachte Stifter, verkniff sich aber den Kommentar. Er wendete das Steak und warf einen kurzen Blick zu dem Teenager, der auf seinem Bett saß. Dadurch fühlte sich Noah ermutigt, mit seiner Geschichte fortzufahren. Er stand sogar auf und stellte sich neben Stifter an den Herd.

»Das war 'n Grab, Alter! Voll fett. Ich hab's natürlich nicht gesehen, ich bin halt reingefallen und wusste erst mal nicht, wo ich bin. Aber dann hat mich was geblendet.«

Johannes Stifter seufzte. »Also seid ihr auch noch erwischt worden.«

Noah nickte zerknirscht. »Ja, Mann.«

»Von wem?« Stifter wickelte sein Steak in Alufolie und legte es in den vorgewärmten Backofen, anschließend warf er die Kartoffelscheiben in die noch heiße Pfanne. Den Kniff mit dem eingewickelten Steak hatte er von Kyra, die sich seiner spärlichen Junggesellenkochkünste mitleidig angenommen hatte. »Von der alten Rechlin oder der jungen?«

»Weder noch.« Noah machte eine dramatische Pause und fasste Stifter am Oberarm. »Ein Greis. Der war mindestens zwei Meter groß. Voll gruselig. Und«, Noah senkte die Stimme, »er hatte nur ein Auge. Also, keine Ahnung, nur ein richtiges halt.«

Das überraschte Stifter nun tatsächlich. Denn der Mann, von dem Noah hier sprach, konnte nur derjenige sein, dem er den Weg in die Wettersteinstraße gewiesen hatte. Der mit dem dunkelblauen Benz und dem ungarischen Kennzeichen.

»Wie konntest du das sehen, wenn der dich geblendet hat?« Stifter war nun tatsächlich neugierig auf die Geschichte geworden.

»Der hat sofort gebrüllt und mit der Lampe rumgefuchtelt. Und dann hat der Luki versucht, mir aus dem Grab zu helfen, und da hat der Alte den Luki angeleuchtet. Und da hab ich es gesehen. Das eine Auge war voll behindert.«

Stifter rüttelte an der Pfanne und wendete die Bratkartoffeln. »Und woher willst du wissen, dass es ein Grab war? Es ist einfach eine Grube im Garten gewesen.«

»Weil …« Noah schluckte, starrte auf die Bratkartoffeln, und es sah aus, als liefe die Szene des gestrigen Abends vor seinem inneren Auge erneut ab. »Weil da eine Schubkarre stand. Mit einer eingewickelten Leiche drin.« Er sah Stifter jetzt direkt ins Gesicht, und seine Augen waren schreckgeweitet. »Die Schuhe haben unten rausgeguckt. Wir haben es beide genau gesehen. Der Luki und ich.«

Stifter hatte wohl gehört, was der Junge ihm gerade erzählt hatte. Aber er weigerte sich, die Worte zu begreifen. Zu verrückt klang die Räuberpistole, die Noah ihm aufzutischen versuchte. Der Geruch von Verbranntem stieg ihm in die Nase, und er zog rasch die Pfanne von der Gasflamme. Er wollte das Gehörte nicht kommentieren, stattdessen richtete er sich seinen Teller an, mit dem Steak und den Kartoffeln. Dazu die kleine Müslischüssel mit Salat und eine große Apfelschorle. Er stellte alles auf ein Tablett. Noah sah ihm schweigend zu.

»Du glaubst mir nicht, oder?« Seine Stimme klang enttäuscht.

»Also ehrlich …« Stifter nahm das Tablett, um nach draußen zu gehen. Dazu musste er an Noah vorbei, der seinen Blick suchte. Er sah den Jungen an.

Dieser hielt den Augenkontakt zwei Sekunden. »Schon klar, Alter. Das glaubt uns eh keiner.« Damit drehte Noah sich um und schlurfte aus der Hütte. Die Schultern hingen nach unten, die Spannung war wieder aus dem schlaksigen Körper gewichen, und Stifter sah dem mageren Rücken an, dass der Teenager mehr von ihm erwartet hatte. Es tat ihm leid, dass er Noahs Hoffnung auf Verständnis nicht einlösen konnte, aber die Vorstellung, dass der einäugige Greis aus Ungarn im Garten derer von Rechlin mitten in der Nacht eine Grube aushob, war bizarr genug. Allerdings musste die Geschichte bis hierher wahr sein, denn den Alten konnte Noah sich nicht ausgedacht haben. Aber dass es sich dabei um ein Grab handelte, das kam ihm allzu phantastisch vor. Johannes Stifter stellte das Tablett auf den wackligen kleinen Gartentisch vor seiner Hütte, zog sich den Stuhl heran und blickte auf die Mahlzeit. Er hatte sich so auf sein Essen gefreut, aber jetzt war ihm der Appetit vergangen.

*

Das hätte niemals passieren dürfen. Dass jemand sie ertappte. Gudrun konnte nur beten, dass die Buben die Schubkarre nicht gesehen hatten. Oder zumindest nicht gesehen hatten, was darin lag. Harald war nach dem Ereignis kurz davor gewesen, abzureisen, so außer sich war er gewesen. Sie hatte große Mühe gehabt, ihn zu überreden, dazubleiben und die Sache zu Ende zu führen. Sofort, nachdem Harald den Jungen in der Grube angeleuchtet hatte, hatte sie versucht, sich den anderen zu schnappen, aber Harald hatte sie zurückgehalten. Er hatte die beiden kleinen Verbrecher abhauen lassen. Seiner Meinung nach war das klüger, als sie zu stellen. Auf diese Weise waren sie so schnell wie möglich wieder aus ihrem Garten verschwunden, mit einem gehörigen Schreck in den Knochen, und würden nachher nicht mehr genau wissen, was sie tatsächlich gesehen und erlebt hatten und was ihrer Phantasie entsprungen war. Wenn sie die Buben dagegen festgehalten hätten, wäre die Gefahr, dass die beiden Julius entdeckt hätten, umso größer gewesen. *Und dann?*, hatte Harald sie spöttisch gefragt, *was hättest du dann gemacht? Sie ebenfalls in den Keller gesperrt? Oder zu Julius in die Grube geworfen und lebendig begraben?*

In der Tat, dachte Gudrun nun, während sie ihre Geschirrhandtücher bügelte, hatte Harald recht. Was hätte sie mit den beiden getan? Sie einem peinlichen Verhör unterzogen, infolge dessen sich die beiden Jungen gefragt hätten, was sie und Harald in der Nacht an einer tiefen Grube in ihrem Garten taten. Es hätte die Aufmerksamkeit auch auf ihr eigenes Tun gelenkt. Erst recht, wenn sie die Eltern eingeschaltet hätten. Denn den blonden Buben, den hatte Gudrun auch erkannt. Es war der Sohn einer der Frauen aus Annettes schrecklichem Literaturzirkel. Die Frau hätte sich mit Annette über den Vorfall unterhalten, und Gudrun wollte keinesfalls, dass Annette etwas von dem mitbekam, was hier lief. Noch hatte ihre nichtsnutzige Tochter nicht einmal bemerkt, dass sie Besuch von Harald hatte. Annette hatte sich völlig in ihre Einliegerwohnung zurückgezogen – seit sie Gudrun die Treppe hinuntergestoßen hatte. Gudrun war das nur recht. Zwar hätte sie keine Probleme gehabt, Haralds Besuch zu erklären, sie konnte schließlich alte Freunde empfangen, ohne sich vor ihrer Tochter rechtfertigen zu müssen. Aber es war ihr lieber, wenn Harald so unbemerkt wie möglich seine Aufgabe verrichten konnte. Und außerdem fand Gudrun, dass es nur recht und billig war, wenn Annette wegen ihrer Tat Schuldgefühle hatte. Ihre eigene Mutter die Treppe hinunterstoßen! Sie hätte sich das Genick brechen können. Und wer hätte dann für Annette gesorgt? Das führte Gudrun wieder vor Augen, wie lebensuntüchtig ihre Tochter war. Sie bedauerte, dass dieses blöde Stück nicht bei Jürgen geblieben war. Wie hatte sie aufgeatmet, als Annette ihn geheiratet hatte! Warum musste sie zurückkommen? Warum konnte sie nicht dort weitersaufen, bei Jürgen? Als hätte es den gekümmert. Er war doch beschäftigt, mit seiner Klinik und seinen jungen Sprechstundenhilfen. Annette hätte sich bei ihm in Ruhe die Leber kaputtsaufen können, keinen hätte es gekümmert, und sie, Gudrun, hätte jetzt nicht diese Arbeit und den Ärger.

Das Hemd war fertiggebügelt, und Gudrun hängte es sorgsam auf. Sie schloss den obersten Knopf und zog den Kragen gerade. Das Hemd war aus billiger Baumwolle und verschlissen. Harald war ein armer Mann. Seit er damals aus der Kriegsgefangenschaft gekommen war, hatte er nicht mehr richtig Fuß gefasst. Er war unter falschem Namen zur See gefahren, ein unsteter Geist, immer auf der Flucht.

Sie erinnerte sich noch gut, wie er vor ihrer Tür gestanden hatte. Abgemagert, verlaust, die Kleider hatten um seinen dürren Körper geschlottert. Wie der Froschkönig war er zu ihr, der Prinzessin, gekommen, um auf die Einlösung ihres Versprechens zu pochen. Aber sie hatte nicht auf ihn gewartet, wie sie es versprochen hatte. Sie hatte bereits einen anderen geheiratet, Volkmar. Ausgerechnet Volkmar. Sie hatte Harald damals, als er vor der Tür stand, in die Augen gesehen und gewusst, dass es ein Fehler gewesen war, nicht auf ihn gewart zu haben. Sie hatte ihn hereinbitten, ihm zu essen geben und sich ihm erklären wollen, aber ihr Vater war hinzugekommen. Er hatte sie zur Seite gestoßen und lange mit Harald vor der Tür gesprochen. Durch das kleine ovale Fenster – sie hatte nicht gewagt, es zu öffnen, aus Angst, ihr Vater könnte dies bemerken – im Flur der alten Villa hatte sie die beiden beobachtet, und gehofft, dass sie hören könne, was die beiden einander zu sagen hatten. Oder besser: was ihr Vater zu sagen hatte. Denn Harald hatte nicht geredet. Er hatte zu Boden gestarrt und die wütenden Worte über sich ergehen lassen. Ihr Vater, zu Kriegszeiten ein enger Kamerad Haralds, wollte augenscheinlich von dieser Kameradschaft nichts mehr wissen. Er hatte wild gestikuliert und unbeherrscht geredet, und zum Schluss hatte er Harald Geld zugesteckt. Da endlich hatte Harald aufgeblickt, das Geld aus der Tasche geholt und es ihrem Vater vor die Füße geworfen. Dann hatten sie sich durch das Fenster ein letztes Mal in die Augen gesehen, und Harald war gegangen. Wohin, wusste sie nicht. Aber sie hatte eine Vermutung. Sie glaubte bis heute, dass Harald nicht sofort aus Lohdorf verschwunden war. Er hatte sich ganz in der Nähe aufgehalten, denn manchmal, auf dem Weg zum Einkauf oder wenn sie im Garten war, hatte sie geglaubt, seine Silhouette wahrzunehmen. Nie konnte sie mit Gewissheit sagen: »Ich habe ihn gesehen«, aber ihr Gefühl trog sie selten. Ein halbes Jahr später hatte sie den ersten Brief bekommen. Er war aus Brasilien gewesen, von einer »Lotte Schreiner«. Ihre Eltern und auch Volkmar hatten keinen Verdacht geschöpft, aber sie hatte sofort gewusst, dass der Brief von ihm sein musste, sie hatte seine schöne Handschrift gleich erkannt. Ab diesem Zeitpunkt hatten sie einander geschrieben. Sie hatte immer gewusst, wo er war, und er, wie es ihr erging in ihrer schrecklichen Ehe.

»Mama? Bist du oben?«

Gudrun schrak zusammen. Rasch hängte sie das Hemd in den Besenschrank, so dass Annette es nicht sehen konnte. Gottlob hatte Harald sich hingelegt, Annette würde ihn also gar nicht zu Gesicht bekommen.

»Was willst du?«

Sie hörte, dass Annette die letzten Stufen der Treppe nahm und hätte am liebsten die Küchentür verschlossen, damit sie nicht mit ihr reden musste. Aber es war zu spät. Annette kam herein, sah ihrer Mutter kurz in die Augen und musterte dann die Küche. Zum Glück hatte Gudrun gerade abgespült, von einem zweiten Gedeck war nichts zu sehen.

»Wer ist der Mann im Keller?«

Gudrun schreckte zusammen. Um ein Haar hätte sie sich über die linke Hand gebügelt, die das Handtuch straff zog. »Wovon redest du? Hast du getrunken?«, antwortete sie schroff und hoffte, dass es ihr gelang, ihr Erschrecken zu verbergen.

Annette stand mit dem Rücken zur Küchentür. Gudrun konnte riechen, dass sie sich Mut angetrunken hatte, aber das interessierte sie in diesem Moment nicht. Vielmehr fragte sie sich, woher Annette Bescheid wusste. War sie in den Keller gegangen? Warum? Das tat sie nie. Außerdem achtete sie darauf, dass sie immer abgeschlossen hatte, den Schlüssel trug sie stets bei sich. Oder hatte Annette etwas gehört? Aber Gudrun hatte es mit Julius selbst ausprobiert, aus dem Keller drang kaum etwas nach draußen. Nur wenn die oberste

Brandschutztür geöffnet war, konnte man gedämpfte Schreie vernehmen.

»Ich rede von dem Mann, den du im Keller gefangen hältst. Zusammen mit diesem Zahnarzt. Herr Klinger.«

Augenblicklich wusste Gudrun, was geschehen war: Beate hatte mit Annette gesprochen. »Das stimmt nicht.« Sie hatte ihre Selbstsicherheit zurückgewonnen und widmete sich wieder ganz ihrer Bügelarbeit. »Ich weiß nicht, wie du auf so etwas kommst, aber vermutlich hast du im Delirium gewisse Zwangsvorstellungen.«

Gudrun spürte förmlich, wie sehr Annette sich zusammenreißen musste, nicht über sie herzufallen. Aber das Bügelbrett stand zwischen ihnen, und sie würde vor ihrer Tochter keinen Zentimeter weichen.

»Der Keller ist zugeschlossen, ich wollte selbst nachsehen. Warum? Er ist sonst immer offen. Wo ist der Schlüssel?« Annettes Stimme klirrte vor Anspannung und Härte.

Gudrun seufzte demonstrativ. »Ich habe den Keller abgeschlossen, weil ich mit meiner psychisch labilen Tochter zusammenwohne, die auf dumme Gedanken kommen könnte.«

»Schwachsinn! Ich verlange, dass du mir sofort den Kellerschlüssel gibst. Oder mit mir runtergehst und mir beweist, dass das nicht stimmt!«

Annette ging zwei Schritte auf ihre Mutter zu, und Gudrun hob sofort das Bügeleisen und hielt ihrer Tochter die heiße Fläche entgegen.

»Bleib weg von mir!«

Annette verzog den Mund, es sah aus wie eine Mischung aus Schmerz und Weinen. »Du bist doch krank, Mama.«

»Hau ab! Ich lass dich nicht in den Keller! Du kannst machen, was du willst.«

Im Bruchteil einer Sekunde trat Annette gegen das Bügelbrett, das nach hinten kippte und Gudrun mit sich riss. Sie knallte mit dem Kopf gegen die Spüle, das Bügeleisen fiel ihr aus der Hand und polterte zu Boden. Gudrun wurde kurz schwarz vor Augen, gleichzeitig schrie sie laut und schrill auf. Ihre Tochter war sofort über ihr. Sie packte das heiße Bügeleisen und hielt es Gudrun vors Gesicht, mit der anderen Hand riss sie an dem langen weißen Zopf ihrer Mutter. Dabei brüllte sie ihr ins Gesicht, als sei sie von Sinnen: »Wo ist der Schlüssel?! Das ist mein Haus!«

Gudrun war außerstande zu antworten, ihr ganzer Körper tat weh, und ihr Kopf dröhnte unsäglich, sie war vor Panik und Schmerz nicht in der Lage, einen klaren Gedanken zu fassen, während Annette an ihren Haaren riss und vor ihrem Gesicht die glühend heiße Metallfläche schwebte.

Annette nutzte die Gelegenheit und fasste ihr in die Kittelschürze. Sie drohte noch einmal mit dem heißen Eisen, dann schnappte sie sich den Schlüssel, warf das Bügeleisen achtlos auf den Fußboden, zog noch einmal fest an Gudruns Zopf und stürmte aus der Küche. Gudrun hörte ihre Schritte auf der Treppe, hörte das Klirren des Schlüssels im Schloss und dann, dass die Kellertür schwer ins Schloss fiel. Anschließend herrschte Ruhe.

Sie stöhnte vor Schmerz, rasender Panik und unbändiger Wut. Von diesen heftigen Gefühlen, die in ihrem Inneren tobten, war sie wie gelähmt. Als sie den Blick hob, sah sie, dass Harald in der Tür des Schlafzimmers stand, in Unterhemd und –hose und Socken, und stumm auf sie hinabsah. In seinem Blick lag kein Mitleid.

14.

Dass etwas Außergewöhnliches geschehen sein musste, hörte er daran, dass Bewegung im Keller war. Obwohl sein Gefängnis gut gegen Geräusche gedämmt war, konnte er wahrnehmen, dass sich ein Mensch in den anderen Kellerräumen zu schaffen machte. Es klang so, als öffnete jemand alle Türen und schlug sie dann wieder zu. Aber noch bevor er darüber nachdenken konnte, was dort draußen vor sich ging, wurde die Tür zu seinem Raum aufgeschlossen und weit aufgerissen. Als er sie sah, glaubte er, dass sie seine Rettung sein musste. Sie war von Kopf bis Fuß in Weiß gekleidet, und blondes Haar umrahmte ihren Kopf wie ein Heiligenschein. Sie stand im Türrahmen und starrte ihn an, als könne sie nicht glauben, was sie sah. Er wollte etwas zu ihr sagen, aber die Worte verließen seinen Mund nicht, sie blieben ihm im Hals stecken. Diese Frau war gekommen, um ihn zu befreien! Endlich! Anstatt ihr zu danken oder sie zu bitten, ihn endlich loszumachen, lachte er. Er lachte, befreit, bis ihm die Tränen kamen. Seine Retterin, sein Engel löste sich von der Tür und trat zu ihm. Sie ging in die Hocke, nahm seinen Kopf in beide Hände und versuchte, ihn zu beruhigen. Sie begann, zart über seine Haare zu streichen und über die Wangen, und sein hysterisches Lachen ging in Schluchzen über. Jetzt kamen auch die Worte wieder zurück.

»Danke. Danke«, flüsterte er und schloss erleichtert die

Augen. Für einen Moment hatte er seine Kontrolle verloren, aber er glaubte, sich das leisten zu können. Er würde hier rauskommen, frei sein.

»Es tut mir so leid«, sagte seine Retterin, und er hatte nie eine schönere Stimme gehört als ihre. Er schloss die Augen und atmete tief ein. Sein Martyrium hatte ein Ende. Sein rechtes Handgelenk brannte, und er betete zu einem Gott, dass er endlich von dieser verfickten Heizung befreit würde und aus diesem Scheißkellerloch. Aber seine Retterin machte keine Anstalten, ihn loszumachen. Sie streichelte mechanisch seinen Kopf, anstatt schnellstmöglich den Schlüssel für die Handschellen herauszuholen.

Er löste sich von ihr und sah sie an. Sie war nicht schön, sie war kein Engel, und sie hatte eine Fahne. Ihre blauen Augen waren matt und die Tränensäcke darunter grau und faltig. Das blonde Haar, das ihm wie ein Heiligenschein erschienen war, war durchzogen von grauen Strähnen. Sie lächelte nicht, sondern sah ihn bekümmert an. Er rückte noch ein weiteres Stück von ihr ab und versteifte sich. »Wer sind Sie?«

Nun wich auch sie etwas zurück, blieb aber in der Hocke sitzen, um mit ihm auf Augenhöhe zu sein. »Ich wohne hier. Bei meiner Mutter«, antwortete sie. Ihre Stimme klang wackelig, unsicher.

Also die Tochter, schoss es ihm durch den Kopf, und der Schmerz des Begreifens war so umfassend, dass er ihn körperlich zu spüren meinte. »Sie sind gar nicht gekommen, um mich zu befreien.«

Sie blickte ihn an. Offen. Verletzt. Hilflos. Ihr Blick hatte nichts Verschlagenes, er erkannte, dass sie in dem bösen Spiel der Alten keine Figur war. Sie war hier hineingeraten. Zufall?

»Ich …«, verlegen drehte sie an ihrer Perlenkette herum, »ich weiß nicht. Vielleicht.«

Sie schien nachzudenken und sicherer zu werden. Er hielt es für das Beste, zu schweigen. Wenn er jetzt versuchte, sie zu beeinflussen, würde sie sich zurückziehen. Der Schmerz in seiner Brust war verflogen, er erkannte die Chance, die sich ihm bot. Das war sein großes Talent: Chancen zu erkennen, Gelegenheiten wahrzunehmen, noch bevor andere sie sehen konnten. In die Lücken grätschen. Das war es, was ihn in seinem Job großgemacht hatte. Warum er die Märkte im Griff hatte. Weil er in Sekundenschnelle begriff und handelte. An ihrem Zögern hatte er erkannt, dass er sie auf seine Seite bekommen musste. Und dazu brauchte er Zeit und Fingerspitzengefühl. Was die Zeit betraf, so lag die leider nicht in seinem Ermessen. Aber das mit dem Gefühl, das würde er hinkriegen.

Die Frau sah ihn noch immer an, jetzt schuldbewusst. »Davon wusste ich nichts. Dass Sie hier sind.«

Er schwieg und versuchte, Wärme in seinen Blick zu legen. Möglicherweise gelang ihm ein Opferblick. Damit würde er sie in die Ecke drängen, sie musste Mitleid mit ihm empfinden.

»Meine Mutter …, vielleicht ist sie verrückt.«

Bingo, sie begann, sich zu entschuldigen. Jetzt war er wieder dran, auf sie zuzugehen. »Vielleicht ist sie das. Aber Sie wissen, warum ich hier bin? Warum sie mich gefangen hält?«, fragte er mit weicher Stimme – so gut er das jetzt vermochte,in seiner Verzweiflung.

Er würde mit offenen Karten spielen, das würde sie für ihn einnehmen. Sie schüttelte leicht den Kopf, und er merkte, dass sie durchaus eine Vorstellung hatte, aber es von ihm hören wollte. Damit sie wusste, ob sie ihm vertrauen konnte.

»Ich habe Ihre Mutter um ihr Erspartes gebracht. Eine Anlageberatung, die schiefgelaufen ist. Dann kam die Lehman-Pleite. Das Geld ist weg. Alles. Sie haben davon gehört?«

Die Frau vor ihm schüttelte erneut den Kopf, vehementer dieses Mal. »Davon verstehe ich nichts«, flüsterte sie.

Wie alt mochte sie sein? Mitte fünfzig? Er fragte sich, was sie für ein Leben hatte. Sie trug gepflegte Kleidung, war aber eine Säuferin. Sie strahlte aus, dass sie gutsituiert und gebildet war. Dennoch erschien sie unsicher und verängstigt. Diese Frau, das sah er auf den ersten Blick, ging nicht selbstsicher durchs Leben. Sie ließ sich leiten, von ihrem Mann, ihrem Boss, ihrer Mutter. Sie wollte an die Hand genommen werden, traf keine Entscheidung allein. Gut. Das war gut für ihn. Er würde sich das zunutze machen. Er würde sie bei der Hand nehmen und ihr zeigen, was zu tun war. Und er würde es so soft und subtil machen, dass sie dachte, sie hätte die Entscheidung ganz allein getroffen. Er würde ihr ein gutes Gefühl geben, und dafür würde sie ihm auf Knien danken.

Er war zufrieden. Natürlich war er vor allem enttäuscht, dass sie nicht die Retterin war, für die er sie gehalten hatte, aber mit den Aussichten war er doch zufrieden. Er hatte sich zwar eine Blöße gegeben, hatte geheult wie ein kleines Kind. Aber ohne dass er es gewusst hatte, hatte er sich damit den ersten Schritt in ihr Herz verschafft. Denn diese Sorte Frau, unsicher und labil, wollte doch so gerne verstanden werden. Sie liebten Männer, die Gefühle zeigten. Und was war er schon anderes als ein armes Opfer? Um ein Haar hätte er gegrinst, wenn es nicht so verdammt kontraproduktiv gewesen wäre. Er sah ihr noch einmal in die Augen und wendete als Erster seinen Blick ab.

»Es tut mir leid«, er senkte die Stimme, »Ihre Mutter ist nicht die Einzige, die alles verloren hat. Ich würde es rückgängig machen, wenn ich könnte.«

Sie stand auf. »Nein! Nein, dafür gibt es keine Entschuldigung! Sie hier unten festzuhalten, meine ich. Egal, was Sie gemacht haben.«

Unsicher ging sie rückwärts zur Tür, und er wusste, dass ihr Gespräch jederzeit zu Ende sein würde. Sie hatte Angst. Weniger vor ihm als vor der Situation. Sie brauchte einen Drink. Aber sie würde wiederkommen.

»Ich rede mit meiner Mutter. Das verspreche ich Ihnen. Und ich komme wieder.«

Damit schloss sie die Tür hinter sich.

Wäre er nicht so erschöpft gewesen, er würde den Triumph genießen, als hätte er einen guten Deal gemacht. Denn er wusste jetzt mit Gewissheit, dass die schräge Frau sein Ticket in die Freiheit war.

*

Just in dem Moment, als Georg Thalmeier sich den Janker überstreifte, um zu seinem Schafkopfabend nach Kreuth aufzubrechen, klingelte das Telefon. Er zögerte, ob er abheben sollte, aber da er so selten Anrufe bekam und dieser obendrein von einer Münchener Nummer war, siegte die Neugier.

»Thalmeier.«

»Äh … ja, hier ist Noah.«

Thalmeier brauchte ein bisschen Zeit, den Namen einzuordnen, aber als er begriffen hatte, wer am anderen Ende der Leitung sprach, ließ er sich überrascht auf der hölzernen Bank in der Diele nieder. Mizzi, der schon unruhig um seine Beine gestrichen war, weil er ahnte, dass Thalmeier in Kürze das Haus verlassen würde, ergriff die Gelegenheit beim Schopf und sprang behände auf seinen Schoß.

»Ah! Der Noah. Da schau her.«

»Ich hoffe, ich störe Sie nicht?«

»Nein, nein. Gar nicht.« Thalmeier sah auf die Uhr. Er war notorisch überpünktlich. Selbst wenn er erst in zehn Minuten losgehen würde, käme er noch pünktlich. Der Losinger Peter nahm ihn mit seinem Auto mit, verabredet waren sie an der Bushaltestelle in der Ortsmitte, wenige Fußminuten von Thalmeiers Haus entfernt.

Thalmeier war neugierig, was der junge Mann ihm zu sagen hatte, denn es schien ihm offensichtlich schwerzufallen. Aus dem Telefonhörer kam nur Atmen und Rascheln. Der alte Mann beschloss, dem Jungen auf die Sprünge zu helfen.

»Das ist aber nett, dass du mich anrufst, Noah. Allerdings hast du bestimmt was auf dem Herzen. Schließlich rufst du mich sicher nicht nur zum Ratschen an, oder?«

Noah lachte nervös. »Ja, stimmt schon.« Er schluckte, das hörte Thalmeier durch den Hörer. »Es ist was passiert, hier. Und … mir glaubt das einfach keiner. Aber es hat mit Mord zu tun, und da habe ich gedacht … Sie sind der Richtige.«

»Mit Mord! Oha! Da bin ich jetzt aber gespannt.« Thalmeier schmunzelte. Er glaubte keine Sekunde, dass die Geschichte, die er gleich zu hören bekommen würde, tatsächlich mit Mord zu tun hatte. Es war ein Phänomen, das Menschen in seinem Beruf häufig begegnete. Kaum offenbarte man, dass man bei der Polizei arbeitete, dauerte es nicht lange, und der Gesprächspartner gab eine Begebenheit zum Besten, um die die Polizei sich doch mal kümmern sollte. Verdächtige Geräusche aus der Nachbarwohnung, auffällige Autos, das blaue Auge der Putzfrau – jede Kleinigkeit wurde angesichts eines Polizisten, eines Mordermittlers gar, zum untrüglichen Indiz eines Gewaltverbrechens.

Aber als Noah mit seiner Geschichte loslegte, hörte Thalmeier peu à peu auf, sich zu amüsieren, und lauschte stattdessen konzentriert. Noah sprach hastig, er wiederholte sich, sprang vor und zurück im chronologischen Ablauf und vor allem: Sein Bericht war derart gespickt mit »Boahs« und »Eys« und »Alter«, dass Thalmeier sich ernsthaft fragte, wie man es schaffen konnte, mit diesem Sprachduktus bis zur neunten Klasse eines bayerischen Gymnasiums zu kommen. Aber die Quintessenz, dass in der Schubkarre von Frau von Rechlin eine in eine Decke gewickelte Leiche gelegen hatte, blieb bei Thalmeier hängen. Obwohl die Geschichte kurios war und Noah immer betonte, dass keiner in seiner Familie, auch Johannes Stifter nicht, ihm Glauben schenkte, stieß er bei dem pensionierten Mordermittler auf offene Ohren. Denn Thalmeier wusste, wie man Fragen stellte. Und Noah konnte sie alle beantworten. Obwohl er das Bild nur wenige Sekunden im Schein der Taschenlampe gesehen hatte, wusste er doch jedes Detail zu beschreiben. Welche Schuhe die mutmaßliche Leiche getragen hatte, welche Farben die Socken und die Hosenbeine gehabt hatten und welche Beschaffenheit die Decke. Und selbst wenn es eine Erklärung für diese Szene gab, so fand Thalmeier, dass genug Fragen offenblieben, denen nachzugehen sich lohnen könnte. Jedenfalls für einen Kommissar im Ruhestand.

»Und«, fragte Noah ein wenig atemlos, als er mit seiner Geschichte endete, »glauben Sie mir?«

Georg Thalmeier überlegte sich seine Antwort gründlich.

Es war nicht angeraten, pubertierende Jugendliche in ihrer vielleicht überbordenden Phantasie noch zu befeuern, andererseits war es ihm wichtig, Noah ernst zu nehmen und ihm nicht das Gefühl zu geben, er würde ihm sein Erlebnis nicht glauben.

»Zunächst einmal«, entgegnete Thalmeier schließlich, »ist es wichtig, dass du mit niemandem mehr darüber sprichst. Auch dein Freund nicht. Behaltet das für euch. Ich weiß nicht, ob da was dran ist, aber ich sage mal: Es könnte.«

Noah atmete am anderen Ende der Leitung hörbar aus. »Danke«, sagte er mit leiser Stimme, »die denken alle, wir spinnen.«

»Ich denke nur, ihr spinnt, weil ihr nachts in fremde Gärten einsteigt!«

»Ja, sorry.« Die Stimme wurde noch dünner. »War 'ne Scheißidee. Aber nach der Sache, ey – das war das letzte Mal! Aber so was von.«

Thalmeier dachte nach. Er wollte Noah gerne etwas anbieten – Hilfe, ein Zeichen, etwas, das ihn beruhigen konnte.

»Ist der Johannes in der Nähe?«

»Weiß nicht. Ich schau mal.«

Durch das Telefon konnte man die Schritte hören, und Thalmeier stellte sich den Weg vor, den Noah nun durch das Lanzsche Haus nahm, raus in den Garten, hinüber zu Stifters kleiner Hütte.

»Ja«, sagte Noah. Der ist da.« Und an jemand anderen gerichtet: »Ist für Sie. Der Bulle.«

»Stifter.«

Thalmeier hörte Stifter die Verwunderung an. »Ich bin's. Schorsch.«

»Hallo. Warum rufen Sie, rufst *du* denn bei den Lanz an?«

»Ich habe nicht bei den Lanz angerufen, sondern der Noah mich.«

Kurze Irritation am anderen Ende der Leitung. »Ahhh ... okay. Wegen dieser Horrorgeschichte mit der Leiche natürlich. Dass der Junge gleich dich anruft?!«

»Er hat Angst.«

»Du glaubst ihm das doch nicht etwa?«

»Warum glaubst du ihm nicht?«

Thalmeier hörte, wie Stifter kurz auflachte. Danach sprach er leiser, vermutlich war Noah irgendwo in der Nähe, und der Postbote wollte nicht gehört werden.

»Na hör mal: eine in eine Decke eingewickelte Leiche und zwei alte Menschen, die mitten in der Nacht ein Grab im Garten ausheben! Das ist doch Edgar Wallace *at his best*. Die Jungs hatten vielleicht schon was getrunken, oder geraucht ...«

»Noah hat mir versichert, dass sie nüchtern waren, er und sein Freund«, unterbrach ihn Thalmeier.

»Wer's glaubt.«

»Bloß weil es junge Burschen sind und es eine rechte Räuberpistole ist, heißt das nicht, dass nichts dran ist.« Thalmeier merkte, dass er ungehalten wurde. Er ärgerte sich darüber, dass Stifter sich partout weigerte, auch nur im Ansatz darüber nachzudenken, ob an Noahs Bericht ein Fünkchen Wahrheit sein könnte. Und das, obwohl er selber noch vor einer Woche Thalmeier von seinem verstörenden Erlebnis bei Mutter und Tochter Rechlin erzählt hatte.

»Ich muss mich sehr wundern«, hörte er Stifter jetzt sagen, »dass du als Polizist bereit bist, den Jungs die Geschichte abzukaufen. Wo du doch nur zu gut weißt, dass die Leute gerne aus einer Ameise einen Elefanten machen.«

»Wenn die Ameise eine Leiche ist, dann werde ich sehr wohl hellhörig.« Thalmeier streichelte Mizzi, der sich jetzt genüsslich auf den Rücken warf und ihm seinen pelzigen Bauch hinstreckte. »Im Übrigen lässt sich ein Teil der Geschichte ja ganz leicht überprüfen. Du schaust morgen mal, ob es diese Grube gibt. Wenn ja, gehen wir dem mal nach.«

»Wir?« Stifter schien alles andere als begeistert zu sein.

»Ich hab eh nix zu tun, ich kann ja kommen und schaue mir die Sache an. Du brauchst, wie gesagt, nichts weiter für mich tun, als nach der Grube zu sehen.«

»Wenn es die gibt, beweist das gar nichts. Bis zu diesem Punkt glaube ich Noah seine Geschichte ja«, räumte Stifter ein, »ich glaube auch an die Schubkarre. Aber nicht an die Leiche.«

»Und noch etwas glaubst du ihm: den alten Mann mit dem kranken Auge. Den konnte der Junge erstaunlich gut beschreiben. Und wir beide wissen, dass es diesen Mann gibt.«

Damit hatte Thalmeier ein Argument ins Feld geführt, gegen das Stifter nichts mehr einzuwenden vermochte. Er versprach dem alten Polizisten, sich anderntags nach dem »Grab« umzusehen, und lud ihn noch für Samstag auf Andreas' Party ein. Dann legten sie beide auf.

Thalmeier sah auf die Uhr. Nun hatte er sich doch verspätet! Der Losinger Peter wartete bereits seit fünf Minuten am Bushäusel auf ihn. Sanft setzte er Mizzi auf den Boden, der sich mit einem Krallenschlag dafür revanchierte, und verließ das Haus. Er ging direkt über die abfallende Bergwiese vor seinem Haus ins Dorf, mit federndem Schritt und frohem Herzen.

*

Klaus lag zur Entspannung in der warmen Badewanne. Beate wärmte in der Zwischenzeit die Milch, um sich und ihrem Sohn einen heißen Kakao zu bereiten, und stellte dazu ein Schälchen mit Waffelröllchen auf den Tisch. Das Malefiz-Spiel war bereits aufgebaut, auch ein Teller mit geschmierten Broten, Cornichons und Sellerie aus dem Glas stand auf dem Tisch. Sie würden es sich heute gemütlich machen, hatte Beate beschlossen, und ihr schoss der Spruch »Glück ist in der kleinsten Hütte« durch den Kopf. Warum nach den Sternen greifen, dachte sie? Warum war Julius so anfällig für die Verheißungen von Volkmar und dann von diesem Heims gewesen? Das Geld, das sie gehabt hatten, war kein Vermögen. Es hätte nicht bis zu ihrem Lebensende gereicht, erst recht nicht, wenn einer von ihnen krank und ein Pflegefall geworden wäre. Aber Beate glaubte fest daran, dass sie die Fähigkeit hatte, auch mit wenig Geld kleine Oasen der Zufriedenheit zu schaffen. Ein warmer Kakao, eine Kerze, ein gemeinsames Spiel – mehr bedurfte es ihrer Meinung nach nicht, um glücklich zu sein. Sie war so erzogen worden, sie kannte es nicht anders. Aber Julius hatte das nicht gereicht. Sein Motor war es immer schon gewesen, mehr zu wollen als das, was er hatte. So war er gegen den Willen seiner Eltern aufs Lyzeum gegangen, hatte mit einem Stipendium Zahnmedizin studiert und sich auf Pump die Praxis aufgebaut. Dabei war es Julius nicht darum gegangen, im Luxus zu leben oder nach außen hin etwas darzustellen, sondern vielmehr um die Befriedigung des eigenen Ehrgeizes. Julius wollte sich selbst beweisen, dass er zu mehr in der Lage war. Vielleicht gerade, weil er eigentlich ein weicher und labiler Mensch war, dachte Beate wehmütig. Seit sie heute Mittag in Frankfurt aus dem Zug gestiegen war, war sie davon überzeugt, dass Julius nicht mehr lebte. Der Gedanke daran hatte sich auf der Zugfahrt zur Gewissheit verfestigt. Julius war zu Gudrun nach Lohdorf gefahren und dort war ihm ein Unglück geschehen. Denn da hatte das Böse auf ihn gelauert. Das Böse, das ihr leibhaftig in dem Gefangenen im Keller begegnet war. Nicht dieser Mann an sich war es gewesen, der ihr Angst gemacht hatte, aber die Tatsache, dass ihr eigener Mann fähig gewesen war, einem Menschen seine Freiheit zu nehmen. Ihn zu betäuben, zu entführen, in einen Keller zu sperren und ihn gefangen zu halten wie ein Tier. Dieser Moment der Erkenntnis war es, der Beate dazu gebracht hatte, mit ihrem Ehemann abzuschließen. Julius war tot, und er war in dem Moment gestorben, als sie den geschundenen Banker gesehen hatte.

Sie hatte Klaus von der Werkstatt abgeholt, und auf dem Weg nach Hause im Bus hatte sie seine Hände gehalten und beschlossen, sich auf ein Leben einzurichten, in dem es nur sie und ihren Sohn gab. Sie bekam eine kleine Rente; wenn Julius für tot erklärt werden würde, kam vielleicht noch etwas Witwenrente dazu. Sie würden eine kleinere Wohnung nehmen und Sozialleistungen beim Amt beantragen. Darum würde sie sich nun kümmern müssen. Beate war zuversichtlich, dass sie es schaffen würde. Im Ausfüllen von Anträgen war sie gut, sowohl damals als Sprechstundenhilfe als auch in der Zeit, da sie wegen der Zuschüsse zu Klaus' diversen Behandlungen, für die Therapien, Betreuer und Pflegehilfen, Antrag um Antrag ausgefüllt hatte. Sie würde das in Angriff nehmen. Gleich morgen würde sie sich an Julius' Schreibtisch setzen, seine Unterlagen durchgehen und bei der Volkshochschule einen Computerkurs belegen, um sich mit dem Internet und dem Mailen, und was es da sonst noch gab, anzufreunden. Julius hatte das auch geschafft.

Beate rief nach Klaus, damit dieser aus der Wanne kam, und ging zum Plattenschrank. Sie besaßen eine stattliche Sammlung an Vinylplatten. Klassik, aber auch Schlager und Chormusik waren darunter. Und natürlich eine große Sammlung von Operetten, ihre Lieblingsmusik. Sie kannte sie alle, und sie konnte beinahe jedes Lied mitsingen. Schon als Mädchen hatte sie die Operette geliebt, und wann immer im Stadttheater eine zur Aufführung gekommen war, hatte sie auf eine Karte gespart und war hingegangen. »Der Vetter aus Dingsda« war ihre Lieblingsaufführung gewesen, der Tenor, ein dunkeläugiger Jüngling, der ihr mit »Kindchen, du musst nicht so schrecklich viel denken – küss mich, und alles wird gut« monatelang den Schlaf geraubt hatte. Heute aber entschied sie sich für Carl Millöckers »Bettelstudent« – sie fand, dass dieses Singstück um betrogene Betrüger am treffendsten zu ihrer Situation passte. Sie besaß eine Platte von 1966, ein Geschenk ihrer Tante Traudl, mit den Berliner Symphonikern und Rudolf Schock. Die Aufnahme knisterte und knirschte, aber sie pflegte ihre Schallplatten sorgfältig und voller Hingabe und war stolz darauf, dass nicht eine einen Kratzer hatte.

Während der Chor der Frauen erklang und Beate die heiße Milch auf das dunkle Kakaopulver und den Honig goss, dachte sie darüber nach, was sie wegen Julius unternehmen sollte. Sie brauchte ihn nun nicht mehr zu schützen, dessen war sie sicher. Julius lebte nicht mehr, und wenn, dann sollte er für seine Tat zur Rechenschaft gezogen werden. Sie würde die Polizei benachrichtigen und eine Vermisstenanzeige aufgeben.

Klaus kam mit nass verstrubbelten Haaren und seinem karierten Schlafanzug ins Wohnzimmer und freute sich wie ein kleines Kind über das, was seine Mutter für ihn vorbereitet hatte: Abendbrot, Kakao und ein Spiel. Aber dann trübte sich sein Blick, und er sah Beate irritiert an: »Papa?«, fragte er.

Beate erklärte Klaus erneut, was sie ihm seit ihrer Rückkehr aus Bayern versucht hatte zu erklären: dass Papa auf einer Fortbildung war. Ein Seminar, das sich noch ein bisschen hinziehen würde. Sie hatte ein schlechtes Gewissen, dass sie Klaus anlügen musste, und obwohl dieser sich damit zufriedengab, sah sie, dass er die Vorstellung, dass Julius länger weg sein würde, nicht mochte. Er hing an Julius und würde immer wieder fragen. Während Klaus würfelte und den ersten Spielzug tat, malte sich Beate aus, was passierte, wenn sie Julius als vermisst meldete. Die Polizei würde ins Haus kommen. Alles auf den Kopf stellen, Befragungen durchführen. Und sie würden auch mit Klaus sprechen, mit seinem Betreuer und den Leuten aus der Werkstatt. Wollte sie ihrem Sohn das zumuten? Außerdem käme dann mit Sicherheit heraus, dass sie Klaus bei seinem Betreuer gelassen hatte und nach Lohdorf gefahren war. Dann würde sich die Polizei natürlich dafür interessieren, warum sie nach ihrem Mann gesucht, aber die Polizei nicht sofort eingeschaltet hatte. Diese Unruhe, die Fragen und all das wollte sie aber nicht in ihrem Leben haben und erst recht nicht in dem von Klaus. Es musste einen anderen Weg geben.

Beate nahm eine der weißen Barrieren vom Spielbrett und versetzte sie nach weiter oben. Dorthin, wo sie Klaus nicht ernsthaft blockieren konnte. Sie ließ ihn immer gewinnen. Vielleicht war es besser, überlegte sie, die Polizei suchte nicht direkt nach Julius. Dann könnte sie, wenn man auf sie kam, immer noch behaupten, ihr Mann habe sich für ein paar Tage von ihr und ihrem Sohn verabschiedet und seitdem nichts von sich hören lassen. Wenn sie sich unwissend stellte, würde man sie und Klaus vielleicht in Ruhe lassen, ihr lediglich ein paar Fragen stellen. Und sich dagegen intensiver mit Gudrun von Rechlin beschäftigen. Vielleicht würde die Polizei dann auch herausfinden, was mit Julius passiert war. Dies alles konnte sie mit einem einzigen Anruf bewerkstelligen. Sie müsste sich nur eine Telefonkarte besorgen, ihre Abscheu überwinden und zu einer dieser Telefonsäulen gehen, um die Polizei zu verständigen. Ihnen mitteilen, dass ein gewisser Hans Günter Heims entführt worden war. Anonym natürlich. Beate würfelte eine Sechs und warf eine von Klaus' Spielfiguren vom Feld. Klaus sah sie entsetzt an und war nah daran, in Tränen auszubrechen, aber sie lächelte ihn an, nahm seine Hand und beruhigte ihn. »Alles wird gut, Kläuschen. Du wirst sehen, du gewinnst trotzdem.« Klaus nickte besänftigt, würfelte, und Beate summte mit Oberst Ollendorf: »Ach, ich hab sie doch nur auf die Schulter geküsst.«

15.

Erneut ging die Sonne glutrot unter, und Gudrun stand am Küchenfenster und beobachtete die Häuser und Gärten. Für die Schönheit des Naturschauspiels hatte sie heute keinen Sinn. Die Situation von gestern wiederholte sich, und sie hatte das Gefühl, dass sie diese Sache niemals würde beenden können. Harald schlief wieder, natürlich. Sie war enttäuscht von ihm. Er redete kaum noch mit ihr, und manchmal spürte sie, dass er sie heimlich musterte, sein Blick war spöttisch bis feindselig. Auch sie war seiner überdrüssig. Es ging ihr nicht schnell genug, nichts verlief so, wie sie es geplant hatte. Sie seufzte. Warum waren die Männer in ihrer Umgebung so schwach? Warum Harald? Sie hatte über siebzig Jahre auf ihn gewartet, ihn geliebt und in ihrem Herzen getragen. In ihren Augen war er ein großer, starker und strahlender Held gewesen, und sie hatte sich nichts sehnlicher gewünscht, als mit ihm zusammen sein zu können. Noch vor vier Nächten schien dieser Traum in Erfüllung gegangen zu sein. Glücklich, überglücklich war sie gewesen, als er sie berührt hatte. Aber nun hatte sie genug von ihm. Harald gab ihr das Gefühl, dass sie nichts richtig gemacht hatte in dieser Entführungssache, mit ihrer Tochter, letztlich: in ihrem Leben. Aber was konnte sie dafür, dass Julius gestorben war? Und dass diese Buben in ihren Garten eindrangen? Volkmar das Geld verjubelt hatte? Und ihre Tochter ein Wrack war?

Gudrun von Rechlin wandte sich vom Fenster ab und machte sich ein kleines Abendbrot zurecht. Harald sollte selber sehen, wie er klarkam. Er versorgte sich auf seinem Hof in Ungarn schließlich auch allein, sie würde ihn nicht länger verwöhnen. Vielleicht würde er dann schneller wieder fahren, wenn sie ihn weniger bediente. Gottlob, dachte sie, war Annette so ein schwacher und labiler Mensch. Sonst hätte sie ein weniger leichtes Spiel gehabt, nachdem Annette erfahren hatte, dass sie einen Mann im Keller gefangen hielt. Kaum hatte Annette sie vorhin in der Küche zurückgelassen, hatte sie sich mühsam aufgerappelt. Harald hatte ihr nicht aufgeholfen, er hatte sich demonstrativ von ihr abgewandt und war ins Schlafzimmer zurückgegangen. Sie hatte sich eine kalte Messerklinge auf die Stelle am Hinterkopf gepresst, an welcher sie an die Spüle geschlagen war. Dann war sie hinuntergestiegen und hatte an der Kellertür im Erdgeschoss darauf gewartet, dass Annette wieder heraufkam. Sie war nicht lange im Keller geblieben und hatte versucht, schnell an ihrer Mutter vorbeizugehen, ohne sie eines Blickes zu würdigen oder das Wort an sie zu richten. Daraufhin hatte sie Annette festgehalten, aber diese hatte sich losgerissen. Um ein Haar wäre es erneut zu einer körperlichen Auseinandersetzung gekommen, aber nachdem Gudrun zweimal erleben musste, dass sie dieses nichtsnutzige Stück unterschätzt hatte, wollte sie es nicht darauf anlegen. Sie hatte Annette lediglich um den Kellerschlüssel gebeten, aber ihre Tochter hatte diesen verweigert. Dann hatte sie ansetzen wollen, ihr die finanzielle Situation darzulegen, aber Annette hatte nur den Kopf geschüttelt, die Augen voller Tränen, und hatte das Haus verlassen. Gudrun hatte noch einen Moment gelauscht, doch nur das Auf- und Zuklappen der Tür der Einliegerwohnung gehört. Sie musste auch nicht mehr hören, sie wusste, was jetzt geschah. Annette würde eine Flasche Weißwein öffnen. Und später noch eine. Und wenn sie dann nicht schlafen konnte – wie immer –, würde sie noch Valium nehmen. Mit zwei Tabletten würde sie beginnen und die Dosis im Lauf der Nacht erhöhen. Gudrun war beruhigt. Von Annette würde ihr keine Gefahr drohen. Sie würde schweigen. Und leiden.

Der Kanten des Vollkornbrotes war hart, aber Gudrun schaffte es trotzdem, kleine Stücke davon abzubeißen. Ihre Zähne waren bestens in Schuss, sie hatte sich immer an den Rat ihres Vaters gehalten und trockenes Brot geknabbert. Niemals schmiss sie altes Brot weg, es sei denn, es war verschimmelt. Trocken Brot macht Wangen rot. Und kalter Kaffee macht schön. Diese Ratschläge und Sprüche aus der Kindheit hatten sie ihr Leben lang begleitet und ihre Gültigkeit nicht verloren. Ein Indianer kennt keinen Schmerz.

Sie stand auf, räumte ihr Geschirr in die Spüle und ging nach unten. Sie würde es auch allein schaffen. Sie hatte Julius' Autoschlüssel, und sie hatte einen Führerschein. Dafür brauchte sie Harald nun wirklich nicht.

Das Garagentor klemmte. Seit Volkmars Tod hatte sie es nicht mehr geöffnet, war lediglich durch die Tür, die vom Garten in die Garage führte, hineingegangen. Hier hob sie ihre Gartengeräte auf, Dünger, Insektenspray. Obwohl sie dieses chemische Zeug gar nicht mehr benutzte, es war ihr zu teuer. Sie düngte mit ihrem Kompost, den sie regelmäßig belüftete, einmal im Jahr umschichtete, und ab und an warf sie eine Handvoll Kalk darauf. Den lagerte sie ebenfalls in der Garage. Gudrun überlegte kurz, dass sie der frischen Erde aus der Grube später, wenn die Schubkarre wieder frei war, Kompost untermengen sollte. Schließlich konnte sie diese Stelle im Garten nicht ungenutzt lassen, sie würde dort also auch pflanzen können. Sie müsste sich entweder Stauden besorgen oder Grünkohl und Feldsalat darin ziehen, für den Winter. Vielleicht konnte sie sich überwinden und Herrn Hiemer um Ableger seiner Obstbüsche bitten. Himbeeren, Brombeeren, Johannis- und Stachelbeeren.

Während sie mit ihren Gedanken bei ihrem Garten war, ruckelte sie an dem kleinen metallenen Hebel des Garagentors. Endlich löste sich dieser, ließ sich umlegen, und sie zog das Tor nach oben. Ächzend ließ es sich hochschieben, aber Gudrun horchte ängstlich in die Nacht. Das Geräusch war in ihren Ohren überlaut, es würde die gesamte Nachbarschaft alarmieren. Schließlich hatte sie es geschafft und räumte zufrieden in der dunklen Garage ein paar Sachen aus dem Weg, damit Julius' Auto hier parken konnte. Sie schwitzte und vergaß dabei die Zeit, so dass sie heftig zusammenzuckte, als Harald plötzlich in der Garage stand.

»Warum hast du mich nicht geweckt?«

Er stand direkt hinter ihr, sein Ton war schroff, und Gudrun von Rechlin spürte erstmals, dass sie sich vor ihm fürchtete.

»Du hast geschlafen. Ich schaffe das auch alleine.« Sie ging ein paar Schritte auf Abstand zu ihm.

»Wann bist du das letzte Mal Auto gefahren?«

»Ich habe einen Führerschein. Das reicht doch wohl für den kurzen Weg.«

Gudrun versuchte, die Garage zu verlassen, aber Harald stellte sich ihr in den Weg. Fordernd streckte er ihr eine Hand entgegen.

»Gib mir den Schlüssel. Ich parke den Wagen um.«

Sie zögerte. Sie wurde einfach nicht schlau aus ihm. Gestern und noch heute Nacht hatte er ihr deutlich gezeigt, dass er keine weiteren Ambitionen hatte, ihr künftig zu helfen, und nun bot er ihr doch Unterstützung an. Warum? Harald zog seine Hand wieder zurück. »Ich dachte, du wolltest kein Risiko eingehen.«

Gudrun sah ihn kurz an, holte den Schlüssel aus ihrer Schürzentasche und hielt ihn ihm hin. »Bitte. Dann mach.«

Zehn Minuten später steuerte der Jetta auf die Garage zu – ohne Licht. Harald hatte es für besser gehalten, die paar hundert Meter ohne Licht zu fahren, weil niemand den Wagen sehen sollte, wie er in Gudruns Garage einparkte. Gudrun dagegen glaubte, dies sei noch auffälliger, fügte sich aber drein. Harald tat sich schwer damit, den Wagen in die schmale Garage zu bugsieren, und während sie ihm ungeduldig dabei zusah, fragte sie sich, wie er es geschafft haben mochte, von Ungarn bis Lohdorf zu chauffieren, ohne Unfall. Der rechte Kotflügel schrammte an der Garagenmauer entlang, aber Harald schien das nicht zu registrieren. Konzentriert starrte er über das Lenkrad ins Dunkle und ruckelte den Wagen im ersten Gang hinein. Gudrun hörte, wie er mit Gewalt die Handbremse hochriss und schließlich den Motor abwürgte. Immerhin: Der Jetta war in Sicherheit. Sie zog von innen das Tor zu und sperrte ab. Harald zwängte sich aus der Fahrertür, er hatte zu nah an der Wand geparkt. Allerdings waren die Garagen früher offenbar für weniger breite und hohe Autos gebaut worden, der Jetta füllte den Raum fast zur Gänze aus. Harald setzte sich auf die Kühlerhaube und sah Gudrun an. Sie wich seinem Blick aus, sie wollte die Sache hinter sich bringen, Julius' Leiche endlich entsorgt haben.

»Komm, wir holen die Schubkarre.« Damit wendete sie sich von ihm ab und wollte in den Garten gehen. Aber er hielt sie auf.

»Gudrun«, sagte er, und seine Stimme war ganz weich. Sie drehte sich um. In seinen Augen meinte sie, Trauer zu erkennen. Er streckte ihr eine Hand entgegen. »Komm«, flüsterte er, »komm doch mal her.«

Sie musste sich am Türrahmen abstützen. Ihr Brustkorb krampfte sich zusammen. Sie wollte so gerne zu ihm gehen, sich von ihm in die Arme nehmen und trösten lassen. Sie würde die Augen schließen, für einen wunderschönen Moment seine starken Arme spüren und den Kopf an seine Brust legen. Sich ausruhen, geborgen sein. Dann würde sie ihre Augen wieder öffnen, und alles wäre gut. Es wäre ein schöner Tag im Spätsommer, sie hätte einen Zwetschgendatschi gebacken, sie säßen auf der Terrasse und würden Kaffee trinken. Das Haus wäre abbezahlt, es gäbe keinen Julius, keinen Gefangenen im Keller und auch keine Annette. Sie wäre glücklich mit ihm, mit der Liebe ihres Lebens. Mit Harald Tonndorff, dem stolzen Offizier der SS-Reiterstandarte Insterburg.

Der Schmerz in ihrem Brustkorb wurde so stark, dass er sie in die Knie zwang. Aber Gudrun wollte nicht aufgeben, nicht niedergerungen werden von sentimentalen Gefühlen und trügerischen Träumen. Sie schüttelte den Kopf und drehte Harald den Rücken zu. Auf unsicheren Beinen ging sie zu dem Gebüsch, in dem die Schubkarre mit der Leiche von Julius Klinger stand. Es gab noch Arbeit heute Nacht.

*

Er hatte geschlafen. Kein tiefer Schlaf, er war an der Oberfläche geschwommen, jederzeit bereit, aufzuwachen und sich gegen Angreifer zur Wehr zu setzen. Er fühlte sich wie ein Tier, gejagt und immer wachsam. Die helle Neonröhre verhinderte seinen Schlaf nicht mehr so wie in den ersten Tagen, aber sie hielt ihn davon ab, in die Tiefschlafphase zu gleiten. Deshalb war er auch sofort wach, als sich der Schlüssel im Schloss drehte. Die Frau trat ein, die Tochter. Er fragte sich, wie er sie vor ein paar Stunden noch für einen Engel halten konnte, so derangiert sah sie jetzt aus. Die Haare hingen ihr ins Gesicht, und obwohl sie gewaschen waren, wirkten sie ungepflegt. Ihr Gesicht war schlaff, die Züge verzerrt, als hätte jemand unsichtbare Gewichte daran gehängt, die ihre Haut mit aller Macht nach unten zogen. Sie trug noch immer die weißen Klamotten, jetzt allerdings ohne Schuhe. Sie hatte eine Flasche Wein dabei und zwei Gläser. Vorsichtig kam sie in den Raum, dabei fixierte sie ihn ängstlich. Er nickte nur zu Begrüßung. Seine Kehle war trocken. Sie hob die Flasche hoch.

»Ob Sie mit mir ein Glas trinken wollen?« Ihre Stimme war unsicher, ihre Zunge schwer. Er fragte sich, wie viel sie bereits intus hatte.

»Habe ich eine Wahl?« Seine Antwort fiel schroffer aus, als er wollte, er hatte sich noch nicht ganz unter Kontrolle. Sie zuckte zurück, und er verfluchte sich, denn er konnte es sich nicht leisten, sie vor den Kopf zu stoßen.

Sie war an die Wand neben der Tür ausgewichen und sah nun unsicher zu der Neonröhre empor. Statt ihm zu antworten, zeigte sie mit der Hand, in der sie die Flasche hielt, auf das Licht. »Ist das immer an?«

Er nickte.

»Wenn ich gehe, mache ich es aus«, murmelte sie, mehr zu sich selbst. Dann warf sie ihm einen kurzen scheuen Blick zu. »Möchten Sie, dass ich gehe?«

Er schüttelte den Kopf und zwang sich zu einem Lächeln. Er hoffte, es möge gewinnend ausfallen. Nicht zu matt. Ein bisschen leidend, das durfte schon sein. Aber kein Gewinnerlächeln. Sie rutschte mit dem Rücken an der Wand hinunter. Dann hielt sie noch einmal fragend die Flasche hoch: »Und?«

»Gerne.« Er zwang sich dazu. Eigentlich war Alkohol nicht seine Droge. Er hasste es, seinen Kopf nicht klar zu haben. Er war ein Kokser, etwas anderes kam nicht in Frage. Aber darum ging es jetzt nicht. Es ging um sie. Er musste sie für sich gewinnen.

»Vielleicht könnten Sie mir aber noch ein Wasser geben? Ich habe seit heute Mittag nichts mehr getrunken.« Er nahm den leeren Becher und drehte ihn demonstrativ um. Sofort schob sie sich wieder hoch und nahm ihm den Becher ab. Rasch und ohne ihn zu berühren. Sie fürchtete sich, als sei er ein gefährliches Tier an der Kette, dem sie besser nicht zu nahe kam. Sie ahnte nicht, wie recht sie hatte.

Sie schlüpfte aus der Tür, ließ diese aber offen. Er atmete tief ein, als sei das dort draußen eine andere Luft, die Luft der Freiheit. Dabei war es der gleiche abgestandene Kellerdunst wie hier drinnen. Aber für ihn war es ein Zeichen, Licht am Ende des Tunnels. Dass sie sich traute, die Tür seines Gefängnisses offen stehen zu lassen. Er wusste, dass er bald durch diesen Gang an die Oberfläche gelangen würde.

Sie kam zurück, stellte ihm den vollen Becher hin, der ein wenig überschwappte, und zog sich schnell, ohne ihn anzusehen, an die gegenüberliegende Wand zurück. Sie war etwas außer Atem, das hieß, dass sie sich beeilt hatte. Vermutlich, dachte er, weiß ihre Mutter, seine Peinigerin, nichts davon, dass die Tochter ihn besuchte.

Jetzt schenkte sie die zwei Wassergläser voll Weißwein. Ihm fiel auf, dass ihre Hand zitterte. Dann schob sie eines der beiden Gläser über den Betonboden zu ihm rüber. Er nickte. Sofort trank sie von ihrem, in großen Schlucken. Er nippte nur. Der Wein war nicht schlecht. Trocken, aber nicht sauer. Allerdings hatte er keine Ahnung davon. Dann sah sie ihn an. Ihre Augen waren glasig.

»Sie wussten nicht, dass ich hier unten gefangen bin?«, fragte er, um ihr eine Brücke zu bauen.

Sie schüttelte den Kopf, sah ihn an, dann trank sie erneut. Er wusste nicht weiter. Am liebsten hätte er sie angebrüllt, ihr seinen ganzen Hass und seine Wut entgegengeschleudert. Er wollte hier raus, und er würde dafür töten, stattdessen saß er diesem Wrack gegenüber und musste Konversation machen. Weil sie die einzige Hoffnung auf Freiheit war, die er im Moment hatte. Fieberhaft suchte er in seinem Kopf nach einem Gespräch. Er musste diese Sache am Laufen halten, sonst würde sie wieder weggehen. Und wer weiß, wie lange er dann warten müsste, bis sie wiederkam. Aber sie befreite ihn von seinen Überlegungen und kam ihm zuvor.

»Werden Sie vermisst?« Jetzt sah sie ihm direkt in die Augen. Sie war neugierig. Sie wollte ihn kennenlernen, etwas von ihm erfahren, von seinem Leben. Er überlegte kurz, ob er sie anlügen sollte. Dass er eine Frau hatte und zwei Kinder, die auf ihn warteten. »Nein. Mich vermisst niemand.«

Sie schien zu überlegen, bevor sie ihm die nächste Frage stellte. »Warum wollen Sie dann zurück?«

Er war perplex. Wie war das gemeint? Ob sie allen Ernstes annahm, dass sein Leben nichts wert war, nur weil niemand auf ihn warten würde? »Ich verstehe Sie nicht.«

»Warum ...«

»Ja«, schrie er und hatte sich nicht mehr unter Kontrolle, »ja, ich will zurück! Ich will raus hier! Raus!«

Sie presste sich mit dem Rücken noch fester an die Wand, ihre Augen waren aufgerissen, aber, jetzt fiel ihm das erst auf, die Pupillen waren winzig klein. Sie griff zur Flasche, und er dachte, dass sie aus dem Keller gehen würde, also kochte er sich runter, holte Luft und schüttelte resigniert den Kopf. »Sorry. Sorry, tut mir leid, aber ich bin so ..., ich kann nicht mehr.«

Sie rührte sich nicht, saß wie erstarrt an der Wand, die Hand am Flaschenhals. Es war still im Keller, er hörte seinen Atem. Er ging stoßweise. Nicht ruhig. Er war nicht ruhig. Er war ein Tier an der Kette, er wollte platzen vor Energie. Negativer Energie, die sich aus der Wut speiste.

»Ich weiß nicht, was auf Sie wartet.« Sie sprach leise und vorsichtig. »Aber so ein Leben. Ganz allein. Niemand, der um Sie weint. Was soll das?«

»Sie meinen, das Leben ist nur lebenswert, wenn man nicht einsam ist? Was für eine traurige Sichtweise. Mein Leben kann trotzdem erfüllt sein«, konterte er.

»Meines nicht.« Ihre Antwort kam schnell. Sie nahm wieder einen Schluck direkt aus der Flasche. Ihr Glas war längst leer, und ob er mit ihr trank oder nicht, es interessierte sie nicht. Zum Glück. Er hatte nur einen winzigen Schluck genommen, aber dieser war ihm sofort zu Kopf gestiegen, ausgehungert und unterzuckert, wie er war.

»Sie haben keine Familie?«, fragte er nach und dachte, natürlich nicht. So unglücklich, versoffen und hässlich, wie du bist.

Sie schüttelte den Kopf. »Ich war mal verheiratet. Es war nichts.« Sie verzog den Mund. »Für Kinder hat es nicht gereicht. Aber ich wollte auch keine.«

»Warum nicht?« Nicht, dass es ihn interessiert hätte, aber er musste das Gespräch am Laufen halten.

Sie sah ihn an, und ihr Blick war entrückt. Sie war unendlich weit weg und tief traurig.

»Sie haben meine Mutter erlebt.« Damit schob sie sich an der Wand hoch, nahm die Flasche und das leere Glas. »Soll ich es hierlassen?«, fragte sie und nickte mit dem Kinn auf sein noch volles Glas.

»Bitte. Gehen Sie noch nicht.« Er versuchte, nicht zu flehen, aber er konnte dennoch nicht verhindern, dass seine Stimme einen larmoyanten Unterton hatte. Sie antwortete nicht, ließ das Glas bei ihm stehen, ging zur Tür und legte die Hand auf den Lichtschalter.

»Warten Sie!« Aber sie hatte bereits gedrückt, und es wurde finster in seinem Kellerraum. Er sah ihre Silhouette im Türrahmen gegen das Licht im Flur, und so, als dunkler Schatten, war ihre Erscheinung erträglich. »Wie heißen Sie?«

Die Frau hatte die Tür schon ein Stück geschlossen, als sie plötzlich zögerte. Sie schien zu überlegen, ob es klug war, ihm ihren Namen zu nennen.

»Annette.« Die Antwort klang fast wie eine Frage.

»Hans«, rief er in den schmalen Spalt, der jetzt noch blieb und durch den ein zentimeterschmaler Streifen Licht fiel, »ich heiße Hans.«

Die Tür wurde kommentarlos geschlossen, die Geräusche von draußen verschluckt, aber er wusste, dass er einen Pfeiler eingeschlagen hatte. Sie kannte seinen Namen. So jemanden ließ man nicht verrecken.

16.

Heute hatte Herr Regmaier nicht auf ihn am Wendehammer gewartet. Und Stifter war dankbar dafür. Er war nicht in bester Stimmung, was damit zusammenhing, dass sein »neuer Freund Schorsch« ihn für Spitzeldienste einspannte. So jedenfalls sah Johannes Stifter das. Denn Georg Thalmeier, Mordermittler a. D., sollte sich seiner Meinung nach aus den Vorgängen in Lohdorf heraushalten. Zumal für Stifter keineswegs auf der Hand lag, dass es da Vorgänge gab, die außerhalb des privaten Interesses lagen. Stifter war der festen Überzeugung, dass Noah und sein Freund Luki sich in pubertärem Hormonüberschuss eine krude Geschichte zusammenphantasiert hatten. Natürlich gab es den alten Mann mit dem kranken Auge, aber das belegte den Wahrheitsgehalt der Geschichte mit dem Grab und der Leiche keinesfalls. Der Briefträger ärgerte sich, dass er sich von Thalmeier hatte einspannen lassen und zugesagt hatte, bei den Damen von Rechlin nach Auffälligem Ausschau zu halten. Er hatte schlecht geschlafen, war dann am Morgen viel zu spät zur Arbeit aufgebrochen, hatte aus diesem Grund sein eigenes Fahrrad genommen, anstatt zu Fuß zu laufen – und hatte auf der halben Strecke einen Platten gehabt. Er war in eine Glasscherbe gefahren und hatte sich den Hinterreifen aufgeschlitzt. Das Fahrrad hatte er vor dem Optiker abgestellt, ohne Schloss, das lag noch in seiner Hütte, und war den Rest der Strecke zu Fuß gegangen. Während des Briefesortierens hatte er sich ein bisschen beruhigt, die Konzentration auf die Adressen und Postleitzahl gelegt. Die Wiederkehr der immer gleichen Hausnummern und Namen hatte etwas Kontemplatives, und seine Stimmung hatte sich leicht gebessert.

Nun stand er nach der halben Tour hier an der Bäckerei am Novalisplatz, und ihm fiel auf, dass es im Vergleich zu den Tagen davor eine Veränderung gab. Er starrte zehn Minuten auf die Bäume, die Blumenrabatten und die beiden grünen Holzbänke, aber er kam nicht drauf, was es war, das bei ihm diesen Eindruck hervorgerufen hatte. Er würde seine Tour schnellstmöglich beenden, sich auf dem Heimweg bei der Buchhandlung ein schönes Buch gönnen, das Radl flicken und sich dann in seinen Liegestuhl fläzen. Der restliche Tag war leer, und er hatte auch nicht vor, ihn mit gewollter Aktivität zu füllen.

Der Kaffee schmeckte ihm heute lasch, er schüttete die Hälfte weg. Auch auf die Butterbreze hatte er keine Lust und steckte sie, in die Serviette gewickelt, in seine Tasche. Selbst die Verkäuferin konnte ihm mit ihrem freundlichen Lächeln und dem gezwitscherten »Servus« nicht den Tag versüßen.

Stifter schob das schwere Fahrrad an, nahm die Wettersteinstraße ins Visier und rollte über die Gehsteigkante. Er war noch nicht ganz in die Straße eingebogen, als ihm auffiel, was den Eindruck der Veränderung bewirkt hatte. Der dunkelblaue Mercedes Benz des alten Mannes war am Novalisplatz geparkt. Das Gefährt war auffällig, es wirkte wie ein Dinosaurier zwischen den silberfarbenen und schwarzen schnittigen Neuwagen. Es war auch deshalb auffällig, weil exakt an dieser Stelle in den letzten Tagen ein VW Jetta geparkt hatte, mit dem halben Hinterrad auf dem Gehsteig.

Der Benz erinnerte ihn an den alten Mann und seine Aufgabe, und unwillkürlich spürte Stifter ein Kribbeln am Rückgrat.

Er warf die Post bei Damaschke, Siems und Dehnert ein, und je näher er an das Grundstück der Rechlins herankam, desto unruhiger wurde er. Was hoffte er dort zu entdecken? Oder vielmehr, was hoffte er *nicht* zu entdecken. Denn wenn Johannes eines fürchtete, war es Veränderung. Er war aus Brandenburg geflüchtet, weil ihm seine kleine private Idylle durch einen Mord und den daraus resultierenden Sumpf an nachbarlichen Widerlichkeiten ein Verharren unmöglich gemacht hatte. Nun war er gerade mal ein halbes Jahr in Lohdorf, er war noch nicht einmal ganz angekommen, da war seine innere Ruhe schon wieder gefährdet. Er wünschte sich, dass er den dunklen, muffigen Flur des Rechlinschen Hauses niemals betreten hätte.

Die Gartenmauer des weitläufigen Grundstücks hatte er nun erreicht. Er bremste ab und sah sich um. In den umliegenden Gärten konnte er niemanden entdecken, selbst Herrn Hiemer nicht. Stifter warf einen unauffälligen Blick über die Mauer, aber das Gebüsch war so dicht, dass er das dahinterliegende Rasenstück nicht einsehen konnte. Doch er erkannte die Stelle, an der Noah und Lukas über die Mauer geklettert sein mussten. Man konnte die schmutzigen Abdrücke ihrer Sneakers auf der weißen Mauer deutlich erkennen. Außerdem waren am Sanddorn einige kleine Zweige abgebrochen. Hier mussten die Jungs in den Garten eingedrungen sein. Laut Noah waren sie lediglich ein paar Meter durch das dichte Gebüsch geschlichen, bevor er in die tiefe Grube gestürzt war. Tatsächlich knickte der Garten an dieser Stelle ab, das Grundstück verlief nach links, nicht einsehbar noch ein Stück weiter. Hier musste, wenn es denn stimmte, was die Teenager behaupteten, die Grube sein, und dort hatte angeblich die Schubkarre mit dem verschnürten Paket gestanden. Johannes Stifter erkannte, dass er von seiner Position aus nicht den richtigen Einblick in den Garten gewinnen konnte, und setzte gerade einen Fuß auf die Pedale, als er die alte Gudrun von Rechlin in der Nähe ihrer Terrasse erblickte. Sie trug eine Kittelschürze und Gummihandschuhe und schob eine Schubkarre vor sich her. Darin lag allerdings keine verschnürte Leiche, sondern ein Haufen Gartenkompost. Sie hatte den Briefträger nicht bemerkt, und Stifter wartete nun doch ab, bevor er weiterfuhr. Durch das wildwuchernde Gestrüpp aus Flieder, Bauernjasmin, Weißdorn und Schlehe beobachtete er, wie die alte Frau mit der schweren Schubkarre just in jenen Teil des Gartens ging, in welchem sich das abendliche Drama angeblich abgespielt hatte. Er schob sein Fahrrad ein Stückchen weiter, noch immer gut verdeckt von der Hecke hinter der Gartenmauer. Nun konnte er einen winzigen Part des versteckt liegenden Teils einsehen. Gudrun von Rechlin hatte die Schubkarre abgestellt und schaufelte jetzt den Kompost auf ein Stück Erde. Offensichtlich legte sie ein neues Beet an, woran zunächst nichts ungewöhnlich war. Auch nicht, dass das Beet die exakten Ausmaße einer Grabstelle hatte.

»Hallo, Herr Postbote!«

Stifter zuckte zusammen, identifizierte die Stimme, die ihn von der gegenüberliegenden Straßenseite rief, aber schnell als die des Herrn Hiemer. Tatsächlich stand der freundliche Gärtner plötzlich an seinem Zaun und hob ein kleines Spankörbchen in die Höhe.

»Dafür, dass Sie mir seit Tagen keine Post bringen!« Herrn

Hiemers rote Bäckchen strahlten mit denen seiner Äpfel, die er in den Korb gepackt hatte, um die Wette.

»Das tut mir leid, Herr Hiemer, aber meine Schuld ist das nicht. Es war einfach nichts für Sie dabei.« Johannes Stifter stellte das Fahrrad wieder ab und ging hinüber auf die andere Straßenseite.

Herr Hiemer lachte. »Ich meine es so, wie ich es sage.« Damit reichte er Stifter das Apfelkörbchen über den Zaun, der dieses dankend entgegennahm. »Ich bin froh um jede Rechnung, die nicht kommt. Und die Rentenbescheide gucke ich mir auch nicht so gerne an.«

Stifter konnte sich nicht ernsthaft vorstellen, dass der freundliche ältere Herr jemals in argen Geldnöten sein könnte. Das freistehende Einfamilienhaus aus den fünfziger Jahren war adrett und gut in Schuss, das Grundstück so weiträumig, dass Herr Hiemer es notfalls locker für eineinhalb Millionen würde losschlagen können.

Stifter roch an den Äpfeln und sog den angenehm säuerlichen Duft tief ein. »Jetzt ist Hochsaison im Garten, oder?«, erkundigte er sich, und Herr Hiemer hob weitschweifig an, Johannes Stifter in die Feinheiten der Bodenlockerung, Staudenpflanzung, Düngung und Rasenvertikutierung einzuführen. Stifter hörte nur mit halbem Ohr hin und warf immer wieder einen möglichst unauffälligen Blick auf das Grundstück Gudrun von Rechlins. Hiemer bemerkte das und zeigte mit dem Daumen auf die gegenüberliegende Straßenseite.

»Sogar bei den Damen wird geschafft. Ich habe der alten Rechlin vor einer Stunde ein paar Ableger überlassen.«

Stifter nickte. »Ich seh's. Dass Frau von Rechlin in dem Alter noch diese schweren Arbeiten ausführen kann, Respekt.«

»Sie hat ja Hilfe.« Herr Hiemer zuckte mit den Schultern. »Allerdings ist ihr Gärtner noch älter als sie selbst. Ich an ihrer Stelle hätte mir ja einen Jüngeren gesucht.« Der ältere Herr zwinkerte Stifter vertraulich zu.

Johannes Stifter hätte nach dem Auge fragen können. Aber er vermied es, sich das bestätigen zu lassen, was er ohnehin schon wusste. Der Mercedes-Mann war im Garten von Frau Rechlin zugange. Vielleicht hatte er die Grube in der Größe eines Grabes ausgehoben, so wie Noah es ihm geschildert hatte. Aber die war heute zugeschüttet und wurde nun bepflanzt. Was vielleicht auch immer schon ihre Bestimmung gewesen war. Andererseits: Warum sollte man ein Beet so tief ausheben, dass ein eins achtzig großer Jugendlicher aufrecht darin stehen konnte? Vor allem, wenn man es dann doch wieder zuschüttete, um ein paar Obststauden einzupflanzen?

Johannes Stifter dankte für die Äpfel und verabschiedete sich mit dem Verweis auf sein Tagespensum, das noch zu erledigen war. Dann stellte er das Obstkörbchen vorn in den angeschweißten Gepäckträger seines Postfahrrades und schob dieses zum Eingang der Rechlins. Er hatte lediglich zwei Werbesendungen, hielt sich aber extra lange am Gartentor auf. Weder Annette von Rechlin noch der einäugige alte Mann ließen sich blicken. Gudrun von Rechlin war noch immer im hinteren Teil des Gartens beschäftigt, und Stifter sah sich in Ruhe um, ohne zu wissen, was er suchte. Es war alles wie immer. Erleichtert, dass sich Noahs Geschichte weder beweisen noch widerlegen ließ, schwang Johannes Stifter das rechte Bein über den Sattel und wollte zum benachbarten Grundstück rollen, da fiel sein Blick auf die Garageneinfahrt. Die Disteln, der Löwenzahn und das wildwuchernde Gras waren niedergedrückt, zum Teil im Garagentor eingeklemmt. Offenbar war jemand in die Garage hinein- oder herausgefahren. Und das nicht besonders geschickt, denn an der rechten Mauerseite waren frische horizontale schwarze Streifen, die darauf hindeuteten, dass ein Wagen dort entlanggeschrammt war. Bis er einen Teil der steinernen Garageneinfassung abgefahren hatte. Ein Stück der Mauer war herausgebrochen. Vielleicht hatte sich in der Garage ein Auto befunden, das gestern herausgefahren worden war. Vielleicht der dunkelblaue Benz? Aber warum sollte Gudrun von Rechlins Gast draußen parken, wenn ihm eine Garage zur Verfügung stand?! Johannes Stifter beschloss dennoch, seiner Beobachtung nicht allzu viel Bedeutung beizumessen, ein Auto aus oder in die eigene Garage zu fahren war schließlich nicht strafbar. Dennoch würde er Georg Thalmeier bei Gelegenheit davon erzählen.

*

»Polizeiabschnitt 11, Lembach.«

»Ja, guten Tag. Ich möchte etwas anzeigen.«

»Ihr Name?«

»...«

»Hallo? Mit wem spreche ich bitte?«

»Das kann ich nicht sagen.«

»Es tut mir leid, aber wenn Sie Ihren Namen nicht nennen, kann ich keine Anzeige aufnehmen.«

»Ein Mensch ist entführt worden!«

»Bitte sagen Sie mir Ihren Namen und Ihre Adresse. Es handelt sich offenbar um ein Kapitaldelikt ...«

»Ein Banker. Er heißt Heims, Hans Günther Heims. Vor zwei Wochen haben sie ihn entführt. Er ist aus Frankfurt.«

»Hallo, hören Sie? Wir müssen der Sache nachgehen …«

»Suchen Sie im Süden.«

Hektisch drückte Beate den kleinen Metallpin, an dem der Hörer aufgehängt war, um das Gespräch zu beenden. Ihr war schlecht, ihre Beine zitterten, und sie musste sich an der Telefonsäule festhalten, um nicht der Länge nach hinzuschlagen. Sie versuchte, tief und gleichmäßig durch die Nase zu atmen. Jetzt war es wichtig, schnell von diesem Ort wegzukommen, vielleicht beobachtete man sie schon. Zwar wusste sie aus dem Fernsehen, dass es einige Zeit brauchte, bis man einen Anruf zurückverfolgen konnte, aber wer weiß, vielleicht war die Technik heutzutage schon viel weiter, als man den Zuschauern vorgaukelte. Vielleicht hatte bei der Polizistin schon ein Lämpchen aufgeblinkt und sofort angezeigt, von welchem öffentlichen Fernsprecher aus sie anrief.

Beate Klinger versuchte, sich möglichst unauffällig die dünnen schwarzen Lederhandschuhe auszuziehen, die sie sich zur Vermeidung von Fingerabdrücken übergestreift hatte. Sie klebten an ihrer schweißigen Haut, so dass Beate ungeduldig daran zerren musste, bis sie sie endlich abgestreift hatte. Dann ging sie mit zittrigen kleinen Schritten zur Bushaltestelle und nahm den erstbesten Bus. Drei Haltestellen später stieg sie aus, um auf der gegenüberliegenden Straßenseite einen anderen Bus zu nehmen, der sie zu einer U-Bahn-Station brachte. Beate fuhr noch eine gute halbe Stunde quer durch die Stadt, bis sich ihr Herzrasen gelegt hatte und sie sich imstande fühlte, zu Hause die Wäsche zu machen, einen Wirsingeintopf zu kochen und auf Klaus zu warten.

Wie lange würde es dauern, bis sie an ihrer Tür klingelten? fragte sie sich. Und hoffte inständig, dass sie dann in der Lage war, so glaubhaft zu lügen, dass sie ihren Sohn aus allem heraushalten konnte. Alle Schuld sollte auf Gudrun von Rechlin fallen, die den Mann in ihrem Keller hielt wie ein Tier. Und Julius? Die Polizei musste herausfinden, wo Julius war. Wenn er lebte, dann sollte ihr Mann seine verdiente Strafe erhalten. Wenn er aber tot war, wovon Beate im Moment ausging, dann sollte die Alte in Lohdorf allein büßen. Diese Hexe musste in der Hölle brennen!

Nie zuvor hatte sie einen so glühenden Hass empfunden. Sie hätte sich dem Schmerz und der Trauer hingeben müssen. Vielleicht hätten diese sie so übermannt, dass sie nicht mehr fähig gewesen wäre, ihr eigenes Leben und das ihres Sohnes zu meistern. Aber der Hass hielt sie aufrecht und war der Motor dieser Tage.

Beate hatte die Geschirrhandtücher und Servietten gebügelt, zwei Hemden von Julius, die noch vor seinem Weggang in der Wäsche gelandet waren, sowie eine Bluse und mehrere Stofftaschentücher. Nun räumte sie die Wäsche weg. Sie zog die Schublade auf, in der Julius seine Socken, Gürtel und Taschentücher aufbewahrte, und nahm ein Paar der bordeauxroten Herrenstrümpfe heraus. Sanft strich sie darüber. An diesem Stück Wolle rührte sie der Ausdruck von Unschuld und Hilflosigkeit, gleichzeitig steckte darin die Sorgfalt, mit der sie über Julius' leibliches Wohl gewacht hatte. Es hatte Jahre gedauert, bis sie die richtige Strumpfmarke gefunden hatte. Nicht zu lang und nicht zu kurz, ein elastisches Bündchen, das nicht drückte, aber dennoch das Rutschen verhinderte. Wolle, die nicht kratzte, aber trotzdem wärmte. Sie wusch die Socken mit Wollwaschmittel, damit Julius, wenn er schwitzte, von der Wolle keine Pusteln bekam. Sie legte sie stets sorgfältig zusammen, rollte sie auf und zog dann das Bündchen des einen Strumpfes über die gesamte Rolle. Dann legte sie die Strumpfrollen gerade hintereinander in die Schublade, nach Farben geordnet, so, wie Julius es mochte. Das war der Kitt ihrer Ehe gewesen. Dass sie wusste, wie sie ihn glücklich machen konnte, mit den scheinbar banalsten Verrichtungen. Wo sie Ordnung schuf, damit er nicht aus der Bahn geriet. Beate tat die Strumpfrolle wieder an ihren Platz zurück, als sie ein Stück Papier unter den Strümpfen bemerkte. Sie zog es hervor und erstarrte. Es war eine Rechnung für Handschellen. Gekauft vor zwei Monaten. Sie wusste, wo diese Handschellen sich jetzt befanden. Sie umschlossen das wundgescheuerte Handgelenk eines hilflosen Mannes in Gudrun von Rechlins Keller. Beate ging in die Küche, holte eine große Plastiktüte und räumte die oberste Schublade der Wäschekommode ihres Mannes aus. Sie war gewiss, Julius würde diese Kleidungsstücke nicht mehr brauchen. Entweder weil er tot war, oder weil er ins Gefängnis gehen musste. Und sie hätte im Moment nicht gewusst, welche der beiden Möglichkeiten ihr lieber wäre.

*

Heute Morgen war Harald schon vor dem Frühstück verschwunden. Sie war davon wach geworden, dass er sich in der Küche einen Kaffee gekocht hatte, da war es fast noch dunkel gewesen. Er schlief nicht mehr bei ihr im Bett. Es tat ihr körperlich weh, wenn sie daran dachte, wie er neben ihr gelegen hatte. Sie war es nicht gewohnt gewesen, dass jemand neben ihr lag. Sosehr sie Volkmar verachtet hatte, zum Schluss, und wie sehr er sie auch angewidert hatte, sie hatte schnell gespürt, dass ihr die Gesellschaft im Bett fehlte. Nicht das Sexuelle, das hatte naturgemäß zwischen ihr und ihrem Ehemann keine Rolle mehr gespielt. Auch nicht das Schnarchen, das Deckewegziehen oder die kleine Erschütterung, wenn Volkmar, der zierliche, sich im Bett von einer Seite auf die andere warf. Nein, es war die Wärme, die bloße Gegenwart eines lebenden Körpers, die die tröstliche Gewissheit barg, nicht allein auf der Welt zu sein. Gudrun hatte bloß die Hand auszustrecken brauchen, manchmal tat sie das unbewusst im Schlaf, um den Menschen auf der anderen Seite des Bettes anzufassen, seine trockene Haut, so dass sie beruhigt wieder weiterschlafen konnte, wissend, dass sie nicht vereinsamte. Dieses Gefühl war mit Harald jäh in ihr Leben zurückgekehrt, und jetzt spürte sie voller Trauer, was sie die vergangenen Jahre vermisst hatte.

Aber als sie gestern Nacht aus der Garage zurückgekommen waren, hatte Harald sich, ohne dies zu kommentieren, auf das kleine Sofa gelegt, worauf er der Länge nach gar nicht passte. Er war fast neunzig, aber er nahm die unbequeme Schlafgelegenheit lieber hin, als mit ihr in einem Bett zu liegen. Dann sollte er doch fahren!

Wütend warf Gudrun die Kartoffeln in die Spüle, bevor sie sie unter kaltem Wasser mit der Wurzelbürste sauber schrubbte. Sie ärgerte sich, dass sie ihm das Geld angeboten hatte. Natürlich würde er jetzt nicht nach Ungarn zurückgehen. Nicht bevor er das Geld hatte. Das hatte sie sich selbst eingebrockt. Aber es überstieg ihre Kraft, ihn auch noch loswerden zu müssen. Sie hatte Beate vertrieben, und Julius war nun endlich aus dem Weg. Die Sache mit Annette machte ihr Sorgen, gestern war sie schon wieder unten im Keller gewesen. Ihre Tochter redete nicht mehr mit ihr, was ja auch kein Wunder war, auch für sie war es kein Verlust, aber das bedeutete auch, dass sie Annette nicht mehr kontrollieren konnte. Gudrun hoffte nur inständig, dass Annettes Vorrat an Alkoholika und Tabletten noch so lange reichte, bis sie das Geld von Heims hatte. Annette durfte ihr nicht in die Quere kommen. Und wenn sie das Geld hatte, dann musste sie sich Gedanken um Heims machen.

Sie drehte das kalte Wasser ab. Das war der schwache Punkt ihres Plans. Ursprünglich hatten sie und Julius stillschweigend gehofft, dass sie das Geld an sich bringen und den Banker danach so unter Druck setzten könnten, dass sie ihn lebend freiließen. Sie hatten sich vorgestellt, dass dieser so froh sein würde, mit dem Leben davongekommen zu sein, dass er auf eine Anzeige verzichtete. Erst Harald hatte ihr vor Augen geführt, wie naiv diese Vorstellung war. Dieser Heims war mit allen Wassern gewaschen. Er hatte kein Problem gehabt, Hunderte von Anlegern um ihr Erspartes zu bringen, warum sollte er sich von den Drohungen zweier klappriger Rentner einschüchtern lassen? Sie musste ihn töten. Harald würde diese Aufgabe nicht für sie erledigen, das hatte er sie deutlich wissen lassen.

Gudrun setzte das Wasser für die gewaschenen Kartoffeln auf und tat Lorbeer, Kümmel und Salz hinein. Dann nahm sie sich einen Zettel und notierte die nächsten wichtigen Schritte. Sie musste ein Papier erstellen, worin Hans Günther Heims erklärte, dass er ihr, im vollen Bewusstsein seiner geistigen Fähigkeiten, sein Vermögen überschrieb. Eine Bankvollmacht über sein Konto wäre günstiger gewesen, aber dann hätten sie gemeinsam bei seiner Bank vorsprechen müssen. Gudrun überlegte. Auch das überschriebene Vermögen war riskant, das würde eventuell nicht ohne weiteres gehen. Am günstigsten wäre es, er würde Überweisungen ausstellen. Das lief dann wohl bei der Bank anonym über Computer. Und die erste Rate, vielleicht 50 000 Euro, würde sie sofort an Harald weiterreichen, damit dieser endlich abhaute. Die zweite Rate würde der Gerichtsvollzieher bekommen, damit wäre die Zwangsversteigerung zunächst abgewendet.

Gudrun war mit sich zufrieden. Das war der erste Punkt auf der Liste: Überweisungsträger von Heims' Bank besorgen. Diese sollte er unterschreiben, sie würde sie dann bei der Bank einstecken. Inzwischen würde sie Wein und Valium für Annette besorgen müssen, damit diese nicht auf falsche Ideen kam und ihren Plan gefährdete. Sie schien fasziniert von dem Gefangenen im Keller zu sein, am Ende erzählte sie noch ihren Freundinnen davon oder versuchte gar, den Mann zu befreien. Sobald Harald weg war und sie genügend Geld von Heims bekommen hatte, würde sie überlegen müssen, wie sie ihn loswurde.

Jetzt fiel ihr etwas ein. Julius hatte darüber gesprochen. Dass er sich etwas besorgt hatte. Über einen Kontakt aus dem Internet. Etwas, das er immer bei sich trug. Eine Zyankalikapsel. Weder im Trenchcoat noch in der Tasche hatte sie so etwas gefunden. Vielleicht hatte er die Kapsel in der Hosentasche? Es würde ihr nicht erspart bleiben, in die Garage zu gehen. Und in den Hosentaschen zu suchen.

Das Kartoffelwasser kochte über, es zischte und brodelte auf der Herdplatte, Gudrun nahm den Topfdeckel ab und pustete auf den Schaum, der sich gebildet hatte. Sie starrte auf die kochenden Kartoffeln und dachte dabei an den Körper, den sie gestern Nacht in den Jetta gelegt hatten. Fest verschnürt in die Decke. Und dann hatte sie noch den Kalk darüber gestreut. In der Hoffnung, dass dieser bei der Zersetzung des Leichnams helfen möge und die Geruchsbildung verhinderte. Sie konnte sich nicht vorstellen, unter diesen Umständen zu Julius' Hosentasche vorzudringen. Aber sie unterdrückte den Brechreiz, nahm ihren Erledigungszettel vom Tisch und verstaute ihn in der Kittelschürze. Sie würde Schritt für Schritt vorgehen.

*

»Wenn Sie möchten, kann ich Ihnen auch helfen.« Sie stand vor ihm, mit einer Metallschüssel, und hielt das kleine weiße Gästehandtuch, das er als Waschlappen benutzen sollte, hoch.

»Danke, nein, das kann ich schon selber«, wehrte er ab. Er sah ihr an, dass sie enttäuscht war, aber er konnte sich von ihr doch nicht waschen lassen! Ja, ihm graute es bei der Vorstellung einer Berührung.

Also stellte sie die glänzende Schüssel vor ihn hin. Das Wasser verströmte einen milden Seifengeruch, und er konnte es kaum abwarten, bis sie den Keller verlassen hatte und ihn allein ließ. Seit so vielen Tagen saß er schwitzend im Keller, er roch angewidert den beißenden Geruch, der mittlerweile von ihm ausging. Er war ihr unendlich dankbar für die aufmerksame Geste, aber er wollte, dass sie endlich verschwand. Sie zögerte, sah ihn fast bittend an, aber als er nicht reagierte, schob sie das große Handtuch noch näher an ihn heran.

»Danke.« Er zwang sich zu einem knappen Lächeln.

Sie verzog scheu den Mund und verließ den Raum.

Er riss die Knöpfe seines stinkenden Hemdes ab, schlüpfte mit der linken Hand hinaus und schob es so weit über den rechten Arm, dass es nur noch an den Handschellen hin. Dann zog er die Schüssel zu sich her und versenkte seinen Kopf darin. Er tauchte so tief wie möglich ein. Er schnaubte und rieb sich mit der freien Hand über Gesicht und Nacken.

Dann kam er hoch und holte tief Luft, wie ein Ertrinkender, nur um gleich wieder unterzutauchen. Er drückte das kleine Handtuch nicht aus, sondern fuhr sich damit über den gefesselten Arm, unter die Achseln und über den Oberkörper, dass das Wasser in Bächen an ihm hinunterrann. Sein Gürtel und der Hosenbund trieften schon. Er zögerte kurz und versuchte zu horchen, ob sie vor der Tür wartete, dann zerrte er an Hose und Unterhose, bis er sich beider Kleidungsstücke entledigt hatte. Die Socken trug er schon seit Tagen nicht mehr. In gebückter Haltung wusch er sich den Unterleib, Beine und Füße, und er spürte mit jedem Zentimeter, den er sauberrieb, wie das Leben in ihn zurückkehrte. Seine Stärke. Er liebkoste mit dem Wasser seinen sehnigen Körper, er bewunderte seine Muskeln und dachte, wie sehr er sich liebte und wie verwerflich es gewesen war, nicht an sich zu glauben. Er war mächtig, er war stark, er war ein Tier. Bei dem Gedanken an seine Kraft und Potenz bekam er eine Erektion, und wenn er sich der Gegenwart des weiblichen Wracks da draußen nicht so sehr bewusst gewesen wäre, hätte er sich mit Freuden einen runtergeholt. Als er alles Wasser aus der Schüssel verspritzt und jede Pore seines Körpers gereinigt hatte, jedenfalls die Stellen, die er mit der freien Hand erreichen konnte, setzte er sich im Schneidersitz auf das große Handtuch, wickelte es so um seine Lenden, dass es seine Genitalien verbarg, und stieß ein tief befriedigtes Grunzen aus. Ein weiterer Schritt in die Freiheit war getan, dessen war er sich ganz sicher.

Keine zwei Minuten später öffnete sich vorsichtig die Kellertür, und sie trat ein. Sie hatte also draußen gewartet und gelauert, dachte er. Sie konnte nicht von ihm lassen, sie war fasziniert von dem Tier im Keller.

Lächelnd nahm sie die Schüssel an sich und vermied es

ängstlich, auf das weiße Handtuch um seine Lenden zu starren. Sie sammelte auch seine Hose, seine Unterhemden und seine Socken ein.

»Soll ich das für Sie waschen?«

Er lächelte sie an. »Verbrennen Sie es.«

Sie sah ihn an, und er bemerkte das matte Glänzen ihrer Augen. Sie hatte schon wieder getrunken. Außerdem war sie seltsam verlangsamt, also hatte sie vermutlich auch Pillen eingeschmissen. Mit dem benebelten Hirn konnte sie seine Antwort nicht einordnen.

»Wenn Sie denken, dass ich das hier überlebe, dann dürfen Sie mir gerne etwas Neues besorgen. Falls nicht – auch gut. Dann brauche ich keine Klamotten mehr. Warm genug ist es ja hier unten.«

Ihre Lippen begannen zu zittern. Er hoffte, dass sie nicht in Tränen ausbrechen würde, sie war nah dran.

»Ich befreie dich«, flüsterte sie. »Ich hole dich hier raus.«

Dann verschwand sie schnell und huschte aus der Tür, ohne noch einmal einen Blick auf ihn zu werfen.

Am liebsten hätte er laut gebrüllt. Er wusste nun, er würde siegen. Nicht allein, dass er aus dem Keller herauskam. Er würde seine Peiniger vernichten.

17.

Als Harald gegen sechs Uhr abends noch immer nicht zurückgekommen war, musste sie den Schritt selber tun und in den Keller gehen. Sie war schockiert gewesen über den Anblick des Mannes. Er hatte im Schneidersitz auf seiner Matte gesessen, nackt. Er hatte sie angegrinst, aber kein Wort mit ihr geredet. Auf die Frage nach seiner Bankverbindung hatte er selbstverständlich nicht geantwortet, und weil sie sich keine Blöße geben und Schwäche zeigen wollte, hatte sie sich schweigend zurückgezogen. Kein Wasser und kein Essen mehr. Wenn Annette sich so hingebungsvoll um ihn kümmerte, dann sollte sie es doch ganz übernehmen. Gudrun hätte gerne gewusst, wie es dazu gekommen war, dass sich der Gefangene seiner Kleider entledigt hatte. Bestimmt nicht, weil ihre Tochter so überaus attraktiv war. Sie schnaubte. Sie musste aufpassen, Annette war unberechenbar. Sie würde sie ermahnen müssen. Es ging schließlich auch um Annettes Vermögen. Um ihr Geld und ihr Haus. Gudrun musste sich versichern, dass sie die Schlüssel für die Handschellen noch in ihrem Versteck hatte. Sie stand auf, verschloss die Küchentür und breitete eine alte Zeitung auf dem Tisch aus. Darauf schüttete sie den guten Bohnenkaffee. Zum Schluss, ganz unten, rutschten auch die beiden kleinen silberfarbenen Schlüssel heraus. Zufrieden warf sie diese in die Dose zurück, dann rollte sie die Zeitung zu einer Spitztüte und füllte das kostbare Pulver wieder ein. Das Versteck kannte niemand, nicht einmal Harald hatte sie es anvertraut. Weitere Schlüssel gab es nicht.

Aus dem Schlafzimmer holte sie den schweren Leitzordner mit der Aufschrift »Magna-Invest« auf dem Rücken. Hier hatte sie alles gesammelt, was es zu diesem Thema gab, seit Volkmar diesem Banker ihr Geld in den Rachen geschmissen hatte. Korrespondenz und Kontoauszüge, Zeitungsartikel, ihre Notizen. Hier würde sie auch die Bankverbindung finden, über die sie Geld überwiesen hatten. Er brauchte den Mund gar nicht aufmachen, ihr nichts offenbaren. Sie würde alleine draufkommen, welche Bank der Mensch hatte. Morgen würde sie dann in die nächste Filiale fahren und Überweisungsträger besorgen.

Gudrun von Rechlin war mit sich zufrieden. Am besten nahm sie die Dinge selbst in die Hand und verließ sich auf niemanden. Auch Harald würde sie über ihre Pläne im Unklaren lassen. Er würde in ein paar Tagen sein Geld bekommen und dann aus ihrem Leben verschwinden. Kurz zögerte sie, nachdem sie den Ordner aufgeschlagen hatte. Wo mochte er wohl sein? Es war genauso mysteriös wie damals, 1948, als ihr Vater ihn vom Hof gejagt hatte. Da war er verschwunden, und dennoch hatte sie das Gefühl gehabt, dass er ganz in der Nähe sei.

*

Stifter hatte sein Fahrrad auf den Kopf gestellt und das Hinterrad abmontiert. Er hatte es nach seiner Schicht beim Optiker abgeholt, allerdings war der lederne Sattel verschwunden. Er war überrascht, sein Rad noch vorzufinden, schließlich hatte er es ungesichert im Fahrradständer stehenlassen. Andererseits war hier nicht Berlin, wo ihm in den zwanzig Jahren, die er dort gelebt hatte, beinahe ebenso viele Räder geklaut worden waren. Aber dass der lederne Brooks-Sattel weg war, darüber war er dann doch enttäuscht.

Als er sein Fahrrad nach Hause geschoben hatte, war er auf dem Weg gleich in die kleine Radwerkstatt der drei jungen Bike-Freaks gegangen, hatte sich einen neuen Mantel, Schlauch und Sattel gekauft und war mal eben so über hundert Euro losgeworden. Was seine Tageslaune nicht gehoben hatte.

Nun saß er im Gras vor seiner Hütte, die Hände voll schwarzen Fetts, sein Fahrradwerkzeug neben sich, und hatte rein gar keine Lust, sich ans Reparieren zu machen. Wie auf Bestellung tauchten riesige ausgelatschte Sneakers neben ihm auf. Stifter blickte hoch. Noah sah auf ihn herab, bleich, die Hände in den schmalen Röhrenjeans vergraben, die einen Streifen seiner Boxershorts freigaben, so tief hingen sie auf der Hüfte.

»Mama sagt, wir sollen mal fahren.«

Stifter verstand nicht, was gemeint war. »Wohin?«

»Na, zum Luckner, Getränke kaufen.«

Das war typisch für Kyra. Sie bat Stifter um einen Gefallen, konnte aber nicht abwarten, bis dieser selbst entschieden hatte, wann er ihr diesen Gefallen tat, sondern befahl, wie und wann dies zu geschehen habe. Mit der Bemerkung, dass Stifter sich ihr Auto dafür leihen könne, war der Tarif eigentlich schon erklärt gewesen: »Gefallen« war also nur ein Euphemismus für »Anordnung« gewesen.

»Ich würde gerne das Rad noch fertig machen.«

»Mmh.«

Noah drehte ab und warf sich in Stifters Liegestuhl. Stifter, der gerade den leicht aufgepumpten Schlauch in den Mantel drückte, sah ihn irritiert an.

»Willst du mir jetzt so lange zugucken, bis ich fertig bin?«

»Stört's dich?«

Ja, dachte Stifter, es stört mich gewaltig. Aber er sagte nichts. Verbissen hebelte er Mantel und Schlauch auf die Felge, tat sich aber unerwartet schwer damit und fluchte. Er musste gar nicht zu ihm hinübersehen, um zu wissen, dass Noah grinste. Er war drauf und dran, den ganzen Radlscheiß ins Gras zu feuern, aber er riss sich beispielgebend zusammen. Schließlich hatte er den Mantel glücklich aufgezogen, das Hinterrad montiert und die Kette im Ritzel. Er stellte das Rad richtig herum hin und schob es an die Wand seines Schuppens.

»Ist das 'n Damensattel?«

Stifter nickte. Er wollte nicht zugeben, dass er über den Verlust des Brooks-Sattels insgeheim froh war. Für seinen Geschmack waren die Dinger zu hart und unbequem, und die Mär vom Sattel, der nach dem Einfahren die passgenaue Form angenommen hatte, konnte er nicht bestätigen. Deshalb hatte er sich gleich einen dick gepolsterten breiten Plastiksattel zugelegt. Auf diesem saß er wie auf einem Sofa.

»Also dann. Ich wasch mir nur noch die Hände.«

Noah stand auf. »Ich fahre das Auto aus der Einfahrt.«

Stifter blickte ihn überrascht an.

»Papa gibt mir Fahrtraining. Und auf dem Grundstück darf ich.«

»Okay.« Stifter zuckte mit den Achseln. Hauptsache, er saß nicht mit im Auto.

Jetzt klingelte das Handy in seiner Hosentasche. Er sah aufs Display. Thalmeier.

»Ja?«

»Servus. Wie schaut's aus?«

Stifter klemmte sich das Handy unters Ohr, drehte den Wasserhahn auf und wusch sich die öligen Hände mit Handwaschpaste. »Du kommst ja gleich zur Sache.«

»Hast was bemerkt?« Thalmeier ging gar nicht auf ihn ein. Deshalb berichtete Stifter, was er gesehen und erfahren hatte. Dass die Grube zugeschüttet war und der alte Mann mit dem auffälligen Auge offenbar bei den Rechlins im Garten half.

»Hat der Junge also doch recht gehabt«, konstatierte der alte Exbulle zufrieden.

»Von einer Leiche in der Schubkarre habe ich nichts gesagt«, wandte Stifter ein. Thalmeier schwieg. Ob er sich so leicht in die Ecke drängen ließ? Aber der Alte hatte offenbar nur nachgedacht, denn jetzt bat er Stifter darum, ihm das Kennzeichen des Mercedes zu besorgen. Er wollte es über freundschaftliche Kanäle überprüfen lassen. Stifter sagte ihm das zu, brach das Gespräch dann aber mit dem Hinweis auf seine von Kyra angeordnete Erledigung ab und verabschiedete sich von Thalmeier bis Freitagabend, dem Tag der Überraschungsparty. Thalmeier hatte die Einladung gerne angenommen, und Stifter wusste nicht recht, ob er sich darüber freuen sollte. Er fühlte sich in Thalmeiers Gegenwart stets wie unter polizeilicher Beobachtung.

Stifter steckte sein Handy in die Hosentasche und ging zur Einfahrt, wo Noah bereits mit laufendem Motor auf ihn wartete. Er saß noch auf dem Fahrersitz von Kyras altem Volvo-Kombi und spielte wie ein Kind an allen Hebeln und Schaltern herum. Stifter bat ihn, auf den Beifahrersitz zu rutschen, und nahm selbst hinter dem Steuer Platz. Der Wagen fuhr sich wie ein Schiff, und Stifter, der nur sehr selten die Gelegenheit wahrnahm, Auto zu fahren, konzentrierte sich voll auf die Straße. Er wechselte kein Wort mit Noah, der ebenfalls keinen Wert auf Kommunikation zu legen schien und durch seinen Haarvorhang auf die Straße starrte. Der »Luckner« war kein Getränkegroßmarkt, sondern eine alte Scheune im Nachbardorf, die bis unters morsche Dach mit Getränkekisten vollgestopft war. Harry Luckner selber, ein rothaariger Kiffer und Surffreak Ende dreißig, hatte das Geschäft bereits von seinem Vater übernommen und damit auch die ewig gleichen Sprüche und Witze, mit denen er seine Kunden bei Laune hielt. Mit Noah und Stifter ließ es sich heute allerdings schlecht scherzen, also luden die drei Männer mehr oder weniger schweigend den Kombi mit Bierkästen, Spezi und einer Alibikiste Rotwein voll. Stifter ließ anschreiben, so wie Kyra es ihm aufgetragen hatte, und trat mit Noah den Rückweg an. Während der gesamten Aktion war er mit seinen Gedanken woanders. Er ließ die Bilder der letzten Zeit Revue passieren: Annette von Rechlin, die betäubt auf ihrer Kosmetikliege lag. Ihre Mutter, die kein Mitleid mit ihrer Tochter kannte, sie stattdessen anklagte und offensichtlich verachtete. Dafür aber, wenige Tage später, humpelnd und mit Gesichtsverletzungen im Garten zu sehen war. Ihn giftig vertrieb, wie sie ohnehin keine Fremden in der Nähe ihres Hauses zu dulden schien. Die fremde Frau, die Einlass begehrt hatte und die von der alten Rechlin erst empfangen wurde, als er und Thalmeier sich dem Haus genähert hatten. Der Greis mit dem erblindeten Auge, der aus Ungarn kam, zu den Rechlins wollte und dort im Garten arbeitete. Das große Stück frisch bearbeiteter Erde im Garten, das die Alte plötzlich eifrig bepflanzte, das aber noch in der Nacht zuvor eine tiefe Grube gewesen war, in die Noah hineingefallen war. All diese Bilder, die nun vor seinem geistigen Auge vorüberzogen, waren für sich genommen kein Anlass, ein Verbrechen zu wittern. Aber in ihrer Gesamtheit, zusammen mit einem unguten Bauchgefühl, das ihn heimsuchte, wenn er vor der düsteren Villa stand, erzählten diese Bilder eine böse Geschichte.

Stifter stieg abrupt in die Bremsen. Er war noch nicht wieder vor dem Haus der Familie Lanz angekommen, und so sah Noah überrascht zu ihm hinüber.

»Was is?«

Stifter horchte auf das beruhigende Tuckern des Motors. Er spürte sein Herz plötzlich bis in den Hals hinauf schlagen und tat ein paar tiefe Atemzüge, bevor er sich Noah zuwandte.

»Ich hab noch mal darüber nachgedacht, Noah.«

Der Blick des Teenagers verdunkelte sich, weil er erwartete, dass nun die üblichen Belehrungen folgten, die er sich seit dem Vorfall von allen Erwachsenen hatte anhören müssen.

»Ich glaube dir.« Stifter hielt Noahs Blick mit seinem fest. »Es ist völlig irre, und kein anderer vernünftiger Mensch wird es glauben. Aber vielleicht hast du recht. Das heißt nicht, dass ich glaube, dass eine Leiche in der Schubkarre lag. Aber dass in dem Haus dort etwas vor sich geht, das … seltsam ist, das kann schon sein.«

Noah triumphierte nicht. Aber in seinen Mundwinkeln zeigte sich die leichte Andeutung eines Lächelns. »Fährst du mich noch zum Luki hoch?«, erkundigte er sich.

Stifter nickte und wendete den schweren Wagen.

*

Auf einem kleinen Zettel hatte sie sich die Bankverbindung notiert, nun sah sie ratlos auf ihre mit zittriger Hand geschriebenen Buchstaben. Von dieser Bank hatte sie noch nie gehört. Es war eine Auslandsverbindung, auf den Überweisungen stand eine Menge weiterer Angaben, nicht allein die Kontonummer und die Bankleitzahl. Gudrun von Rechlin hatte damit keinerlei Erfahrung, sie überwies ihre Rechnungen wie gehabt mit Hilfe der Vordrucke, die sie von der örtlichen Sparkasse bekam. Diese warf sie dann in den Briefkasten, anschließend ging alles seinen Gang. Eine Überweisung ins Ausland hatte sie noch nie getätigt, geschweige denn, jemals etwas mit Bankgeschäften übers Internet zu tun gehabt. Der Speichel in ihrem Mund war bitter, und sie dachte daran, sich einen kleinen Enzian zu genehmigen. Sie fand nichts an Alkohol, aber jetzt sehnte sie sich nach dem scharfen Brennen des klaren Schnapses. Er sollte den schlechten Geschmack wegätzen und ihr Gefühl der Vergeblichkeit, das sich seit Tagen wie ein Panther hinterrücks angeschlichen hatte. Sie spürte, dass die Raubkatze kurz davor war, zum alles vernichtenden Sprung anzusetzen, und dann würde sie vor einem Scherbenhaufen stehen, der ein Weiterleben unmöglich machte. Sie wollte, nein, sie durfte nicht daran scheitern, dass sie nicht wusste, wie man eine Überweisung von dieser Bank tätigte. Offenbar war sie nun gezwungen, das zu tun, was schon Julius hatte tun sollen. Heims mit Gewalt dazu zu bringen, sein Geld herauszurücken. Nein, *ihr* Geld!

Trotzig öffnete sie die Tür des alten Küchenbüfetts und holte aus der hintersten Ecke die Flasche mit dem Enzianschnaps von Grassl heraus. Diese Marke hatte bereits ihr Vater bevorzugt, der jede Flasche einzeln erwandert hatte. Zu diesem Zweck war er mit dem Zug nach Berchtesgaden gefahren, und am Ende jeder ausgedehnten Wanderung hatte ein Besuch in der Destillerie gestanden. Eine Weile hatten sie und Volkmar diese Tradition noch fortgeführt, wobei sie natürlich mit dem Mercedes gefahren waren und ihre Wanderungen eher gemütlichen Spaziergängen glichen. Volkmar war sehr schnell ermattet gewesen. Mittlerweile kaufte sie den Enzian im Laden, allerdings hielt sich die große Flasche mehrere Jahre.

Just in dem Moment, als sie sich die klare Flüssigkeit in ein Stamperl goss, hörte sie Annette auf der Treppe. Kurz dachte sie daran, die Flasche und das Glas zu verstecken, aber dann überlegte sie es sich anders. Je weniger klar Annette im Kopf war, desto geringer war die Gefahr, dass sie irgendjemandem etwas über den Mann im Keller verriet. Sie holte also ein zweites kleines Glas aus dem Geschirrschrank und goss es randvoll. Annette erschien in der Tür, und Gudrun musterte sie überrascht. Die Haare ihrer Tochter waren frisch gewaschen und frisiert. Sie hatte Lippenstift aufgelegt, und auch die Augen waren dezent geschminkt.

»Gehst du heute schon wieder zum Literaturzirkel?«, erkundigte sich Gudrun.

Annette schüttelte den Kopf, den Blick fest auf den Schnaps geheftet. Gudrun sah die Gier in den Augen ihrer Tochter und schob ihr das Stamperl hinüber. Doch Annette griff nicht zu, stattdessen verschränkte sie die Arme vor der Brust, als müsse sie sich vor der Versuchung schützen.

»Ich wollte dich um den Schlüssel für die Handschellen bitten.«

Nun begriff Gudrun, warum Annette sich mit ihrem Aussehen so viel Mühe gegeben hatte. Sie hatte es auf den Mann im Keller abgesehen. Wäre die Lage weniger dramatisch gewesen, sie hätte laut gelacht. Natürlich. Ihre arme männerlose Tochter. Sie hatte nach vielen Jahren erstmals wieder

Kontakt mit einem Vertreter des männlichen Geschlechts. Seit sie von Jürgen weggegangen war, der sie nach Strich und Faden betrogen hatte und regelrecht erleichtert war, dass Annette, die eine weniger gute Partie war, als er angenommen hatte, ihn verließ, hatte diese keinen nennenswerten Kontakt mit einem Mann gehabt. Gudrun war seit geraumer Zeit aufgefallen, dass Annette, kaum dass sie ein bisschen getrunken hatte, in Selbstmitleid darüber zerfloss und versuchte, jedem männlichen Wesen, mit dem sie in Berührung kam, schöne Augen zu machen. Handwerker, Briefträger, Vertreter, ganz gleich, wer hier klingelte, Annette flatterte mit den Augenlidern, kokettierte und bot sich an. Ein widerliches und erniedrigendes Schauspiel war das, fand Gudrun von Rechlin. Nun also hatte sie es auf den Gefangenen abgesehen, der ihren Annäherungsversuchen nicht entfliehen konnte.

»Die werde ich dir nicht geben.«

Annette hob das Kinn. »Ich kann dir weh tun. Das habe ich dir bewiesen.«

»Bitte. Wenn du denkst, dass du so weiterkommst. Ich habe keine Angst vor dir.« Gudrun setzte sich an den Tisch, zog die graue Strickjacke eng um ihren zarten Körper und nippte am Schnaps. Er brannte sofort auf der Zunge und im Rachen. Bis er sich im Magen ausbreitete, würde es noch eine Weile dauern, dafür umso nachhaltiger wirken.

Annette sog die Luft scharf ein. »Ich habe nicht erwartet, dass du sie mir widerspruchslos gibst.« Ihre Augen zuckten wieder zu dem Schnapsglas, aber zur großen Verwunderung ihrer Mutter konnte sie sich beherrschen. »Aber ich möchte, dass du weißt, dass ich alles tun werde, um den Mann zu befreien.«

»Du weißt, was dann passiert?« Gudrun versuchte lächelnd,

ihre Contenance zu halten. »Die Polizei kommt. Ich werde verhaftet. Das Haus kommt unter den Hammer. Du hast kein Geld, nur Schulden. Und obendrein kein Dach über dem Kopf.«

Annettes Augen zuckten wieder zu dem Schnapsglas. »Vielleicht ist das nicht das Schlechteste. Dann bin ich dich wenigstens los.« Damit fasste sie rasch nach dem Enzian, setzte ihn an die Lippen und ließ die Flüssigkeit, ohne ein einziges Mal zu schlucken, die Kehle hinabrinnen. Dann stellte sie das Glas mit Wucht zurück auf den Tisch und stieg die Treppen hinunter.

Gudrun von Rechlin lauschte auf die Schritte der Tochter und dachte, dass sie es umgekehrt genauso empfand. Wenn sie diesen Klotz am Bein nur endlich los wäre.

*

An der Holländischen Straße, Ecke Emmentaler setzte er Noah ab. Dieses Gebiet gehörte nicht zu seinem Zustellbezirk, war ihm aber direkt benachbart. Stifter beobachtete durch die Scheibe, wie Noah zu dem Gartentor ging und es ohne zu klingeln aufstieß. Tor und Zaun waren vor vielen Jahren grün lackiert gewesen, doch mittlerweile war die Farbe abgebröckelt und das darunter zum Vorschein kommende Holz ausgeblichen. Der Garten wirkte nicht gepflegt, aber liebevoll gestaltet. Selbstgebastelte Windräder, ein Baumhaus und in der hintersten Gartenecke versteckt ein Tipi ließen darauf schließen, dass dieser Garten einstmals ein Kinderparadies gewesen war. Nun waren die Spielgeräte allesamt verwittert, außer dem Basketballkorb, der an einer hohen Fichte montiert war. Das Haus selbst war ein gemütliches Spitzdachhaus, das einen neuen Anstrich verdient hätte, aber durch die bunten Vorhänge, die Windspiele und selbstgetöpferten Figuren in den Nischen dennoch einen freundlichen Eindruck machte. Hier wohnte also Lukas, Noahs Busenfreund, der uninspirierte Saxophonspieler.

Noah sah sich nach Stifter um, er fühlte sich beobachtet, schließlich war er dem Alter entwachsen, in dem die Eltern unbedingt so lange warteten, bis das Kind in der Sicherheit des Hauses war, bevor sie ihren Weg fortsetzten. Stifter hob die Hand, zum Zeichen, dass er verstanden hatte, und gab Gas. Er würde noch am Novalisplatz vorbeifahren, um für Thalmeier das Kennzeichen des Mercedes aus Ungarn zu notieren.

Sein Weg führte ihn durch die Pestalozzistraße, und just als er das Haus der verrückten Edeltraud, der diebischen Dame mit dem Nerzmantel und den Soldatenstiefeln, passierte, öffnete sich dort das Gartentor, und der einäugige Greis trat auf die Straße. Einen Moment lang war Stifter irritiert, aber dann fiel ihm Herrn Hiemers Bemerkung ein, der den alten Mann für Gudrun von Rechlins Gärtner gehalten hatte. Vermutlich, so dachte Stifter, bot der Alte hier oben im Villenviertel saisonal seine Arbeitskraft an. Und war sowohl bei den Rechlins als auch bei der verrückten Edeltraud fündig geworden. Was die nächtlichen Aktivitäten auf dem Rechlinschen Grundstück weniger schauerlich denn plausibel machte. Johannes Stifter entschied daraufhin, das Kennzeichen nicht aufzuschreiben, schließlich ging es nicht an, einem alten Mann, der sich keines offensichtlichen Vergehens schuldig gemacht hatte, hinterherzuspionieren.

*

In seinem wahren Leben, einem Leben in Freiheit, hätte er das Brot, das vor ihm auf dem Teller lag, nicht angerührt. Aber hier unten, in der Gefangenschaft, in dem muffigen Keller, hier schmeckte das Pumpernickelbrot mit dem billigen Scheibenkäse köstlich. Es war das Beste, was er seit langem zu sich genommen hatte, und er biss erneut ein großes Stück davon ab. Er wollte nicht schlingen, wollte sich eine Ration aufheben, denn schließlich hatten die Tage hier unten gezeigt, dass die Wasser- und Nahrungsmittelzufuhr nur sehr sporadisch erfolgten. Er konnte nie wissen, wann er nur einen Becher Wasser bekam oder wann etwas zu essen. Wobei es in den letzten Tagen aufwärtszugehen schien. Zumindest seit die Alte nicht mehr alleine für ihn zuständig war. Genau genommen, seit dieser Rentner vor seinen Augen gestorben war. Er versuchte den Gedanken abzuschütteln. Er wollte die Bilder des Todeskampfes des alten Mannes nicht vor Augen haben. Es war schrecklich gewesen, und er würde es niemals vergessen können.

Er hob die Augen und versuchte krampfhaft, ein Thema zu finden, über das er sich mit ihr unterhalten konnte. Das würde ihn ablenken. Und ihre Beziehung vertiefen. Er war weit gekommen mit ihr. Sie nannte ihn Hans, sie brachte ihm zu essen und zu trinken, sie hatte ihm versichert, dass sie versuchen werde, ihn zu befreien, und heute hatte sie sich sogar schön gemacht für ihn. Wenn er die Augen zukniff und ausblendete, dass sie Alkoholikerin war, war der Anblick auf die Entfernung sogar passabel.

»Das Brot ist herrlich!«

Sie nickte und lächelte. »Ich hatte nichts anderes mehr im Haus«, gab sie zu, »morgen geh ich einkaufen.«

Morgen, morgen, dachte er, *morgen will ich frei sein und nicht essen, was du für mich einkaufst, Schlampe.*

»Das ist nicht nötig«, sagte er laut. Dabei schob er ihr den Teller hin, nahm einen Schluck Wasser und streckte sich. Er war noch immer mit nichts anderem bekleidet als dem weißen Handtuch um seine Lenden, und er genoss seine Nacktheit. Es war wie damals, als er in Ulan Bator gewesen war. Er hatte dort Geschäfte gemacht und war von seinen Partnern zum Abschluss des Deals in eine Schwitzhütte eingeladen worden. Die Jungs, allesamt Amerikaner, waren New-Age-Freaks gewesen und hatten einen mongolischen Schamanen aufgetan, der sie durch die Zeremonie geleitete. Obwohl er mit Esoterik nichts am Hut gehabt hatte, war er doch für alle bewusstseinserweiternden Experimente offen und hatte sich nicht dagegen gesperrt. Und tatsächlich war er am Ende der erschöpfenden Zeremonie so sehr mit sich im Reinen, seinem Geist und seinem Körper gewesen, dass er sich gefühlt hatte wie ein Gott. Wie einer, dem alles gelingen würde. Der schaffen konnte und vernichten. Und obwohl die Umstände seiner Gefangenschaft alles andere als bewusstseinserweiternd waren, obwohl er erniedrigt wurde, fühlte er, wie er in den letzten Tagen wieder auf den Trip kam. Ganz ohne Koks. Er meditierte, er machte seine Gymnastik, er litt nicht unter den Entbehrungen, und seit der Waschung fühlte er, wie geil sein Körper war. Er konnte die Ketten sprengen. Weil er Macht auf die Menschen ausüben konnte. Der Alte war schließlich gestorben, bevor er ihn foltern konnte. Und die Frau da drüben an der Wand würde er bald da haben, wo er sie haben wollte: Sie würde seine Fesseln lösen und ihn in die Freiheit entlassen.

Er musste sie angelächelt haben, als er seinen Phantasien nachgehangen hatte, denn sie erwiderte seinen Blick, verzückt und geschmeichelt. Oder hatte er laut gesprochen, ohne es zu merken? Noch während er darüber nachdachte, was sie dazu brachte, ihn derart entrückt anzublicken, stand die Frau abrupt auf, ging zu ihm, umschlang ihn mit ihren Armen, setzte sich auf seinen Schoss und stieß ihm ihre Zunge in seinen Mund.

18.

Sie lag mitten auf dem Weg. Stifter konnte gar nicht anders, als zu bremsen, denn über den toten Körper zu brettern, das hätte er nicht fertiggebracht. Ohne Zweifel war es das Krötenweibchen, das er vor einigen Tagen aus der Sonne gerettet hatte. Jetzt lag es platt und breit mitten auf dem Kiesweg im Wäldchen.

Er stieg vom Fahrrad und bückte sich zu der toten Kröte hinunter. Ihm wurde schlagartig schlecht. Ob es die Betroffenheit über den Tod der kleinen gelbgefleckten Amphibie war oder der schwarze Kaffee, von dem er während der morgendlichen Arbeit in der Poststelle erneut zu viel getrunken hatte, konnte er nicht sagen. Aber er spürte, dass er wütend und traurig zugleich über die Tatsache war, dass jemand dieses Wesen achtlos überfahren hatte. Ob das mickrige Männchen noch lebte, das die weibliche Kröte auf dem Buckel getragen hatte? Auf keinen Fall wollte er den Kadaver auf dem Weg liegen lassen, er hätte den Gedanken nicht ertragen können, dass weitere Räder gedankenlos über den kleinen Körper gerollt wären. Stifter suchte sich ein großes Stück Baumrinde und bugsierte den flach gedrückten Kadaver mit Hilfe zweier Äste darauf. Dann schlug er sich abseits des Weges in den Wald und sah sich nach einem würdevollen Platz für das tote Tier um. Er legte es schließlich unterhalb einer grün vermoosten Buche ab, zwischen altes Laub und hohe Gräser.

Als er sich erhob und zu seinem Postrad zurückgehen wollte, bemerkte er zwischen den Bäumen etwas, das seine Aufmerksamkeit erregte. Eine Reflexion in der Sonne, eine metallische Oberfläche, gute fünfzig bis siebzig Meter von seinem Standort entfernt. Stifter überlegte, ob er sich durchs Unterholz zu der Stelle vorkämpfen sollte, aber dann fiel ihm ein, dass dort hinten ein Weg verlaufen musste, der von seiner Route abzweigte. Er ging zurück zum Kiesweg, schwang sich auf sein Fahrrad und fuhr bis zur Wegkreuzung. Dort bog er links ab, was ihn von seinem eigentlichen Ziel, dem Wendehammer in der Chamissostraße, entfernte. Nun müsste die Stelle, an der er das, was da so dunkel glänzte, vermutete, links von ihm liegen. Er fuhr jetzt langsam und hielt nach dem metallischen Etwas Ausschau, als er Reifenspuren bemerkte, die einem matschigen Forstweg folgten. Und nun fand er auch seine Vermutung bestätigt: Es war der Porsche Cayenne von Herrn Regmeier, der halb versteckt zwischen den Bäumen stand, ein paar Meter den Forstweg hinein. Man bemerkte den Wagen nur, wenn man danach Ausschau hielt, ein vorübereilender Jogger oder Radfahrer hätte ihn gut übersehen könnte.

Johannes Stifter zögerte. Die tote Kröte hatte ihm bereits zugesetzt, sein Magen war unruhig, und er fragte sich, ob er weitere Aufregungen vertrug. Denn dass es mit dem Auto von Regmeier etwas Ungutes auf sich hatte, dessen war er sich sicher. Der Standort war nicht weit genug vom Wohnort entfernt, als dass man annehmen konnte, der Mann sei zum Joggen, Spazierengehen oder zur Pilzsuche gefahren und habe den Wagen zu diesem Zwecke dort platziert. Auch die Uhrzeit, halb zehn, sprach dagegen. Das war die Zeit, in der Regmeier normalerweise zu Hause aufbrach, um ins Büro zu fahren. Etwas war nicht in Ordnung mit dem Auto, mit dem Ort und mit der Zeit.

Johannes Stifter wusste, dass jede weitere Überlegung müßig war. Natürlich würde er sein Fahrrad abstellen und nach dem Rechten sehen.

Als er sich dem Auto schließlich näherte, erkannte er, dass jemand auf dem Fahrersitz saß. Johannes Stifter zögerte, bevor er weiterging. Vielleicht wollte Herr Regmeier einfach seine Ruhe haben. Unwillkürlich überprüfte er, ob auf dem Auspuff des mächtigen Wagens ein Schlauch steckte. Denn das war die erste Assoziation, die ihm in den Sinn kam, wenn er ein Auto, in dem jemand saß, abseits des Weges im Wald sah. Die zweite Assoziation war Sex. Stifter stoppte sofort. Wenn nun jemand auf dem Beifahrersitz saß? Jemand, den er nicht sehen konnte, weil sich dieser Jemand gerade hinunterbeugte? Stifter wollte auf dem Absatz umkehren, aber ein weiterer Blick auf Herrn Regmeiers Hinterkopf hielt ihn davon ab. Gegen jede Vernunft ging er ein paar vorsichtige Schritte, bis er das Auto erreicht hatte. Er hielt inne und betrachtete Regmeiers Gesicht durch die Scheibe. Er sah es im Halbprofil, der Mann dagegen schien ihn noch immer nicht zu bemerken. Sein Blick war starr nach vorne gerichtet, ins dunkle Unterholz des Waldes. Die Hände hatte er auf das Lenkrad gelegt, ganz so, als wollte er jede Minute den Rückwärtsgang einlegen und wegfahren. Aber bei genauerer Betrachtung fiel Stifter auf, dass das Gesicht des Mannes, der die vierzig mit Sicherheit noch nicht überschritten hatte, wächsern aussah. Beinahe leblos. Wären da nicht die Tränen gewesen, die in stillem, ruhigem Fluss die Wange hinabliefen.

*

Der Druck auf ihrer Brust wollte nicht nachlassen. Gudrun von Rechlin lag noch immer im Bett, obwohl es weit nach neun Uhr war. Aber sie war zu matt, um aufzustehen. Das war in den letzten zehn Jahren erst einmal vorgekommen. An dem Tag, nachdem der Notar ihr mitgeteilt hatte, dass Volkmar nichts als Schulden hinterlassen hatte. Dass ihr nichts mehr gehörte. Keines ihrer Ferienhäuser, nicht der Mercedes und erst recht nicht die Villa. Dass sie nur noch diesen Fonds hatte, in dem aber das Geld fest angelegt war, auf Jahre hinaus. Damals war das eingetreten, was keine Krankheit, kein körperliches Gebrechen jemals geschafft hatte: Sie war außerstande gewesen, sich aus dem Bett zu erheben. Wie auch jetzt.

Sie war verzweifelt, weil ihr Plan zu scheitern drohte. Sie kam nicht an das Geld von diesem Heims heran. Kein Fax an die Bank, kein Anruf, keine Vollmacht und keine Überweisung konnte ihr ihr Vermögen zurückbringen. Dass sie so dumm gewesen war, Julius' naivem Plan zu vertrauen!

Sie schob sich ein Kissen hinter den Rücken und richtete sich schwerfällig auf. Sie hatte Atemnot, ein Alb saß auf ihrer Brust. Gudrun fischte nach dem Fläschchen Pfefferminzöl, das sie in ihrer Nachttischschublade hatte und rieb sich ein paar Tropfen davon auf die dünne Haut über ihrem Brustkorb. Von ihrem Bett aus sah sie aus dem Fenster und betrachtete die dicken weißen Kumuluswolken am blauen Himmel. Sie atmete dreimal tief durch die Nase ein. Obwohl der Druck auf der Brust nicht wich, fühlte sie sich ein wenig von dem starken Duft des Öls erfrischt. In Gedanken spielte sie alle Möglichkeiten noch einmal durch. So hatte sie schon die halbe Nacht gegrübelt und immer wieder war sie nur auf die eine Lösung gekommen: Wenn der Banker ihr sein Geld vermachen würde. Wenn er ein Testament aufsetzen würde. Zu ihren Gunsten. Dann …

Den Text des Testaments hatte sie bereits vorformuliert. Er würde sich schuldig fühlen müssen an der Notlage der Menschen, die er um ihr Vermögen, ihre Altersanlage, gebracht hatte. Natürlich wäre es auffällig, wenn nur sie in dem Wisch namentlich genannt würde. Aber wenn man Heims dazu bringen könnte, dieses Schreiben aufzusetzen, dann würde man auch die Namen weiterer Geschädigter aus dem Fonds aus ihm pressen können. Die Klingers und zwei andere. Das würde reichen. Wenn er so viel Geld hatte, wie sie annahm. Ein halbe Million würde ihr vorerst reichen, um die Zwangsversteigerung abzuwenden. Das müsste doch drin sein, bei allem, was man so las über seinen Lebenswandel und dem von seinesgleichen.

Gudrun von Rechlin schwang jetzt die Beine aus dem Bett und blieb für ein paar Sekunden auf der Bettkante sitzen, bevor sie aufstand, sich ihre Strickjacke überwarf und in die Küche ging.

Harald hatte schon gefrühstückt, sein gebrauchtes Geschirr stand noch auf dem Tisch. Er hatte es nicht für nötig gehalten, es wegzuräumen, und Gudrun spürte ihre kalte Wut, dass er sich bei ihr einrichtete, als sei es eine Selbstverständlichkeit. Wer war sie, dass sie ihm hinterherräumte? Sie war nicht seine Ehefrau, dass er ihre Dienste ungefragt in Anspruch nehmen durfte! Sie nahm Teller und Tasse und stellte beides so ungestüm in die Spüle, dass es laut klirrte. Gudrun schalt sich selbst ein dummes Huhn, dass sie all die Jahre, Jahrzehnte!, einem romantischen Jungmädchentraum vom edlen Ritter nachgehangen hatte, der hoch zu Ross kommen und sie erlösen würde. Von ihren kranken Eltern. Von ihrem gebrechlichen und betrügerischen Ehemann. Von ihrer missratenen Tochter. Sie hatte Harald glühende Liebesbriefe geschrieben, sich nach ihm verzehrt, hatte sich erinnert an das Feuer, das er in ihr entfacht und dessen Glut sie immer in ihrem Herzen verborgen hatte. Wie zum Trotz musste Volkmar so lange leben, bis sie verblüht war und ihr Geliebter ein hässlicher Greis. Und seit ein paar Tagen, seit Harald ihr zur Hand ging, spürte sie, dass das Feuer in ihr erloschen war. Es hatte sie am Leben gehalten, hatte ihr Hoffnung und Zuversicht gegeben. Aber nun war sie eine gebrechliche Frau, die an etwas Unmöglichem festhielt und nicht begreifen wollte, dass ihr Traum geplatzt und ihre Zeit abgelaufen war. Sie war ein Haufen kalter Asche.

Ihr Schnapsglas stand noch in der Spüle, und Gudrun holte erneut den Enzian hervor. Sie goss sich einen winzigen Schluck ein, nicht mehr als einen Fingerhut voll, aber die Menge reichte aus, um sie ein wenig zu erwärmen und sie zu motivieren, den Tag in Angriff zu nehmen.

Sie hatte also einen neuen Plan. Der Mann war verschwunden, und noch schien ihn niemand zu suchen. Sie hatte jeden Tag in der Zeitung nachgesehen, aber bislang stand nichts von einem vermissten Banker darin. Man würde ihn in ein paar Tagen auffinden. Er hatte sich das Leben genommen und einen Abschiedsbrief hinterlassen. Der Gedanke gefiel ihr, und Gudrun beschloss, den Tag im Garten zu verbringen. Sie würde ihr neues Beet mit den Obststräuchern pflegen. Sich später mit einem Kaffee auf die Terrasse in die Sonne setzen. An ihrem Plan feilen und sich eine Vorgehensweise zurechtlegen. Und am Nachmittag würde sie einkaufen. Damit sie heute Abend etwas Gutes zu essen auf den Tisch stellen konnte. Harald sollte sich wohl fühlen. Und sich stärken. Er war der größte Unsicherheitsfaktor bei der Umsetzung ihres Plans. Ohne ihn würde sie nicht das schaffen, was sie sich vorgenommen hatte. Sie wusste, dass er keine Skrupel hatte, das hatte er im Krieg bewiesen. Die Frage war nur, ob er ihr zuliebe so weit gehen würde. Sie würde sich große Mühe geben müssen und zu Kreuze kriechen. Aber schließlich hatte die Aussicht auf Entlohnung ihn bis jetzt in Lohdorf gehalten. Wenn er kein Geld wollte, wäre er schon abgereist.

Gudrun band sich die Schürze um und legte die kleinen Kartoffeln aus ihrem Garten in die Spüle. Sie würde daraus Kartoffelknödel machen. Beim Metzger ein kleines Stück Fleisch kaufen und eine Dose Sauerkraut. Szegediner Gulasch, ein Sonntagsessen. Sogar zwei kleine Flaschen Bier würde sie besorgen. Sie drückte die Schulterblätter zusammen, streckte die Brust heraus und fand, dass der Druck von ihr gewichen war. Sie sah zuversichtlicher nach vorne und begann, die Kartoffeln mit der Wurzelbürste zu säubern.

*

Sie hatte die Zeitung Zeile für Zeile gelesen. Nur die Auslandspolitik hatte sie ausgelassen. Aber über einen entführten Manager hatte nichts dringestanden. Beate Klinger war verwirrt und enttäuscht. Sie hatte vorgestern bei der Polizei angerufen und war das höchste Risiko eingegangen. Bis ans andere Ende der Stadt war sie gefahren! Natürlich wusste sie, dass die Tatsache, dass nichts in der Zeitung stand, keineswegs zu bedeuten hatte, dass nichts passiert war. Vielleicht ermittelte die Polizei schon. Aber war es nicht normal, dass im Fall vermisster Personen die Polizei über die Zeitung die Bevölkerung zur Mithilfe aufrief? Immer wieder standen diese Meldungen in der Zeitung, erst letzten Winter war ein älterer Herr gesucht worden, der dann Wochen später im Eis des kleinen Teichs im Stadtpark gefunden worden war. Gut verdeckt vom Schilf. Das hatte sie tief erschüttert, denn sie war häufig mit Klaus dort gewesen und hatte die Enten gefüttert.

Beate stand vom Küchenstuhl auf und sah zum wiederholten Mal aus dem Fenster, als hoffte sie, dass dort draußen irgendetwas vorgehen müsse, etwas, das ihr zeigte, dass die Dinge in Bewegung gerieten. Sie erwartete, dass ein Polizeiauto vorfahren würde. Ein uniformierter Mann und eine nette Polizistin mit Zopf würden aussteigen, sich forschend umsehen und dann bei ihr klingeln. Beates Blick huschte zu den Plastiksäcken mit Julius' Sachen, die sie im Flur dicht an dicht nebeneinandergestellt hatte für die Altkleidersammlung. Jetzt begriff sie, dass dies ein Fehler gewesen war, denn wenn man sie befragte, wo ihr Mann war, und sie zugeben würde, dass sie ihn vermisste – könnte man dann nicht falsche Schlüsse ziehen? Aber sie hatte so eine unbändige Wut auf Julius gespürt, nachdem sie die Rechnung für die Handschellen gefunden hatte. Eigentlich war das bigott, das wusste sie selbst. Denn schon die Entführung des Mannes hätte sie nicht billigen dürfen. Aber Julius hatte keinen Widerspruch zugelassen. Er hatte überhaupt den gesamten Plan vor ihr verborgen gehalten, bis er an dem Freitagnachmittag aus dem Haus gegangen war. Erst da hatte er ihr gesagt, was er vorhatte, weil sie ihn auf die braunen Lederhandschuhe angesprochen hatte, die er trug. Lederhandschuhe, bei der Hitze! Er hatte ihr hingeworfen, dass er die Sache nun selbst in die Hand nähme. Dass er sich von Heims nicht länger an der

Nase herumführen lassen wolle. Und dann hatte er Klaus gerufen.

Beate setzte sich wieder auf den Küchenstuhl, starrte auf die geputzten Schnippelbohnen und umklammerte mit beiden Händen ihre Kaffeetasse. Wenn sie jetzt an diesen Tag zurückdachte, spürte sie erneut kalte Wut und Machtlosigkeit. Die gesamten fünfzig Jahre ihrer Ehe hatte sie sich dreingefügt. Sie hatte Julius' Entscheidungen über Wohl und Wehe ihrer Familie immer mitgetragen. Sie hatte alles, was ihr Mann entschieden hatte, für die richtige und beste Entscheidung gehalten und nie etwas hinterfragt. Aber als er an besagtem Freitag in der Tür stand und ihr klargeworden war, dass er lange Zeit etwas vor ihr verborgen hatte, etwas Monströses, da hatte sie zum ersten Mal innerlich aufbegehrt. Sie hatte Julius angesehen, und er war ihr fremd gewesen.

Am Abend hatte er Klaus nach Hause gebracht, der verstört gewesen war und sich sofort in seinem Bett vergraben hatte. Julius war verschwunden, er hatte ihr lediglich mitgeteilt, dass er zu Gudrun nach Lohdorf fahren werde. Am kommenden Tag war er wieder da gewesen, erschöpft und wortkarg. Erst am Abend hatte er ihr erzählt, dass er den Banker mit Klaus' Hilfe überwältigt, mit Chloroform aus seiner Praxis betäubt und dann im Kofferraum nach Bayern gebracht hatte. Beate erinnerte sich daran, dass sie an jenem Abend geschockt war von dem, was Julius ihr offenbart hatte, aber sie hatte auch keine realistische Vorstellung gehabt von dem Verbrechen, das ihr Mann begangen hatte. Erst als sie den hilflosen Gefangenen bei Gudrun von Rechlin im Keller gesehen hatte, war ihr der Umfang des Geschehens bewusst geworden. Als sie das wundgescheuerte Handgelenk gesehen und den sauren Angstschweiß gerochen hatte, da war ihr die Erbarmungslosigkeit des Unterfangens klargeworden. Und sie hatte aufgehört, an Julius zu glauben.

Beate Klinger sah auf die Uhr. In zwei Stunden würde Klaus nach Hause kommen, und er würde, wie in den paar Tagen zuvor, pausenlos nach Julius fragen. Ihr fielen keine Lügen mehr ein. Sie hatte es satt zu lügen. Julius hatte sie in diese verdammte Lage gebracht. Er sollte die Suppe jetzt auslöffeln, wo auch immer er stecken möge. Sie wollte ihre Ruhe haben, sie und Klaus würden glücklich weiterleben können, auch ohne Julius. Ohne das Geld und ohne den Gedanken daran, dass sie mit einem verbitterten Mann zusammengelebt hatte, der ohne Reue einem Menschen die Freiheit und Würde nehmen konnte. Beate verspürte augenblicklich das Bedürfnis nach ein bisschen Trost, und sie holte aus der kleinen Vorratskammer eine Tafel mit Schogetten, die sie dort für ihren Sohn hamsterte. Während sie die Verpackung öffnete und das Alupapier an den Rändern schnurgerade aufriss, überlegte sie, wie sie um ihrer und Klaus' Seelenruhe willen die Sache beschleunigen könnte. Die Polizei müsste nach Lohdorf geleitet werden, damit sie dort das Nest ausheben konnte. Gudrun, den Fremden, von dem sie sicher war, dass auch er in der Sache mit drinsteckte. Und endlich den Gefangenen befreien! Da der anonyme Anruf nicht ausgereicht hatte, entschied sie sich, deutlicher zu werden. Sie würde, wie sie es in unzähligen Fernsehkrimis gesehen hatte, einen Brief schreiben müssen. Um sechzehn Uhr wurde der Briefkasten an der kleinen Postfiliale in der Haeberlingstraße geleert. Dann würde der Hinweis morgen bei der Polizei eintreffen.

Entschlossen holte Beate aus Klaus' Zimmer eine Papierschere, einen Prittstift und ein Blatt Papier. Dann setzte sie sich wieder an den Küchentisch, schob die Bohnen zur Seite und begann, aus den Überschriften der Zeitung die notwendigen Buchstaben auszuschneiden. Sie war fest davon überzeugt, dass es nötig war, keinen Interpretationsspielraum zu lassen.

*

Sie hatte ihm eine Unterhose ihres verstorbenen Vaters bringen wollen, aber das hatte er abgelehnt. Um ein frisches Handtuch hatte er aber gebeten, und jetzt wickelte er es sich um die Lenden, während er lang ausgestreckt auf dem Boden lag. Sie hatte sich unendlich geschämt, als sie heute Morgen in den Keller gekommen war. Zum ersten Mal hatte er etwas Mädchenhaftes an ihr entdeckt. Sie war ungeschminkt gewesen und überraschend nüchtern. Obst hatte sie ihm hingestellt und sich entschuldigt. Immerhin. Sie fühlte sich in seiner Schuld, ein Punkt mehr zu seinen Gunsten.

Sie hatte ihn gestern tatsächlich überrumpelt. Er war nicht darauf vorbereitet gewesen, dass sie über ihn herfallen würde, und sein erstes Gefühl war Abscheu gewesen, aber dann hatte er gemerkt, dass er sich unerwartet gut dabei fühlte. Er hatte das Ruder herumgerissen und sie genommen. Seine Lust befriedigt, ohne sich darum zu kümmern, ob es gut für sie war. Aber sie war dankbar für alles gewesen und hatte sich sofort gefügt. Der Sex hatte sein Ego gestreichelt, auch wenn sie ziemlich unansehnlich war. Aber sie war willig gewesen, das war alles, was für ihn im Moment zählte.

Arme und Beine hatte er lang ausgestreckt und zog nun wechselseitig den linken Arm und das rechte Bein nach unten. Sein rechtes Handgelenk schmerzte unerträglich, aber sie war auf der Suche nach etwas, mit dem man die Wunde desinfizieren und dann verbinden konnte. Er hatte kein Wort davon gesagt, dass es ihm lieber wäre, wenn er keine Handschellen mehr trüge, wenn er frei wäre, aber sie hatte von sich aus die Sprache darauf gebracht. Sie wusste, dass ihre Mutter die Schlüssel für die Handschellen versteckt hatte. Sobald sie unbeobachtet wäre, würde sie sich auf die Suche machen.

Er hob die gestreckten Beine an und machte eine Kerze, wobei er den linken Arm stabilisierend zu Seite ausstreckte. Er wusste, seine Stunden im Keller waren gezählt. Ab jetzt tickte die Uhr.

*

Es war sicher einer der letzten lauschigen Abende, die man im Biergarten verbringen konnte. Kyra hatte von Stifter verlangt, dass er Andreas von zu Hause weglotste, damit sie weitere Festvorbereitungen treffen konnte, und vorgeschlagen, dass die beiden einen Männerabend auf der Wies'n verbringen sollten. Das allerdings hätte Johannes Stifter nicht über sich gebracht. Nicht wegen Andreas, er war gerne mit dem redseligen Schreiner und Familienvater zusammen, sondern wegen des Oktoberfestes. Er war noch nie dort gewesen, aber nach allem, was er davon mitbekam, zog es ihn auch nicht auf die Festwiese. In den zwei Wochen sah man tagsüber die in mehr oder weniger geschmackvolle Tracht gekleideten Männer, Frauen und Kinder vorfreudig zur S-Bahn ziehen. Das war stets ein Anblick, der Stifter mit der bayerischen Lebensart versöhnlich stimmen konnte, aber wenn er die Heimkehrenden abends betrachtete, wenn sie laut grölend oder stumm torkelnd durch Lohdorf liefen, eine übelriechende Spur von Urin und Erbrochenem hinter sich lassend, erfasste ihn die gleiche Abscheu, die ihn auch beim Anblick des rheinischen Karnevalstreibens packte.

So hatte er sich entschieden, Andreas in den Biergarten zu entführen, und dort saßen sie nun unter von der Miniermotte zerfressenen Kastanien vor ihrem Bier und redeten. Privates sparten sie weitgehend aus, denn in Stifters Leben gab es wenig, das es wert war, besprochen zu werden. Keine Lieben, keine Familie, keine nennenswerten Interessen außer Philosophie und Jazz. Er war keiner, der erlebte, er war einer, der beobachtete. Andreas war in der Hinsicht das genaue Gegenteil von ihm. Er blickte mit nun fünfzig auf ein erlebnisreiches Leben zurück, intensive Liebschaften und eine große Familie, in der es immer etwas gab, über das sich zu reden lohnte. Trotz ihrer Unterschiedlichkeit waren sich die beiden Männer zugeneigt, und beim gelegentlichen Bier, das sie miteinander tranken, hatten sie eine Schnittmenge gefunden, über die sie heiß diskutieren konnten: Politik. Andreas, als engagierter Grüner, war fest in der Lokalpolitik verwurzelt und sprach leidenschaftlich über Biotopschutz, Radwegerweiterung oder aktiven Startbahnprotest. Stifter war fasziniert davon, wie sich politische Ziele in einer Person verlebendigen konnten, alles, was Andreas sagte und tat, war politisch. Er, Stifter dagegen, war ein belesener Theoretiker, der Schwierigkeiten mit der Umsetzung seiner politischen Überzeugungen ins reale Leben hatte. Just in dem Moment, als Andreas feurig für die Abschaffung des G8-Gymnasiums in Bayern plädierte, wurde an einem Tisch schräg hinter seinem Rücken besonders laut gelacht. Es war ein Tisch mit sechs Männern, die einander in Habitus und

Kleidung auffallend ähnelten. Alle trugen akkurate Kurzhaarfrisuren, einige gegelt, pastellfarbene oder weiße Oberhemden mit Bügelfalten auf der Ärmeloberseite, teure Uhren mit Gliederarmband, Markenjeans und lederne Slipper. Sie sahen aus wie in die Jahre gekommene BWL-Studenten oder eine Kleinstgruppe Bogenhausener FDP-Politiker. Oder wie die kleinen Brüder des ehemaligen Verteidigungsministers. Mit ihrem präpotenten Gehabe dominierten sie den ganzen Biergarten: In regelmäßigen Abständen brachen sie in ungehemmtes Gelächter aus, um sich kurz darauf lautstark mit ihren Maßkrügen zuzuprosten. Stifter war fasziniert von ihrer ritualisierten Gleichförmigkeit und nickte Andreas nur noch aus Höflichkeit zu, obwohl dessen Rede schon an ihm vorbeiging. Andreas bemerkte, dass Stifter nicht mehr bei der Sache war, und drehte sich um. Er warf einen wissenden Blick auf die Männer. »Arme Schweine«, lautete sein Urteil.

Stifter musste grinsen. »Das sehen die anders.«

Andreas hob jetzt auch sein Glas hoch. »Auf die Freiheit!«, prostete er Stifter zu, und dieser ließ den dicken Rand seines Glases dezent an den von Andreas klacken. Er nahm einen Schluck und wischte dann den Schaum von der Oberlippe.

»Ich will den Job nicht geschenkt haben«, kommentierte Andreas, offenbar immer noch auf die Männer in seinem Rücken bezogen.

»Welchen?«, fragte Stifter verwirrt nach.

»Scheißegal. Bei Siemens, bei der Bank, was weiß denn ich. In irgendeinem Konzern halt. Als CEO oder COD oder wie sich das alles schimpft.«

Stifter zuckte mit den Achseln. »Festanstellung, jeden Monat ein fetter Scheck, Bonuszahlung …«

»… und ein Arschtritt, wenn du nicht mehr funktionierst«, ergänzte Andreas. »Nein, danke schön, ohne mich.«

Stifter wollte beipflichten, doch nun erhob sich einer der Männer, der bislang mit dem Rücken zu ihm gesessen hatte. Er schwankte leicht, als er versuchte, einen Fuß über die Sitzbank zu heben, und sogleich hob das Gejohle seiner fünf Mittrinker wieder an. Der Mann erzählte etwas, einen Witz offenbar, denn die am Tisch Sitzenden quittierten seine Bemerkung mit lautstarkem Gelächter und prosteten sich erneut zu. Jetzt drehte sich der Mann um und ging mit unsicherem Schritt am Tisch von Andreas und Stifter vorbei. Es war Herr Regmeier, dessen starres Lächeln einer Fratze der Verzweiflung wich, sobald er seinen Kumpanen den Rücken zugedreht hatte. Er wischte sich im Vorübergehen den Schweiß von seinem Gesicht, und Stifter konnte sehen, dass seine Hand zitterte.

*

Es sah aus, als sei jemand eingebrochen, das Unterste war zuoberst gekehrt. Alle Schränke und Schubladen in der Küche standen offen, der Inhalt lag am Boden verstreut. Tassen und Teller waren zerbrochen, jemand musste die Schränke einfach leergefegt haben, ohne Rücksicht auf ihr Geschirr. Gudrun bückte sich und hob eine Scherbe auf, auf der eine halbe Rose erkennbar war. Das gute Geschirr mit dem Goldrand, welches sie noch von ihrer Mutter hatte und wie ihren Augapfel hütete. Nur am Wochenende holte sie es heraus, nun lag es zerstört auf dem Linoleumboden. Die Tränen stiegen ihr heiß in die Augen, sie konnte nicht fassen, mit welcher Wut da jemand über ihren Besitz hergefallen war. Auch im Schlafzimmer sah es nicht besser aus. Die Matratze lag auf dem Boden, ohne Laken, das Bettzeug abgezogen daneben. Ihre Wäscheschublade war halb aufgezogen und leer, der Inhalt im ganzen Zimmer verteilt, auch die Sachen aus den Schränken. Verzweifelt sah Gudrun von Rechlin, die noch immer am Boden hockte und die kaputte Porzellantasse in der Hand hielt, zu ihm hoch. Harald saß unerschütterlich am Küchentisch. Er hatte sich einen Teil desselben freigefegt, worüber er die Zeitung ausgebreitet hatte, und löste Kreuzworträtsel.

»Warum hast du das getan?«, fragte sie ihn, und ihre Stimme klang, als hätte sie eine Handvoll Mehl im Mund.

Harald unterbrach seine Beschäftigung und sah zu ihr hinunter. Gudrun hätte schwören mögen, dass sich in seinen Mundwinkeln der Anflug eines Lächelns zeigte. Er musterte sie, bevor er sich herabließ, zu antworten.

»Du weißt genau, dass ich das nicht gewesen bin. Warum sollte ich? Ich weiß, dass du kein Geld hast. Falls der Dieb überhaupt nach Geld gesucht hat.«

Jetzt lächelte er sie an, fast verachtend, fand Gudrun. Und gleichzeitig wusste sie, wer hier so gewütet hatte. Annette. Es konnte nur Annette gewesen sein, und wie ein Blitz durchzuckte Gudrun die Erkenntnis, was ihre Tochter dazu gebracht haben musste, in ihrem Reich derartig zu wüten: die Schlüssel für die Handschellen! Annette war besessen von dem Mann im Keller, sie wollte ihn besitzen, ihn befreien. Auf allen vieren kroch Gudrun zu der Kaffeedose, die auf der anderen Seite der Küche unter den Herd gerollt war. Panisch ergriff sie die Dose, und ihr Herz hüpfte, als sie am Gewicht spürte, dass der Kaffee noch in der Dose war. Aber sie musste ganz sichergehen. Rasch erhob sie sich, öffnete die Dose und schüttete den Inhalt über die Zeitung mit Haralds Kreuzworträtsel. Das dunkelbraune Kaffeepulver ergoss sich darüber, und in der Mitte lagen silbern blitzend zwei kleine Schlüssel. Sie atmete auf.

19.

Georg Thalmeier breitete den Merkur auf dem großen Holztisch aus. Auf der ersten und zweiten Seite konnte er nur fragmentarisch die Schlagzeilen lesen, denn Mizzi hatte ihm wie jeden Morgen am Gartentor aufgelauert und war über die zusammengerollte Zeitung hergefallen, als handelte es sich dabei um seinen Erzfeind, den roten Kater vom Kreuther Hof. Obwohl Thalmeier seine Tageszeitung heldenhaft verteidigte, ging es nicht ohne Blessuren ab. Das Titelblatt hing in Fetzen. Aber das Interesse des Exbullen galt ohnehin mehr dem Sport und dem lokalen Geschehen. Er überflog die Politikseiten, blieb hier und dort an einer Bildunterschrift oder einem Tortendiagramm hängen, blätterte kopfschüttelnd durch den Wirtschaftsteil und verweilte etwas länger beim Sport. Dem Fußball konnte er nichts abgewinnen, aber Turnen und Leichtathletik galt seine Leidenschaft. Georg Thalmeier war in seiner Jugend aktiver Turner und auch später bei Polizeisportwettbewerben immer auf den vordersten Plätzen gewesen. Bis seine Frau erkrankte und er jede freie Minute an ihrer Seite verbrachte. Sein Job als Mordermittler in München ließ ihm ohnehin wenig Zeit, sein Familienleben am Tegernsee zu pflegen, und dadurch war in den letzten Jahren vor Gittis Tod an Sport nicht mehr zu denken gewesen. Er glich dieses Defizit dadurch aus, dass er kaum ein sportliches Ereignis in den Medien ausließ. Dem Sportteil in der Zeitung widmete er noch vor den Lokalnachrichten seine ganze Aufmerksamkeit.

Mizzi hatte sich wieder beruhigt und streckte sich gähnend auf der Fensterbank in der Sonne aus. Er hatte zuvor versucht, seinen Kopf in Thalmeiers Kaffeetasse zu stecken, er hatte ein unerklärliches Faible für Milchkaffee, war aber verscheucht worden. Thalmeier nahm einen Schluck von dem warmen Getränk und warf erst einen Blick auf den zufriedenen Kater, und dann schweifte sein Blick durchs Fenster auf den grünen Hügel seines Gartens. Das Gras stand hoch, weil er nur allzu selten Lust hatte, den Rasenmäher anzuwerfen. Und je höher das Gras wurde, desto weniger Lust hatte Thalmeier auf diese Arbeit. Die Zwetschgen waren reif, und der Baum, der am rechten Gartenrand seine Sicht begrenzte, trug überreichlich. Er würde ernten müssen und die Nachbarskinder dazu einladen. Die hatten im Gegensatz zu ihm größten Spaß daran, auf die Leiter zu steigen und die Früchte zu pflücken. Außerdem revanchierte sich die Mutter der Kinder bei ihm mit herrlichem Zwetschgenmus. Thalmeier blickte auf den dunstigen See in der Ferne und wurde von einem unbändigen Glück überfallen. Ich bin gesegnet, dachte er. Mir fehlt es an nichts. Ich habe Ruhe und Frieden. Mir geht es so gut wie nur wenigen Menschen auf dieser Welt. Wenn er die Zeitung aufschlug, war er konfrontiert mit Krieg und Armut, Hunger, Durst und Ausbeutung. Ich darf nicht klagen, dachte er dann. Demut, dachte er. Sich an dem erfreuen, was man hat. Und dankbar annehmen, was man bekommt. Er warf einen Blick auf die Stelle an der Wand, an der früher das Kruzifix gehangen hatte. Er hatte es abgenommen, nachdem Gitti nicht mehr war. Aber er wusste, dass er ein gläubiger Mensch war. Er glaubte nicht katholisch, evangelisch, buddhistisch.

Aber er war von einem tiefen Glauben erfüllt, und das spürte er gerade jetzt, als er den trockenen Geruch der Zeitung roch, die Wärme des sonnenbeschienenen Holztisches fühlte, das genüssliche Schnurren seines Katers hörte und auf den Frieden der Natur vor seinem Fenster blickte. Dann blätterte er weiter zu den vermischten Nachrichten, und sein Blick fiel auf eine Schlagzeile, neben der das nichtssagende Konterfei eines mittelalten Mannes abgedruckt war. »Frankfurter Investment-Banker entführt – steckt Occupy dahinter?« lautete der Text zum Bild. Schlagartig war Thalmeier wieder in der Realität gelandet.

*

Ihre Hände zitterten, als sie die Meldung entdeckte. Endlich, endlich hatten ihre Mahnungen Früchte getragen! Nun würde die Polizei ermitteln. Sie würden bei Gudrun auftauchen und mit Sicherheit auch ihren Mann finden. Julius. Die Gedanken jagten sich in ihrem Kopf. Sie war unfähig, auch nur einen davon festzuhalten. Wann würde die Polizei vor ihrer Tür stehen? Konnte sie Klaus aus der Sache raushalten?

Beate spürte, dass sie allmählich Angst vor der eigenen Courage bekam. Sie hatte etwas in Gang gesetzt, das sie nicht kontrollieren konnte. Sie blickte wieder hinunter auf die Zeitung und das Bild von Hans Günther Heims. Aufgrund eines anonymen Hinweises, hieß es in dem Artikel. Das war sie! Sie hatte den Hinweis geliefert! Beate wurde schwindelig, und sie nahm einen Schluck von dem stillen Wasser. Den Kaffee hatte sie zur Seite geschoben. Ihr Herz raste ohnehin schon, das dunkle Gebräu würde sie jetzt nicht mehr runterbringen. Dann zwang sie sich, wieder in die Zeitung zu gucken, immer wieder von vorne studierte sie den Artikel. Sie hatte ihn schon so oft durchgelesen, dass sie ihn fast auswendig kannte. Der Banker hatte keine Familienangehörigen mehr, lediglich einen dementen Vater im Pflegeheim. Deshalb hatte ihn niemand vermisst. Seine Termine und Geschäfte waren geplatzt, aber da er auf eigene Rechnung arbeitete und bei keiner Firma angestellt war, war auch hier keiner auf das Fehlen des Mannes aufmerksam geworden. Was für ein trauriges Leben, dachte Beate. Er hat keinen Menschen, der sich um ihn Sorgen macht. Er hätte im Keller in der Wettersteinstraße umkommen können, und lange Zeit hätte es niemand gemerkt. Wie würde dieser Mann wieder hineinfinden in sein Leben in Freiheit? Sie fragte sich, ob er so ohne weiteres seine Tätigkeit wiederaufnehmen konnte. Er war unter anderem im Day-Trading-Geschäft, stand in dem Artikel, aber Beate hatte keine Vorstellung davon. Sie wusste nur, dass er sie und ihren Mann schlecht beraten hatte, vielleicht betrogen, aber das war ihm nicht nachzuweisen gewesen. Man hatte ihnen, den Anlegern des Magna-Invest-Fonds gesagt, dass sie selbst schuld seien. Dass sie den Beteuerungen des Mannes keinen Glauben hätten schenken dürfen. Sie hätten sich besser informieren müssen. Von dem Betrug mit dem Fonds aber stand nichts in der Zeitung. Vielleicht wollte man nicht riskieren, die Empathie des Lesers aufs Spiel zu setzen. In diesen Zeiten genoss ein Banker kein hohes Ansehen. Und schon gar keiner, der in den Ruch kam, ein Anlagebetrüger zu sein.

Beate musterte das Gesicht des Mannes, aber sie konnte in ihm nicht den Mann erkennen, den sie im Keller gesehen hatte. Dieser hier in der Zeitung hatte ein Allerweltsgesicht. Auf der Straße hätte man ihn nicht erkannt. Ovale Gesichtsform, kurze dunkle Harre, schmaler Mund und gerade Nase.

Nichts Aussagekräftiges war an ihm, kein besonderes Merkmal. Der Mann allerdings, den Beate in Gudrun von Rechlins Keller gesehen hatte, den würde sie niemals vergessen. Die leicht eingefallenen Wangen, die aufgerissenen Augen, die sie angstvoll angesehen hatten, als sie den Keller betreten hatte, der angespannte Kiefer, der Schweiß auf der Stirn – dieser Mann war unverwechselbar gewesen, ein gequältes Individuum. Sie würde ihn so schnell nicht vergessen. Er hatte vielleicht nicht die Freiheit verdient, wenn er ein Betrüger war, aber Gerechtigkeit. Immer wenn sie an ihn dachte, schob sich das Gesicht ihres Ehemannes dazwischen. Julius, mit dem sie alt geworden war. Der wunderbare, zartfühlende und aufmerksame Julius. Der sensible junge Mann, den sie vor fünfzig Jahren vor der Frankfurter Oper kennengelernt hatte. Und der mit den Jahren verschwunden war. Den Jahren der Selbständigkeit, der Praxisgründung, den Jahren nach der Geburt von Klaus. Als Julius sich in die Arbeit geflüchtet hatte. Und in den letzten Jahren konnte sie den Mann, in den sie sich einst verliebt hatte, nicht mehr wiederfinden, sosehr sie auch in seinen Gesichtszügen gesucht hatte. Vielleicht schien er manchmal noch in den Augen auf oder in einem weichen Zug um den Mund. Doch kaum hatte der alte Julius diesen Mund aufgemacht, war die Erinnerung an den jungen Julius wie ausgelöscht. Beschwerden, Anklagen, Bitternis. Das war es, was ihn heute beschäftigte. Keine Träume, Liebesschwüre und hochfliegenden Pläne mehr wie damals.

Beate riss sich zusammen und wandte ihre Konzentration wieder auf heutige Dinge. Sie müsste sich einen Plan zurechtlegen. Wenn sie befragt werden würde, würde sie zu Protokoll geben, dass ihr Mann sich vergangenen Samstag von ihr verabschiedet hatte, um eine alte Bekannte in Bayern zu besuchen. Seitdem habe sie nichts mehr von ihm gehört. Ja, sie habe sich durchaus gesorgt, sie sei ihm sogar hinterhergereist, aber habe ihn nicht zu Gesicht bekommen. Nein, sie habe nicht mit dem Gedanken gespielt, die Polizei einzuschalten. Schließlich hatte sie sein Auto gesehen, in Lohdorf, am Novalisplatz. Sie hatte also keinen Grund, zu glauben, dass er nicht bei ihr war, bei Gudrun von Rechlin, seiner Neuen. Sie hatte den Verdacht gehabt, er habe sie verlassen wollen. Sie glaubte, eine betrogene Ehefrau zu sein, um die Ehe hatte es in den letzten Jahren nicht zum Besten gestanden. Nein, den Namen Hans Günther Heims hörte sie zum ersten Mal. Von den Geldgeschäften ihres Mannes wusste sie nichts. Dass er Geld verloren hatte, erfuhr sie erst jetzt. Sie war schockiert – nichts mehr da? Wovon sollte sie nun leben?

Beate nickte. So könnte es funktionieren. Ihre Hände waren schweißnass, sie war eine schlechte, eine ungeübte Lügnerin. Aber sie hoffte, es zu schaffen. Schließlich war es glaubhaft, dass Julius sie über die Finanzen im Unklaren gelassen hatte. Und wenn sie die Geschichte einer Ehekrise gut darlegen konnte, dann würden die Polizisten auch verstehen, warum sie die Sachen ihres Ehegatten zusammengepackt hatte. Sie war verlassen worden und nun tief enttäuscht.

Beate Klinger faltete sorgfältig die Zeitung zusammen und warf einen Blick auf den kleinen Zettel, der darunter auf dem Tisch gelegen hatte. In ihrer runden, sauberen Schrift hatte sie aufgelistet, wie viel Rente sie bekam. Dazu die Unterstützung für Klaus. Welche Ausgaben und welche Einnahmen sie hätten. Sollte Julius noch leben und ins Gefängnis gehen müssen, würde ihr nichts weiter übrigbleiben, als Sozialhilfe zu beantragen, oder Hartz vier, wie das heute hieß. Aber sie hatte sich umgehört, man konnte dann Wohnkostenzuschuss und einiges mehr zusätzlich beantragen. Sie würde keine großen Sprünge machen können, aber es würde für sie und Klaus reichen. Wenn Julius allerdings tot wäre, dann bekäme sie eine kleine Witwenrente sowie die Leistungen aus dem ärztlichen Versorgungswerk. So grotesk der Gedanke war, so sehr beruhigte er sie gleichzeitig.

*

Johannes Stifter war beunruhigt. Er hatte sie schon von weitem gesehen, Annette von Rechlin, wie sie da auf der Treppe vor ihrem Haus kauerte. Er hatte sich beeilt, die Post bei ihren Nachbarn zuzustellen, um möglichst rasch bei ihr zu sein. Als er sein Rad vor dem Gartentor abstellte, hob sie den Kopf. Sie sah schrecklich aus, um zehn Jahre gealtert. Als Annette ihn wahrnahm, versuchte sie ein Lächeln, aber das geriet ihr zur Fratze. Ihre Augen waren blutunterlaufen, sie hatte schwere, dunkle Tränensäcke, und ihre helle Kleidung sah aus, als trüge sie diese seit Tagen. Sie versuchte, sich zu erheben, nachdem Stifter sie gegrüßt hatte, aber sie wankte und musste sich an der Hauswand abstützen. Stifter entschloss sich kurzerhand, sein Rad stehen zu lassen und zu ihr zu gehen. Als er das Gartentor öffnete, winkte Annette von Rechlin ihn zu sich.

»Helfen Sie mir!«, rief sie ihm mit brüchiger Stimme zu und ließ sich wieder schwer auf die Steinstufen fallen. Sie war voll bis oben hin, das sah Stifter nicht nur, das roch er auch. Ihre Fahne mischte sich mit Schweiß und dem Geruch von ungewaschenem Körper. Er musste sich sehr überwinden, sich ihr zu nähern, und wollte eigentlich in sicherem Abstand vor ihr stehen bleiben, aber Annette warf sich abrupt nach vorne und zog an seinen Hosenbeinen.

»Bitte«, stammelte sie, »Sie müssen mir helfen.« Sie wollte weitersprechen, aber dann brach sie in unartikuliertes Wimmern und Schluchzen aus, so dass Stifter sie nicht mehr verstehen konnte. Er bückte sich zu ihr, löste ihre Hände, die noch immer seine Unterschenkel umklammerten, und schob sie in eine halbwegs aufrechte Sitzposition. Annettes Kopf hing nach unten, die strähnigen Haare verdeckten wie ein dichter graublonder Vorhang ihr Gesicht. Ihr Wimmern steigerte sich, und Johannes Stifter fasste ihre Oberarme fester und schüttelte sie sanft.

»Frau von Rechlin«, sagte er mit fester Stimme, »Frau von Rechlin, bitte. Ist Ihnen etwas passiert?«

Die Frau hob ihr Gesicht und schüttelte sich matt die Haare aus dem Gesicht. Sie hatte Mühe, Stifter zu fixieren, immer wieder glitt ihr Blick zur Seite. Die Tränen liefen ihr über die Wangen, das Wasser stand hoch in ihren Augen.

»Meine Mutter«, brachte sie mühsam hervor, »meine Mutter …«

»Was ist mit Ihrer Mutter?« Stifter glaubte sofort, dass der alten Dame etwas zugestoßen war und er einen Krankenwagen benachrichtigen musste. Aber der Ausdruck im Gesicht von Annette von Rechlin änderte sich im Sekundenbruchteil, er wechselte von entrückt zu wütend.

»Nein«, stieß die Frau nun plötzlich mit Kraft hervor, »nein, nicht mit ihr.«

Dann fasste sie Stifter an den Schultern und schob ihr Gesicht ganz nah an seines. Er roch ihren säuerlichen Atem, und augenblicklich kam der Kaffee, den er gerade in der Bäckerei getrunken hatte, wieder hoch.

»Sie hat einen Mann gefangen«, zischte Annette von Rechlin ihm zu.

Stifter entspannte sich. Sie war einfach nur betrunken. Kurz vorm Delirium. Vermutlich hatte sie auch wieder Tabletten geschluckt und nun Wahnvorstellungen. Er müsste sie ins Bett schaffen und sie dazu zwingen, ihren Rausch auszuschlafen.

»Er ist im Keller«, fuhr Annette von Rechlin fort und krallte sich nun in Stifters Schultern. »Ich muss ihm helfen, Sie müssen mir helfen.«

»Gerne helfe ich Ihnen«, versicherte Stifter sanft und versuchte, Annette von Rechlin hochzuhieven, »aber jetzt müssen Sie erst einmal ins Bett. Sich ausruhen.«

Doch die Frau zog ihn wütend wieder zu sich hinunter. »Nein! Wir holen ihn da raus, jetzt, sofort. Ich brauche nur den Schlüssel«, lallte sie.

»Frau von Rechlin«, Stifter versuchte es weiter mit Sanftmütigkeit, »Sie brauchen eine Mütze voll Schlaf.«

Ihr Ausbruch erwischte Stifter kalt. Annette von Rechlin stieß ihn so heftig von sich, dass er, der vor ihr am Fuß der Treppe hockte, beinahe lang hingeschlagen wäre. Gleichzeitig wich sie vor ihm zurück und schob sich erneut an der Mauer hoch. Sie schrie in so einem hohen Ton, dass Stifter gewiss war, man könne es noch am Novalisplatz hören.

»Halten Sie mich nicht für bescheuert«, schrie sie außer sich, und ihr zuvor graues Gesicht nahm eine rote Färbung an. »Ihr glaubt doch alle, ich bin nicht mehr dicht!« Nun lief ihr vor Eifer ein Speichelfaden aus dem Mundwinkel. »Ihr Scheißtypen! Du und Jürgen und alle!«

Stifter sah sich unwohl um, aber die Wettersteinstraße war

wie leergefegt, und er sah sich allein dem Angriff der betrunkenen Frau ausgesetzt.

»Aber ich finde den Schlüssel, da könnt ihr Gift drauf nehmen, ihr Arschlöcher alle!« Langsam verließ sie ihre Stimme, und ihr Wutausbruch drohte wieder in einem Weinkrampf zu verebben. »Ihr Scheißtypen. Ich hol ihn da raus.«

Annette von Rechlin drehte sich von Stifter weg zur Wand des Hauses und tastete sich langsam vor zu ihrer Tür. Währenddessen murmelte sie Unverständliches und schluchzte zwischendurch laut. Stifter beobachtete sie und war auf dem Sprung. Sollte sie stolpern, war er bereit, sie zu stützen. Aber es gelang ihr, sich unfallfrei zu ihrer Tür vorzurobben, die sie öffnete, um dann im Schlund des dunklen Flurs zu verschwinden. Johannes Stifter sprang schnell auf und bot ihr noch seine Hilfe an, aber Annette von Rechlin sah ihn mit ihrem verheulten Gesicht ausdruckslos an und schlug ihm die Tür vor der Nase zu.

Eine Weile noch blieb Stifter davor stehen und horchte ins Innere des Hauses, aber es war kein Laut von drinnen zu hören. Er fühlte unendliches Mitleid mit Annette von Rechlin.

*

Gudrun lauschte hinter ihrer Tür auf das Zuklappen des Gartentores. Dann lugte sie vorsichtig hinter der kleinen Spitzengardine aus dem Fenster der Gästetoilette und sah, dass der vermaledeite Postbote sich auf sein Fahrrad schwang. Er warf noch einen besorgten Blick zurück auf Annettes Haustür, fuhr dann aber zu ihren Nachbarn weiter. Gudrun war überzeugt, dass er ihrer Tochter kein Wort geglaubt hatte. Die blöde Pute hatte so laut gebrüllt, dass sie jedes Wort verstehen konnte. Aber sie war stockbesoffen gewesen, und damit war ihre Räuberpistole vom Mann, der im Keller gefangen war, absolut unglaubhaft.

Jetzt war die Luft rein, und die alte Frau öffnete die Tür. Schnell ging sie hinüber zur Garage. Sie musste endlich an die Kapsel in Julius' Hosentasche kommen. Jetzt sollte alles so schnell wie möglich über die Bühne gehen. Sie musste Harald davon überzeugen, den Mann zurück nach Frankfurt zu bringen. In irgendein Waldstück. Dort würde er ihm Julius' Kapsel geben, von der sie hoffte, dass sich diese noch in der Hosentasche befand. Seinen Abschiedsbrief und das Testament müsste der Mann dabei haben, wenn er gefunden würde. Es war zu gefährlich, das in seiner Wohnung zu deponieren, zumal sie seine Privatadresse gar nicht kannte. Sie hatte bereits alles vorformuliert, nun kam es darauf an, den Mann unter Druck zu setzen, den Wisch zu schreiben. Möglichst schnell, möglichst noch heute. Annette schien zu allem in der Lage zu sein, sie war eine Gefahr.

Gudrun von Rechlin hatte die Klinke der Garagentür bereits in der Hand und drückte sie herunter. Kaum hatte sie die Tür einen Spalt geöffnet, drang bestialischer Gestank aus dem dunklen Raum. Scharf und beißend. Rasch schloss sie die Tür und die Augen. Ihr war augenblicklich schlecht geworden. Sie kannte den Gestank. Sie kannte ihn aus ihrer Jugend, als sie durch das vom Krieg verwüstete Land geflohen waren. Verwesende Körper rochen so, und mit dem Geruch kam die Erinnerung wieder zurück. Die Bilder, die sie erfolgreich verdrängt hatte. Von Leichen auf den Feldern und in den Straßengräben. Kinder, Männer, Frauen, Tiere. Sobald Gudrun ihre Augen wieder geöffnet hatte, fiel ihr Blick auf den Polizeiwagen, der langsam an ihrem Grundstück vorbeifuhr. Zwei junge Polizisten warfen einen Blick auf ihr Haus und dann auf sie. Ihr war, als setzte ihr Herz aus.

Die Polizisten schienen ein kleines Stück nach ihrem Haus gehalten zu haben, denn sie konnte das Polizeiauto zwar nicht sehen, hörte aber die Türen klappen. Kurz darauf standen sie vor ihrem Gartentor. Zwei junge Beamte in Uniform. Sie nickten Gudrun freundlich zu, die sich fasste, zu einem Lächeln zwang und ein paar Schritte auf sie zutrat.

»Frau von Rechlin?«, erkundigte sich der eine Uniformierte.

Sie nickte.

Die beiden Polizisten warfen sich einen kurzen Blick zu.

»Uns liegt eine Meldung vor, der wir nachgehen müssen«, fuhr der Beamte fort. »Dürfen wir reinkommen?«

»Aber bitte«, gab sie zurück, öffnete das Tor und ließ vor ihrem geistigen Auge ihre Wohnung passieren. Sie war geputzt und aufgeräumt, Harald saß oben in der Küche und frühstückte. Sie musste ihm ein Zeichen geben, dass er sich nicht muckte. Annette wiederum durfte auf keinen Fall mitbekommen, dass die Polizei da war. Die Tür zum Keller war verschlossen, selbst wenn der Mann dort unten um Hilfe rief, würde man ihn nicht hören. Und der Gestank aus der Garage hatte sich bereits verflüchtigt.

Als sie den kurzen Weg vom Gartenzaun zu ihrer Haustür zurücklegte, hoffte Gudrun, dass die Polizisten nicht bemerkten, dass sie am ganzen Körper zitterte. Es fiel ihr sogar schwer, die massive Holztür aufzudrücken, so kraftlos war sie. Aber der junge Polizist, der den Wagen gefahren hatte, kam ihr zu Hilfe. Galant hielt er ihr die Tür auf, während sie in ihren Flur vorging. Wie schon ein paar Tage zuvor, als der Briefträger hier hereingekommen war, prüfte sie mit raschem

Blick, ob sich irgendetwas fand, das die Aufmerksamkeit der Polizisten auf sich ziehen könnte, aber es sah alles so aus, wie es bei alten Leuten sein musste. Ein bisschen verwohnt, gemütlich und einsam. Sonntagsgeschirr in der Vitrine, Häkeldeckchen auf dem Beistelltisch, ein aufgeschlagenes Kreuzworträtsel auf dem Sofa.

Sie setzte sich abwartend und gehorsam auf die grünen Polster und warf einen schnellen Blick nach draußen. Aber die Panoramascheibe gab lediglich den Blick frei auf einen eingewachsenen weitläufigen Garten, in dem jemand eifrig arbeitete: Sträucher und Stauden, die darauf warteten, eingepflanzt zu werden, eine Schubkarre voll Kompost, eine Tüte Kalk.

Die Polizisten blieben im Raum stehen und blickten sich kurz um. Sie waren nicht neugierig, vielmehr wirkten sie, als sei ihnen der Grund ihres Hierseins unangenehm. Der eine von ihnen, mit dunklen Haaren, die mit Pomade nach hinten gekämmt waren, räusperte sich. »Wir wollen Sie auch nicht aufhalten, Frau von Rechlin. Aber wir müssen bestimmten Hinweisen nachgehen.«

Gudrun bemühte sich, ihn ratlos und aufmerksam anzusehen.

»Hinweisen?«, fragte sie naiv nach. »Die mich betreffen?«

»Indirekt«, antwortete nun der Kollege. »Kennen Sie einen Herrn Hans Günther Heims?«

Sie kniff nachdenklich die Augen zusammen. Dann schüttelte sie langsam den Kopf. »Ich weiß nicht«, sagte sie, »mein Gedächtnis … Wissen Sie, ich bin dreiundachtzig, da will manches nicht mehr so, wie es soll.«

Die beiden Polizisten warfen sich einen Blick zu, der besagte, dass sie einer falschen Fährte folgten.

»Sollte ich ihn kennen?«, erkundigte sie sich, um Arglosigkeit bemüht. »Der Name … ich weiß einfach nicht.«

Der Beamte mit den dunklen Haaren nickte ihr beruhigend zu.

»Möglich, dass Ihnen der Name schon einmal begegnet ist. Er ging vor ein paar Jahren durch die Presse. Wir wollten lediglich wissen, ob Ihnen der Herr persönlich bekannt ist. Aber das scheint wohl nicht der Fall zu sein.«

Sie lächelte. »Tut mir leid.«

»Na dann.« Die beiden Männer waren bereits auf dem Rückzug. »Entschuldigen Sie bitte die Störung.«

Gudrun erhob sich, um die Polizisten hinauszubegleiten, als sie die Haustür klappen hörte. Annette! Ihr Herz setzte aus. Auch die Beamten hörten das Geräusch und sahen sie fragend an. Gudrun glaubte, auf der Stelle ohnmächtig werden zu müssen, doch dann hörte sie die Kellertür. Ihre Tochter ging kommentarlos zu Heims hinunter, ohne die Anwesenheit der Fremden im Haus zu bemerken.

»Meine Putzfrau«, erklärte Gudrun lächelnd, ging mit schnellen Schritten zur Haustür und öffnete diese weit. Ihre Hand, die auf der Klinke lag, zitterte, und Gudrun hoffte, dass die Polizisten das ihrem Alter zuschreiben würden. Die beiden verließen ihr Haus und verabschiedeten sich höflich. Gudrun von Rechlin ließ die Haustür zufallen, sank auf die Treppe, die ins obere Stockwerk führte, und lauschte auf die Stille. Alles war ruhig. Jeder war an seinem Platz. Es war Zeit, die Sache endlich zu beenden.

20.

Der Garten war voller Gäste, und Georg Thalmeier öffnete schon wieder eine Plastiktüte mit Rostbratwürsten und schmiss die weißen Dinger auf den Grill. Kyra hatte Johannes Stifter und seinen »Freund«, den Exbullen, hierherverbannt, Widerrede zwecklos. Sie meinte, Stifter müsse sich einbringen und alle ihre Freunde kennenlernen, und wo könne man das besser als an der zentralen Fleischverteilstelle. Der Grill war ein ein Meter breiter Rost über einem von Andreas selbst zusammengeschweißten Gestell. Der Briefträger stand nun schon seit Beginn der Party vor zwei Stunden hier und drehte und wendete Würste, Steaks und Maiskolben. Immer wenn er dachte, er habe seiner Pflicht Genüge getan, kam eines der Lanz-Kinder aus der Küche mit einer weiteren Plastikschüssel voll mariniertem Fleisch oder mit eingeschweißten Würsten. Die jüngste Tochter, Rubina, hatte es sich mit ihrer Freundin Amelie zur Aufgabe gemacht, für das leibliche Wohl der beiden Männer am Grill zu sorgen. Eifrig holte sie Salate, Brot und Bier, und bald wusste Stifter nicht mehr, wovon er am meisten übersättigt war: vom Fleischdunst am Grill, vom Kartoffel- und Nudelsalat oder vom Bier. Sicher hatte er bereits drei oder vier Flaschen Helles geleert, aber Thalmeier, der es ihm gleichtat, war der Meinung, dass man bei der schweißtreibenden Tätigkeit den Alkohol längst wieder ausgeschwitzt habe. Eine unkonventionelle Ansicht für einen Polizisten, meinte Stifter, aber Thalmeier lachte schallend und merkte an, dass er außer Dienst und dies seine Privatmeinung sei. Andererseits spürte Stifter, dass ihm die Hitze und der Alkohol ganz angenehm zu Kopf stiegen, und er begann, den Abend zu genießen.

Der Garten der Familie Lanz war bis auf den letzten Platz belebt. Es waren mehrere Hunde da, die einander über das Grundstück jagten oder den Grill belagerten. Etliche Kinder jeder Altersstufe hüpften kreischend auf dem Trampolin, ein paar Jungs kümmerten sich um das Lagerfeuer, und die älteren Jugendlichen saßen in der Nähe seiner Hütte, rauchten und tranken. Ab und zu drang das helle Lachen eines Mädchens herüber, kehlige Rufe der Buben im Stimmbruch, ein Fetzen Musik. Die Stimmung war insgesamt entspannt und heiter. Stifter staunte noch immer, wie viele »beste Freunde« Kyra und Andreas Lanz hatten, es waren mindestens fünfzig Erwachsene anwesend. Die meisten von ihnen waren im Alter der beiden Gastgeber, Mitte, Ende vierzig. Aber auch ein paar Ältere und jüngere Paare waren dabei. Es gab nur wenige Singles, und Kyra hatte Stifter von Beginn an indezent bei jeder Frau, die allein kam, darauf hingewiesen, ob sie einen Partner hatte oder alleinstehend war. Stifter war alles andere als interessiert, sich verkuppeln zu lassen, aber es schien, als sei Kyra in dieser Hinsicht unerbittlich und habe es sich zum unbedingten Ziel gesetzt, ihn heute Abend an die Frau zu bringen. Stifter hatte sich vorgenommen, sie nicht vor den Kopf zu stoßen, gleichzeitig wusste er, dass ihm heute bestimmt nicht der Sinn nach Flirten stand. Er dachte unentwegt an Annette von Rechlin. An ihre Verzweiflung, ihre Einsamkeit und ihre unbändige Wut. Er fragte sich, welch Leben diese an und für sich so attraktive, wohlerzogene und offensichtlich gebildete Frau gehabt haben musste, um so zu werden. So zerstört.

»Sie sind der Charlie-Parker-Mann, ja?«

Stifter sah hoch. Er hatte nicht bemerkt, dass die Frau, die vor dem Grill stand, ihm ihren Teller hingestreckt hatte.

»Steak oder Wurst oder weder noch?«, sprang Thalmeier zur Seite.

»Beides. Also Steak und Wurst. Auf keinen Fall weder noch.« Sie lachte, und der alte Bulle wählte zwei Fleischstücke aus, die er ihr auf den Teller legte.

»Sauber«, sagte er und lächelte breit.

Die Frau bedankte sich höflich, sprach dann aber erneut Johannes Stifter an. »Ich bin die Mutter von Lukas«, sagte sie und streckte ihm die Hand hin.

Stifter ergriff sie und wunderte sich über den zupackenden Griff. Er musterte die Frau, die auf den ersten Blick so wenig Ähnlichkeit mit ihrem Sohn zu haben schien. Während Lukas zart, blond und durchscheinend war, war seine Mutter das, was der Bayer als »fest« bezeichnete. Sie war ebenso groß wie Stifter und von kräftiger Statur. Allerdings wirkte sie nicht weich und mollig, sondern stark und trainiert. Sie hatte breite Schultern und muskulöse Arme, unter dem kurzen T-Shirt spannte sich der Bizeps. Ihr Brustkorb war breit, und die Brüste waren flach. Sie hätte Stifter beängstigen können, wäre da nicht das runde, mit Sommersprossen übersäte Gesicht gewesen. Sie lachte breit, und dadurch bildeten sich tiefe Grübchen, unter den Augen hatte sie Lachfalten. Ihr lockiges offenes Haar war von grauen Strähnen durchzogen.

»Vroni«, stellte sie sich vor.

»Schöner bayerischer Name«, kommentierte Georg Thalmeier. »Ich bin der Schorsch.« Dabei reichte er der Frau seine

Pranke, die sie lächelnd nahm und schüttelte. Stifter warf einen Seitenblick auf den alten Mann und wunderte sich, wie sehr dieser Thalmeier sich von dem unterschied, den er in Germerow kennengelernt hatte. Dort war Thalmeier wie ein Fisch an Land gewesen. Fremd, unzugänglich, schroff und traurig. So, wie Stifter ihn nun erlebte, war er offen, humorvoll und positiv. Aber der Briefträger war sicher, dass auch dies nur eine Seite der Medaille und der wahre Thalmeier ein Produkt aus beidem war, auch hier in der Heimat.

»Schleich di, ich mach des hier allein«, schickte Thalmeier ihn fort, und Stifter protestierte nicht, weil er erstens überrumpelt wurde und zweitens Vroni ganz offensichtlich ihr Gespräch fortsetzen wollte. Sie steuerte zielstrebig auf eine Bierbank zu, an welcher noch Platz war, und setzte sich hin. Stifter nahm gegenüber Platz, und sie prosteten sich mit ihren Bierflaschen zu.

»Aber Sie kennen offensichtlich Charlie Parker?«, begann Stifter das Gespräch.

»Nicht wirklich«, gab Lukas' Mutter zu. »Ist nicht meine Zeit. Ich habe nie Jazz gehört. Ich habe mit Rod Stewart angefangen und mich eigentlich bis heute nicht wesentlich weiterentwickelt.«

Stifter musste wohl aussehen, als habe er in eine Zitrone gebissen, denn Vroni rollte mit den Augen und lachte.

»Sorry, aber ich hab echt keinen Intellektuellengeschmack.«

Stifter war es peinlich, dass sie sich von ihm so klassifiziert fühlte, und bemühte sich im Folgenden, jedes Gespräch über Philosophie und Musik strengstens zu vermeiden, um nicht als arroganter Sack dazustehen. Das klappte auch so weit zu seiner Zufriedenheit, aber letzten Endes nur, weil Vroni leutselig war und ihn über seinen Beruf und seine Zeit in Berlin ausfragte. Es stellte sich heraus, dass sie in Lohdorf aufgewachsen und eine Schulkameradin von Andreas war. Weiterhin erfuhr Stifter von ihr nur, dass sie Hebamme und alleinerziehende Mutter eines Sohnes, Lukas, war. Denn sobald das Gespräch ihr Leben, ihre Interessen berührte, lenkte Vroni ab und stellte Stifter ihrerseits neugierige Fragen. Er genoss die Unterhaltung mit ihr, weil sie frei von Flirt und Hintergedanken war. Vroni war eine sympathische und offene Frau, die Interesse für sein Leben zeigte und Stifter ein Gefühl gab, das ihm weitgehend fremd war: dass er ein interessantes Leben geführt hatte. Seine Zeit in Westberlin als Bundeswehrflüchtling, die Hausbesetzerszene, das Inselberlin der achtziger Jahre und seine Erlebnisse in Germerow – durch Vronis Nachfragen erschien all das bunt und schillernd.

»Der Lukas war total hin und weg«, sagte Vroni gerade und drehte an ihrer Bierflasche herum, »das erlebe ich ganz selten bei ihm.«

Stifter zuckte mit den Schultern. »Das war die Musik, das hat mit mir nichts zu tun.«

Vroni sah ihm direkt in die Augen. »Lukas findet, du bist ein guter Typ.«

Sie nahm ihren Blick nicht von ihm, und er befand, dass er schweigen sollte.

»Außerdem hast du den Jungs geglaubt. Als Einziger, so wie's aussieht.«

Jetzt erwiderte Stifter ihren Blick. »Du meinst die Sache bei den Rechlins? Nachts im Garten?« Es fiel ihm noch immer schwer, Fremde zu duzen, aber er wollte nicht unhöflich sein.

Sie nickte.

»Was glaubst du ihnen denn?«

Nun sah Vroni auf ihre Flasche und zögerte. »Ich weiß nicht. Einerseits lügt der Luki nicht. Jedenfalls bis jetzt nicht. Vielleicht hat er was geraucht und will's mir nicht sagen. Und dann haben die beiden sich in ihrem Rausch da so reingesteigert, dass sie wirklich glauben, da war eine Leiche in der Schubkarre.«

Sie nahm noch eine Gabel voll Kartoffelsalat und schnitt sich anschließend ein großes Stück Steak ab, das sie sich mit Genuss in den Mund schob. Stifter war amüsiert, selten hatte er eine Frau gesehen, die in Anwesenheit eines Mannes so schamlos gern aß.

»Auf der anderen Seite ist das auch total *strange* bei denen. Ich kenn die alte Rechlin ja ganz gut.«

Jetzt horchte Stifter interessiert auf.

»Die junge auch?«, erkundigte er sich, »Annette?«

Vroni lachte, kaute und sprach mit halbvollem Mund weiter. »Die erst recht. Wir waren zusammen in der Schule. Sie war zwar drei Klassen über mir, aber trotzdem. Und zu unserem Literaturzirkel kommt sie auch, einmal im Monat.«

Stifter erzählte Vroni daraufhin, was er mit Annette von Rechlin erlebt hatte, heute, aber auch vor einer Woche, als sie bewusstlos auf ihrem Behandlungsstuhl gelegen hatte. Die Frau ihm gegenüber war nicht verwundert. Sie seufzte und schob schließlich ihr Essen zu Seite, als sei ihr angesichts Annette von Rechlins Schicksals der Appetit vergangen.

»Die Annette ist ein total lieber Mensch«, konstatierte Vroni, »aber eine arme Sau.« Und dann erzählte sie Stifter vom Leben der ehemaligen Schulkameradin. Wie diese als einziges Kind vom Vater verhätschelt und von der Mutter drangsaliert wurde. Wie sie von den Aktivitäten anderer Kinder ausgeschlossen wurde, weil sie als Adlige sich nicht mit dem »Pöbel« abgeben sollte. Wie die Mutter Annette schließlich mit einem Schönheitschirurgen verheiratete, der scharf auf den Adelstitel, nicht aber auf die Frau war. Er betrog Annette fortwährend, bis sie sich nach fünfzehn Jahren Ehe kinderlos von ihm trennte und wieder bei ihren Eltern einzog. Wohl aus inniger Verbundenheit mit dem Vater und auch deshalb, weil ihre Alkoholprobleme bereits damals, Ende der neunziger Jahre, begonnen hatten. Sie fand keinen Anschluss mehr, hatte keinen Freundeskreis, keinen Mann und zog sich immer mehr zurück. Als der Vater schließlich starb, war sie der Schikane ihrer Mutter ganz ausgesetzt.

»Damals habe ich sie eingeladen, zu unserem Literaturzirkel zu kommen«, beendete Vroni ihre Erzählung, »und das tut sie auch, regelmäßig. Sie lässt kein Treffen aus. Sie ist immer reizend und liebenswürdig. Aber jedes Mal, wenn sie kommt, hat sie schon eine Fahne. Und im Lauf des Abends säuft sie so, dass sie nicht mehr alleine nach Hause fahren kann.«

Stifter schwieg einen Moment betroffen. Es war das, was er erwartet hatte, und doch berührte es ihn tief. Dass da niemand war, der half. Dass eine erwachsene Frau vor den Augen aller einfach so zugrunde gehen konnte.

»Sie hat mir heute erzählt, dass ihre Mutter einen Mann im Keller gefangen hält.«

Vroni sah ihn erstaunt an, schüttelte dann aber den Kopf. »Wohl kaum. Wahrscheinlich fängt das jetzt mit den Wahnvorstellungen an.«

Stifter knibbelte am Etikett seines Bieres herum. Der Appetit war ihm gerade vergangen und Vroni offenbar auch. Sie schwiegen und hingen beide ihren Gedanken nach.

*

Mit zittrigen Fingern wählte Gudrun von Rechlin die Frankfurter Nummer. Sie hatte sofort gewusst, wer sie bei der Polizei verpfiffen hatte, und ihre unbändige Wut auf Beate Klinger war alles andere als verraucht. Dieses Flittchen, dachte Gudrun, die will den ganzen Kuchen haben, aber da hat sie sich geschnitten, sie wird gar nichts abbekommen, kein Geld wird sie sehen, niemals. Sie hatte sich, nachdem die Polizisten da gewesen waren, nicht mehr getraut, die Garage zu betreten, stattdessen hatte sie im Garten gearbeitet und versucht, ihre Wut loszuwerden. Das war ihr nicht gelungen, und Annette hatte es mit voller Wucht abbekommen. Als sie wieder aus dem Keller gekommen war, mit diesem kindlich doofen Ausdruck in ihrem geröteten Gesicht und nach Alkohol stinkend, hatte Gudrun bereits auf sie gewartet. Mit Volkmars Gürtel war sie auf sie losgegangen, wie früher, das Ende mit der Schnalle zu einem festen Knoten gebunden. Annette hatte geschrien wie am Spieß und sich nach Kräften gewehrt. Sie war stärker als ihre Mutter, aber Gudrun war nüchtern gewesen und Annette nicht. Sie hatte wie von Sinnen auf ihre Tochter eingeprügelt, ihre ganze Wut auf den fehlgeleiteten Plan und ihre daraus resultierenden Schwierigkeiten hatte sie an ihr ausgelassen. Wäre Harald nicht von oben gekommen und hätte eingegriffen, hätte sonst was passieren können. Annette war starr vor Angst gewesen, als sie Harald gesehen hatte, es war die erste Begegnung der beiden. Aber Harald hatte Gudrun nach oben geschickt und sanft auf Annette eingeredet. Sie, Gudrun, hatte sich gefügt. Es war ihr gleich gewesen, wie Harald mit Annette klarkam. Das alles würde ohnehin bald ein Ende haben.

»Klaus Klinger«, meldete sich der Sohn von Julius und Beate mit dieser schleppenden Behindertenstimme.

»Gudrun von Rechlin. Ich will deine Mutter sprechen«, herrschte Gudrun ihn an.

»Mama ist nicht da«, antwortete der Junge. Fast klang es weinerlich.

»Wo ist deine Mutter? Ich muss sie sprechen.« Gudrun wurde noch verärgerter. Laut Julius war Beate immer zu Hause, rund um die Uhr, warum ließ sie an einem Samstagabend ihren debilen Sohn alleine?

»Weiß nicht«, nölte dieser in den Hörer.

Gudrun legte kommentarlos auf. Das konnte warten. Beate konnte warten. Vielleicht würde sie sich auch gar nicht an ihr rächen, überlegte Gudrun von Rechlin. Das stand doch gar nicht im Vordergrund. Sie musste an das Geld kommen und den Mann im Keller möglichst elegant loswerden. Und Harald sollte ebenfalls verschwinden.

Jetzt erst fiel ihr Blick auf das kleine Köfferchen, mit dem Harald vergangene Woche angereist war. Es stand vor der Küchentür, nahe der Treppe. Sie ging hin und hob es an. Es war schwer. Also hatte er gepackt. Er wollte abreisen und sie im Stich lassen. Augenblicklich spürte Gudrun ihre Enttäuschung darüber, dass sie und Harald sich in den wenigen Tagen, die sie zusammen verbracht hatten, so fremd geworden waren. Sie verstand nicht, warum er sich von ihr abgewendet hatte. Sie hatte immer geglaubt, dass sie füreinander geschaffen waren, sie hatten sich doch geschrieben und ihrer Liebe versichert. Und die Nacht, als sie miteinander geschlafen hatten – sie war so glücklich gewesen, so befreit, dass sie dieses Gefühl noch einmal erleben durfte. In ihrem Alter. Es war auch beschwerlich gewesen, weil sie beide gebrechliche Körper hatten, aber dann hatte sie eine Befriedigung erlebt, die sie nicht mehr gekannt hatte. Was war danach schiefgelaufen?

Gudrun von Rechlin setzte sich mit einem Glas Leitungswasser auf ihren Stuhl in der Küche und starrte auf das Köfferchen. Harald war hergekommen, weil sie ihn gebraucht hatte. Sie hatte ihm nur gesagt, dass sie den Mann hatte, der sie um ihr Vermögen gebracht hatte. Was genau genommen auch nicht stimmte, denn in Wahrheit hatte Volkmar bereits ihr Vermögen durchgebracht. Dieser Hans Günther Heims hatte ihr lediglich den Todesstoß versetzt. Vielleicht hatte sich Harald falsche Vorstellungen von seiner Aufgabe gemacht, vielleicht hatte er gehofft, dass er schneller zu seinem Anteil kam, aber nun war da eben Julius' Leiche gewesen. Ein Faktor, den sie ihm verschwiegen hatte, aber mit dem sie auch nicht gerechnet hatte. Harald hatte ihr in der Folge deutlich zu spüren gegeben, wie sehr er ihr Tun missbilligte. Und dann war er verschwunden. Jeden Tag ein bisschen länger. Auch jetzt wieder. Sie hätte gerne gewusst, wo er sich die Zeit vertrieb. Schließlich war er hier in der Fremde.

Sie wartete nicht lange auf Harald. Sie hielt es nicht aus, auf ihrem Stuhl zu sitzen und Däumchen zu drehen. Sie musste etwas tun. Die Dinge regeln.

Plötzlich hörte sie unten die Haustür klappen. War das Harald, der von wo auch immer zurückkam?

*

Sein erster Eindruck war doch richtig gewesen. Sie war sein rettender Engel. Zwar war sie nicht das, für was er sie bei ihrer ersten Begegnung gehalten hatte: eine leuchtende ätherische Erscheinung, aber sie war doch sein rettender Engel. Im Moment kniete sie vor ihm und versuchte mit zitternden Händen, den kleinen Schlüssel in das Schloss der Handschellen zu stecken, aber weil sie so ungeduldig war, wollte es ihr nicht gelingen. Er nahm ihr die Schlüssel aus der Hand, aber sie ließ vor Nervosität zu früh los, so dass die Schlüssel auf den Boden fielen und unter die Heizung rutschten.

»Mach schon, verdammt!« Er konnte sich nicht beherrschen. Er war so nah dran, freizukommen, dass er ihre Ungeschicklichkeit und ihre fahrigen Gesten nicht ertragen konnte. Sie war in miserablem Zustand. Offenbar hatte sie eine Auseinandersetzung mit ihrer Mutter gehabt, über die Wange zog sich eine tiefrote Schramme, sie hatte Kratzer am Hals und einen Bluterguss auf dem Wangenknochen. Sie wollte ihm nicht sagen, was passiert war, und auch nicht, wie sie an die Schlüssel gekommen war. Aber es war ihm auch scheißegal, Hauptsache, er kam hier weg.

Sie hatte die Schlüssel vom Boden gefischt und hielt sie ihm hin. In dem Moment öffnete sich die Kellertür. Die Alte stand im Türrahmen und blickte entgeistert zu ihnen hinüber. Er versuchte, Annette die Schlüssel zu entreißen, aber sie hatte sich vor ihn geworfen, als wollte sie ihn vor ihrer Mutter schützen. Die Alte sagte kein Wort, aber sie kam mit unsicheren Schritten näher. In der einen Hand hielt sie einen geknoteten Ledergürtel, in der anderen eine Gartensichel. Noch ehe er begreifen konnte, was sie damit vorhatte, begann Annette aus vollem Hals zu schreien.

*

Stifter beobachtete das Fest aus der Entfernung. Er war auf seine eigene Toilette gegangen, um das Bier, das ihm auf die Blase drückte, loszuwerden. Jetzt stand er neben dem Holunderbusch vor seiner Tür und drehte sich eine Zigarette mit frischem »Schwarzer Krauser«-Tabak. Er warf einen Blick auf das Rasenstück vor dem Grill, dessen Glut noch immer glomm und auf dessen Rost vergessene Fleischstücke lagen, die sich später die Hunde holen würden.

Vroni saß neben ihrem Sohn auf einer Bierbank, und die beiden unterhielten sich mit Georg Thalmeier. Der pubertierende Sohn schien gar nicht zu bemerken, dass er sich an die Schulter seiner Mutter gekuschelt hatte, während er den Erzählungen des alten Bullen folgte. Er sah aus wie ein kleines Kind, stellte Stifter gerührt fest. In ungefähr dem Alter hatte er selbst seinen Vater verloren, und er erinnerte sich, dass er, obwohl er glaubte, schon »groß« zu sein, danach wieder verstärkt die körperliche Nähe seiner Mutter gesucht hatte. Abends hatten sie vor dem Fernseher gesessen, und sie hatte mit ihren Fingernägeln sanft seinen Unterarm gestreichelt. Er hatte davon nie genug bekommen, und er wünschte sich noch heute, dass jemand käme, der ihn auf diese Weise in den Schlaf begleiten würde. Gegenüber von Lukas und Vroni, neben Georg Thalmeier, saß Noah, der sich bemühte, möglichst erwachsen zu wirken. Er hielt sich am Bier fest und rauchte ganz lässig. Zwar war Andreas vorhin vorbeigekommen und hatte seinen Buben ermahnt, nicht über die Stränge zu schlagen, aber er schien auch auf die Gegenwart des Expolizisten zu vertrauen, dass sein Sohn sich nicht hemmungslos dem Alkohol hingab. Die vier an der Bierbank wie auch die anderen im Garten verteilten Grüppchen boten ein friedliches Bild. Der Lärmpegel war deutlich gedämpft, die Hunde tobten nicht mehr, die kleinen Kinder waren nach Hause gebracht worden oder schliefen in den Armen ihrer Eltern, und die Erwachsenen saßen in Gruppen zusammen und unterhielten sich ruhig. Ab und an perlte ein Lachen in die kühle Nachtluft.

Stifter dachte an die Einsamen. Er dachte an Annika. An ihre Kinder, die jetzt vielleicht im Heim waren. An seine Mutter in Hamm, die um diese Uhrzeit bestimmt fest schlief und deren Schnarchen mit dem des Schäferhundes Tilla, der immer neben ihrem Bett schlief, wetteiferte. Und er dachte an Annette von Rechlin. An ihren gequälten Blick und ihre Bitte an ihn: »Helfen Sie mir.«

Stifter überlegte nicht. Er wusste, was er tun musste. Er ging ins Haus der Familie Lanz, nahm den Schlüssel für den Volvo vom Haken und ging zur Einfahrt. Kaum hatte er den Motor angelassen, wurde die Beifahrertür aufgerissen.

»Du hast zu viel getrunken, mach den Motor aus!«

Stifter nahm Thalmeiers Stimme wohl wahr, aber er dachte nicht daran, auf den Alten zu hören. Stattdessen legte er krachend den Rückwärtsgang ein und trat aufs Gas.

»Spinnst du?!«, hörte er den Bayern noch rufen, bevor sich dieser auf den Beifahrersitz schwang und, während Stifter schon durch die Einfahrt rauschte, die Autotür zuzog.

»Himmelherrgottsakrament«, schimpfte er, »wohin willst du denn jetzt? Mitten in der Nacht und besoffen?« Strafend sah sein neuer Freund zu ihm herüber.

Stifter starrte nach vorn durch die Windschutzscheibe und fuhr hochtourig im zweiten Gang.

»Ich hab ein Scheißgefühl«, murmelte er, und Thalmeier nickte nur, als schien er das zu verstehen.

21.

Sie konnten den Lichtschein, der aus der offen stehenden Eingangstür fiel, bereits sehen, noch bevor Stifter den Volvo vor der Garage der Rechlins geparkt und die Handbremse angezogen hatte. Den ganzen Weg über waren sie stumm geblieben. Stifter hatte trotz seines Alkoholpegels den Wagen unfallfrei durch das menschenleere Lohdorf kutschiert, dankbar, dass Thalmeier mit seiner Standpredigt hinterm Berg hielt.

Johannes Stifter drehte den Zündschlüssel im Schloss, und der Motor erstarb. Er machte die Scheinwerfer aus, und die beiden Männer blickten stumm auf die geöffnete Tür der Rechlins.

»Nichts anfassen«, beschied ihm Georg Thalmeier knapp mit rauer Stimme, bevor er die Beifahrertür energisch öffnete. Stifter spürte die Anspannung in seinem Körper, es kribbelte bis in die Zehen, und in dem Moment war er äußerst dankbar, dass er sich in der Begleitung eines erfahrenen Ermittlers befand. Er stieg ebenfalls aus dem Auto und folgte Thalmeier, der das Gartentor mit einem Stofftaschentuch über der Hand öffnete. Sie gingen hintereinander zu der Eingangstür, wobei Thalmeier darauf achtete, dass er sich in deren Schutz befand und der Briefträger tunlichst hinter ihm blieb. Bei der schweren Holztür angekommen, rief Georg Thalmeier laut den Namen der Bewohnerin, aber sie bekamen keine Antwort. Vorsichtig blickte der Alte um die Tür herum, rief erneut und betrat dann das Haus, immer in Deckung mit dem Rücken zur Wand.

Es blieb still, und Stifter glaubte, ihnen beiden sei gleichermaßen klar, dass hier etwas geschehen war – obwohl auf den ersten Blick alle äußeren Anzeichen für ein Gewaltverbrechen, außer der sperrangelweit offenen Tür, fehlten. Keine umgeworfenen Möbel, keine Blutspritzer. Das Haus war ruhig. Das Licht im Treppenflur brannte, aber die Zimmer lagen im Dunkeln.

Das ungleiche Duo tastete sich Raum für Raum durch das untere Stockwerk, rufend und immer darauf bedacht, so wenig Spuren wie möglich zu hinterlassen. Die Räume im Erdgeschoss, Wohnzimmer, Gästezimmer, kleine Toilette, waren bewohnt, aber aufgeräumt, keine Spur davon, dass hier ein Verbrechen stattgefunden haben könnte. Thalmeier, der die Lichtschalter stets mit seinem Taschentuch berührte, achtete darauf, dass sie jeden Raum, den sie inspiziert hatten, so verließen wie vorgefunden, und schaltete jedes Mal wieder das Licht hinter ihnen aus. Das Erdgeschoss hatten sie komplett abgesucht, und Stifter stellte erstaunt fest, dass sein Herz begann, allmählich wieder im normalen Rhythmus zu schlagen, obwohl die Situation objektiv alles andere als beruhigend war. Thalmeier betrat nun vorsichtig die Treppe ins Obergeschoss. Er war wie ein alter Tiger, dachte Stifter plötzlich, während er den Bullen betrachtete, und erinnerte sich daran, dass Thalmeier ihn schon einmal, während der Sache in Germerow, an ein Tier erinnert hatte. Damals war es ein Nilpferd gewesen. Vielleicht hatte es am grauen Strickjanker gelegen. Trotz seiner Leibesfülle und Kurzatmigkeit setzte Thalmeier jetzt seine Füße behände und lautlos auf die hölzernen Stufen, dabei war sein ganzer Körper, den er, mit dem Rücken zur Wand, die Treppe hochschob, angespannt. Stifter war überzeugt, dass der Alte jeden Kampf aufgenommen hätte, wenn der Gegner ihn plötzlich aus dem Hinterhalt angegriffen hätte.

Sie hatten die oberste Treppenstufe erreicht und blickten in die Küche. Dort war ebenfalls das Licht angeschaltet, und sie registrierten stumm die geöffneten Türen eines Oberschrankes. Einige Lebensmittel, die sich darin befunden hatten, wie Zucker und Kaffee, waren über den Boden verstreut, als hätte jemand auf der hastigen Suche nach irgendetwas den Schrank kurzerhand leergefegt.

Stifter öffnete den Mund, um etwas zu sagen, klappte ihn aber wieder zu, als er bemerkte, dass Thalmeier sich mit höchster Konzentration nicht nur umsah, sondern auch in die Stille horchte. Vorsichtig tastete er sich zu einer Tür, die von der Küche weg in einen weiteren Raum führte und nur angelehnt war. Wie sich herausstellte, war dies eine kleine Kammer, die offenbar der alten Rechlin als Schlafzimmer diente. Das Zimmer wirkte ebenso ordentlich wie die Räume im Erdgeschoss, es war also einzig die Küche mit dem ausgeräumten Schrank, der man ansah, dass hier etwas nicht stimmte. Die beiden Männer durchsuchten behutsam die weiteren Räume im Obergeschoss, aber auch hier fand sich keine Spur von Gudrun von Rechlin. Stifter hatte das dringende Bedürfnis, nach nebenan in die Einliegerwohnung zu gehen, schließlich war er wegen der Tochter gekommen, nicht wegen der Mutter, aber Thalmeier widersprach ihm.

»Wir gehen erst noch hier in den Keller und den Garten, dann rüber. Schließlich stand hier die Tür auf.« Stifter fügte sich und folgte dem Alten, der rasch die Treppe hinunterlief. Thalmeier war überzeugt, dass sie keine Zeit verlieren und die Polizei rufen sollten, falls sie die Bewohnerin nicht fänden. Schließlich konnte es auch sein, dass sie in Verwirrung ihr Haus verlassen hatte, möglicherweise war sie dement oder anderweitig krank.

Als Thalmeier die Tür zum Keller einen Spalt geöffnet hatte, stutzte er. Denn auch im Keller brannte helles Licht. Thalmeier holte tief Luft, bevor er vorsichtig die Treppen hinabstieg. Stifter folgte ihm, und nun begann sein Herz wieder, sich galoppierend in Gang zu setzen, er spürte es bis zum Hals hinauf.

Als sie die tote Gudrun von Rechlin im hintersten der Kellerräume fanden, war das für beide Männer keine Überraschung. Trotzdem schloss Stifter sofort die Augen, doch das Bild der kleinen Gestalt, die zusammengekrümmt auf dem Steinboden lag, mit dunkelblau angelaufenem Gesicht und die alten Hände um den Ledergürtel gekrallt, der ihren Hals einschnitt, würde sich für immer auf seiner Netzhaut einbrennen.

Stifter taumelte rückwärts aus dem Kellerraum, er sah aus den Augenwinkeln, dass Thalmeier sein Handy aus der Hosentasche holte, wartete aber nicht ab, dass dieser die Polizei rief. Stattdessen lief er nach Luft schnappend die Treppe hinauf, durchquerte den dunklen Flur und das Wohnzimmer. Er stürzte an die Terrassentür, schob sie auf und holte in der Kühle der sternenklaren Nacht tief Luft. Er fühlte sich, als sei ihm, ebenso wie der Toten, die Kehle abgeschnürt. Schnaufend lief er ein paar Schritte über die Steinplatten der Terrasse zur Rasenkante und konzentrierte sich auf seinen Atem. Er musste seinen Kreislauf wieder unter Kontrolle kriegen. Johannes Stifter atmete tief und langsam. Währenddessen starrte er angestrengt zum Sternenhimmel hinauf und zwang sich, die Sternbilder zu studieren, die er von seinem Vater beigebracht bekommen hatte. Er hörte das Singen eines Nachtvogels, roch die Feuchtigkeit des Gartens und versuchte, das Bild der Toten aus seinem Kopf zu vertreiben. Aber es stand stets wieder ganz plastisch vor seinem geistigen Auge. Jetzt gaben seine Beine nach, und Stifter ließ sich ins nachtfeuchte Gras sinken, bevor ihn die Übelkeit übermannen konnte. Er warf einen Blick zurück ins dunkle Haus, wo er am Ende des Flures das Licht erblickte und ein Stück der Kellertür. Plötzlich wurde sein Blick abgelenkt, und er bemerkte, dass auf der Terrasse, bei der schweren verwitterten Teakholzsitzgruppe, etwas Helles am Boden lag. Er zwang sich, genauer hinzusehen, und erkannte, dass es sich um Schachteln handelte. Auf allen vieren robbte er sich näher, unfähig, auf seinen zwei Beinen zu stehen, und registrierte, dass es sich um Medikamentenschachteln handelte. Neben zwei Pappschachteln lagen die Plastikverpackungen, leer, alle Tabletten waren herausgedrückt worden. Und inmitten der Schachteln glänzte eine helle Glasflasche. Eine Schnapsflasche. Enzian. Jetzt hob Stifter den Blick und bemerkte in der hintersten Ecke der Sitzgruppe die Silhouette eines Menschen, der dort saß. Unbeweglich. Die Arme hingen zur Seite herab, der Kopf war auf die Brust gesunken. Er hatte dieselbe Person schon einmal in dieser Position gefunden.

»Annette?«, fragte er furchtsam in die Stille hinein, wohl wissend, dass es sich um die Tochter der Toten im Keller handelte. Und sie schien nicht lebendiger als ihre Mutter.

*

Er hatte sich keine Beruhigungsspritze geben lassen. Der arme Junge hatte eine gebraucht, der Anblick von Annette hatte ihm den Rest gegeben. Thalmeier hatte Stifters Schrei bis in den Kellerraum gehört und war sofort hinausgestürmt. Stifters Schrei war verebbt, bevor er die Terrasse erreicht hatte, da war der Briefträger schon dabei gewesen, Annette von Rechlin den Puls zu fühlen. Dabei hatten seine Finger so gezittert, dass er kaum dazu in der Lage war. Gemeinsam hatten sie die Frau von ihrem Sitz heruntergezerrt und auf den Boden gelegt. Während Stifter versucht hatte, festzustellen, ob die Frau noch lebte, hatte er erneut die Polizei angerufen und von der veränderten Lage informiert. Die Beamten sollten sich schleunigst mit einem weiteren Notarzt zum Tatort begeben.

Danach war alles Routine. Die Beamten kamen, der Tatort wurde abgesperrt, Annette von Rechlin von den Sanitätern versorgt und in eine Klinik transportiert. Stifter hatte noch auf der Terrasse Erste Hilfe geleistet, nachdem er festgestellt hatte, dass die Frau bewusstlos und nicht tot war.

Jetzt saß der junge Mann mit einer Decke über dem Körper und einem heißen Tee im Sanka, während er, Thalmeier, nahe der Absperrung stand und aufmerksam die Betriebsamkeit der Kollegen verfolgte. Er musste sich nicht beruhigen, ganz im Gegenteil. Er spürte, wie sein Körper vom Adrenalin überschwemmt wurde, und er wusste, dass er dieses Gefühl lange vermisst hatte. Die Anspannung, die ihn überfiel, wenn er an einem frischen Tatort war, das klare Bewusstsein, mit dem er sich alles einprägte, was ihn umgab, alle Eindrücke, die er in seinem auf Hochtouren arbeitenden Gehirn abspeicherte – all das war durch nichts zu ersetzen. Er war ein Bulle, durch und durch. Und es schmerzte ihn zutiefst, dass er von den aufgeregten Lohdorfer Kollegen vor die Absperrung gedrängt wurde wie ein lästiger Zeuge. Aber er hatte nun mal keinen Polizeiausweis mehr, er war und blieb Rentner. Und es wäre ihm zu peinlich gewesen, die jungen Beamten darüber zu belehren, dass er viele Jahre lang Mordkommissionen geleitet hatte.

Georg Thalmeier warf einen Blick auf das flirrende Blaulicht, das die Nacht erhellte. Trotz der nächtlichen Stunde hatten sich schon einige Schaulustige auf der anderen Straßenseite eingefunden, mit hastig übergeworfenen Jacken, die neugierig versuchten, einen Blick auf das Geschehen zu erhaschen. Er kehrte den Blick nach innen und rief ab, was sich ihm eingeprägt hatte. Der Keller, in welchem er die Tote gefunden hatte, war geöffnet gewesen, das Licht hatte gebrannt. Neben der Toten lag eine kleine Sichel auf dem Boden. Außerdem hatten sich ein umgestoßenes Glas, ein kaputter Porzellanteller mit einem Apfelbutzen und ein weißes Handtuch in der Nähe der Heizung befunden. Das Merkwürdigste aber war der Nachttopf. Er stand unter dem Heizkörper und war offensichtlich mit Urin gefüllt. Natürlich deutete auf den ersten Blick alles darauf hin, dass Annette von Rechlin ihre Mutter erwürgt und anschließend versucht hatte, sich das Leben zu nehmen. Für diese einfache Lösung aber war die Szenerie zu skurril. Alles, was sich in dem Kellerraum befand, zeigte an hin, dass sich dort noch jemand befunden hatte, jemand, der in dem Keller lebte. Vegetierte, korrigierte sich Thalmeier im Geiste und dachte an Amstetten. Der- oder diejenige konnte sich befreit haben, hatte seine Peinigerin erwürgt und war geflohen? Und im Anschluss hatte sich Annette aus Angst vor Entdeckung das Leben nehmen wollen? Möglich, aber Thalmeier war auch davon nicht ganz überzeugt. Er glaubte, dass dies nur ein Teil des Puzzles war. Denn es fehlten noch ein paar Figuren: der Alte mit dem kranken

Auge, die Frau, die vor ein paar Tagen hier geklingelt und um Einlass gefleht hatte, und nicht zuletzt die angebliche Leiche in der Schubkarre, die die Jungs zu sehen geglaubt hatten. Thalmeier wurde in seinem Gedankengang abgelenkt, denn in der Gruppe der Schaulustigen erschien eine seltsame Gestalt, vor der die anderen etwas auf Abstand gingen. Es war eine alte Frau. Sie trug eine Kopfbedeckung, wie sie in den vierziger Jahren Mode gewesen war, eine Art Turban oder geknotetes Tuch, das an die Trümmerfrauen erinnerte. Außerdem einen weiten langen Pelzmantel und Springerstiefel. Das Eigentümlichste aber an ihrer Erscheinung war ihr Gesichtsausdruck. Sie sah zum Haus der Rechlins hinüber und lächelte versonnen. Thalmeier stellte seinen Kaffeebecher ab und wollte die Straße überqueren, um die Frau aus der Nähe zu betrachten, da lenkte ihn der Ruf eines der Beamten ab. Dieser hatte die Tür zur Garage geöffnet, war zurückgewichen und hielt sich nun die Hand vor den Mund. Er zeigte aufgeregt in die Garage hinein, bevor er sich ins Gebüsch erbrach.

*

Er musste die Augen schließen, damit er den Fahrstil des Alten ertrug. Der fuhr stockend, mal schlich er im Schritttempo dahin, dann wieder drückte er das Gas durch und jagte den Motor der Schrottkarre in den roten Drehzahlbereich hoch. In den Kurven schlingerte das Gefährt, und der Greis hatte offensichtlich große Mühe, in der Nacht überhaupt etwas zu erkennen. Mit beiden Händen hatte er das Lenkrad umklammert und starrte angestrengt durch die Windschutzscheibe.

Er wusste nicht, wo die Fahrt hingehen sollte. Er verstand auch nicht, warum der Alte ihn mit sich gezerrt und mit den

Handschellen an den Türgriff gesperrt hatte. Wenigstens hatte er ihm eine Unterhose hingeworfen, die er anziehen sollte. Ein altmodisches Feinrippding, das ihm um die Beine schlackerte. Aber er war zu erschöpft, um sich zu wehren. Es war alles zu schnell gegangen, und er hatte es nicht geschafft, die Situation für sich zu nutzen, weil er völlig überfordert war von den Geschehnissen.

Anfangs hatte er Angst gehabt, als der Greis mit ihm sprach. Er hatte aus dem Fenster gesehen, und ihm waren die Augen zugefallen. Immer wieder. Weil er fertig gewesen war. Total im Arsch. Er hatte entsetzlich gefroren, bekleidet nur mit der Unterhose. Allerdings war die Heizung im Mercedes auf die höchste Stufe geschaltet, so dass es bald warm und stickig war. Und stank. Nach altem Menschan. Der Mann roch wie sein Großvater. Nach einer Mischung aus Pisse, Tabak und Wolle.

Ein blaues Autobahnschild huschte vorbei. Sie fuhren nach Österreich. Warum? Er begriff es nicht. Er begriff nicht, was diese alten Menschen von ihm wollten.

22.

Er wurde wach, als die Sonne am höchsten Punkt stand und ihm durch sein Fenster genau ins Gesicht schien. Stifter warf einen Blick auf den Wecker auf dem Fensterbrett. Es war kurz nach zwölf, er hatte nur fünf Stunden geschlafen. Er fühlte sich völlig zerschlagen, hatte höllische Kopfschmerzen und eine pelzige Zunge, aber gleichzeitig wusste er, dass er nicht länger würde liegenbleiben können. Er richtete sich auf, schwang die Beine aus dem Bett und blieb eine Zeitlang so sitzen, den Kopf in die Hände gestützt. Er musste sich kurz orientieren und die Vorgänge Revue passieren lassen. War das wirklich alles geschehen gestern Nacht? Als die Polizisten sie vom Tatort entlassen hatten, war Andreas gekommen, um ihn und Thalmeier abzuholen. Ein paar versprengte Gäste vom Fest hatten noch auf der Lanzschen Wiese gesessen. Während Stifter sich sofort in sein Bett begeben wollte, hatte Thalmeier ihn überredet, sich noch in kleiner Runde zusammenzusetzen. Einen Schnaps zu trinken und vielleicht noch eine Kleinigkeit zu essen. Der Bulle wusste aus Erfahrung, dass es nicht unbedingt gut war, mit solchen traumatischen Erfahrungen alleine fertig zu werden. Sie hatten den anderen, darunter Kyra, Andreas und Vroni erzählt, was geschehen war. Natürlich waren sie nicht ins Detail gegangen, Thalmeier hatte peinlich darauf geachtet, dass nichts an die Öffentlichkeit gelangte, was die Polizeiarbeit erschweren konnte. Er erinnerte sich nicht mehr daran, wie lange sie beisammengesessen hatten. Aber es war bereits hell gewesen, als er in sein Bett gekrochen war. Thalmeier wurde kurzerhand bei Familie Lanz einquartiert.

Stifter reckte sich und hörte seine Gelenke knacken. Dann schlich er zum Gasherd, mahlte eine Portion Espresso und füllte sie in seine Aluminiumkanne. Mit seinem Chef hatte er noch in der Nacht telefoniert und frei bekommen wegen der besonderen Umstände, er würde heute also nicht arbeiten müssen, worüber er sehr dankbar war. Während er dem Rauschen der Gasflamme lauschte, sah er aus dem Fenster und versuchte, in sich hineinzuhören. Stand er wieder da, wo er in Germerow gestanden hatte, als er die Leiche von Micha gefunden hatte? War er keinen Schritt weiter? Warum er? Schon wieder! Das war doch unnormal. Kein Mensch fand innerhalb eines Jahres zwei Leichen, die statistische Wahrscheinlichkeit dafür lag vermutlich bei einer Prozentzahl mit mindestens acht Nullen hinter dem Komma. Der Kaffee brodelte nun in der Kanne, und Stifter zog das Gebräu vom Herd. Er goss sich den gesamten Inhalt in einen Becher, schaufelte ausnahmsweise drei Teelöffel Zucker dazu und ging barfuß und in Boxershorts in die Sonne. Ihn grauste es vor der Aussicht, dass er weiterhin jeden Arbeitstag an der Villa der Rechlins vorbeikommen würde. So würde er immerzu daran erinnert werden. Vielleicht sollte er versuchen, mit einem Kollegen die Tour zu tauschen.

Rubina lief über die Wiese, sie hatte einen großen blauen Müllsack, sammelte Unrat, der vom Fest übriggeblieben war, auf und winkte fröhlich zu ihm herüber. Offenbar hatte ihr niemand gesagt, was in der Nacht geschehen war, und Stifter war dankbar dafür. Er winkte zurück und rief ihr zu, ob sie wisse, ob Thalmeier bereits aufgestanden war. Rubina kam gutgelaunt zu ihm geschlendert.

»Der ist schon weg«, antwortete sie zu Stifters großer Überraschung.

»Wie weg? Nach Hause gefahren?«, erkundigte er sich.

»Nö«, gab das Mädchen zurück. »Wir sollen dich schön grüßen, er kommt nachher noch mal. Er erledigt nur was.«

Stifter nickte und wusste, dass in Thalmeier der Ermittler erwacht war. Zwar hatte er gestern in der Nacht immer wieder betont, dass die Kollegen den Fall bearbeiteten und er damit nichts zu schaffen habe, gleichzeitig hatte er Kyra, Andreas und Vroni alle möglichen Informationen über die beiden Rechlin-Damen und ihr Umfeld gestellt. Mit Sicherheit war er in dem Moment unterwegs zum Tatort. Bei der Erinnerung an das, was sie gestern dort vorgefunden hatten, schauderte Johannes Stifter, und er ließ sich mit seinem Kaffee in den Liegestuhl sinken. Zu gerne hätte er die Erinnerung an das Gesehene verdrängt, andererseits musste er immerzu an Annette von Rechlin denken. »Sie haben ihr das Leben gerettet«, hatte der Arzt zu ihm gesagt. Ein zweifelhaftes Lob. Denn Annette lag im Koma, und keiner wusste, was für ein Leben sie erwartete, wenn sie jemals wieder aufwachen würde. Stifter nahm sich vor, später in der Klinik anzurufen und sich zu erkundigen, wie es ihr ging. Dann schloss er die Augen und spürte die Sonne auf seinem Gesicht. Dunkelrote Muster führten vor seinen geschlossenen Lidern einen satanischen Tanz auf, passend zu den düsteren Gedanken, die er nicht abschütteln konnte.

*

Um die Wettersteinstraße machte er einen Bogen. Obwohl er nur allzu gerne einen Blick auf die Villa geworfen und mit den Kollegen gesprochen hätte. Mit Sicherheit war der KDD vor Ort. Oder schon die Kripo. Zwei Leichen und eine Schwerverletzte, eventuell eine suizidale Täterin – da war die Mordkommission vermutlich schon da. Vielleicht hätte er Glück gehabt und wäre auf einen früheren Kollegen gestoßen. An diesem Punkt musste sich Thalmeier allerdings eingestehen, dass nicht jeder frühere Kollege über ein Zusammentreffen mit ihm erfreut gewesen wäre. Er hatte viele vor den Kopf gestoßen. Damals, in seiner schlimmen Zeit, bevor er in den Osten gegangen war. Das war schließlich auch ein Grund gewesen, die Ettstraße zu verlassen. Nein, sagte sich Thalmeier, es war schon besser, sich zum jetzigen Zeitpunkt nicht blicken zu lassen. Es wäre ihm als Schnüffelei ausgelegt worden, und wenn er ehrlich war, musste er sich eingestehen, dass genau das auch zutraf. Er kam sich vor wie ein Schnüffler. Ein alter Privatschnüffler.

Er stand nun vor dem Gelände an der Pestalozzistraße, wo die seltsame Frau mit dem Turban wohnen sollte, laut Kyra. Edeltraud. Ihren Nachnamen kannte keiner, und der stand auch nicht auf dem verwitterten Klingelschild.

Kurzerhand öffnete Thalmeier die Gartentür und nahm Kurs auf die Fachwerkvilla. Sie sah nicht sehr wohnlich aus, einige Fensterscheiben waren zerbrochen und mit Pappe notdürftig abgedeckt. Der Putz bröckelte von der Hausmauer, und die Balken des Fachwerks hätten einer dringenden Behandlung bedurft, sie sahen morsch und splittrig aus. Thalmeier setzte vorsichtig einen Fuß vor den anderen und registrierte dabei genauestens seine Umgebung. Kyra hatte ihm erzählt, dass Edeltraud eine Art Unikum war. Jeder in Lohdorf kannte sie, aber kaum einer wusste wirklich etwas über sie. Die Gemeinde hatte mehrere Anläufe genommen, sie zu einem Aufenthalt im Heim zu bewegen oder ihr wenigstens eine Pflegerin an die Seite zu stellen, aber sie hatte jede Veränderung und Hilfe abgelehnt. Es wurde erzählt, dass sie Verwandte in den USA habe, die über einen Treuhandfonds für die anfallenden Kosten wie Grundsteuer aufkamen, ansonsten sich aber nicht um die Greisin kümmerten. Die Haustür öffnete sich, und Thalmeier blieb sofort stehen. Er hatte gerade mal die Hälfte des Weges vom Zaun bis zum Haus zurückgelegt, und ihm war völlig klar, dass er unerlaubt eingedrungen war. Deshalb hob er nun auch beschwichtigend beide Hände, als die »Edeltraud« genannte Frau auf ihre Schwelle trat. Sie machte abwehrende Handbewegungen, als sei Thalmeier ein lästiges Ungeziefer, das sie verscheuchen wollte. Sie trug weder den Nerzmantel noch den Turban, aber die Stiefel, die ihm schon gestern Nacht aufgefallen waren, trug sie an den Füßen. Es waren keine Springerstiefel, das sah er jetzt. Es waren uralte Soldatenstiefel.

»Ich will nur etwas fragen«, rief er, nun beide Hände erhoben.

»Ich verkaufe nicht!«, rief die Frau zurück.

Thalmeier ließ die Hände sinken und tat einen Schritt vorwärts. Dabei schüttelte er den Kopf.

»Ich will nichts kaufen«, beeilte er sich zu sagen. »Ich will Sie etwas fragen. Über Gudrun von Rechlin.«

Die Frau verschränkte nun die Arme vor der Brust, aber Thalmeier konnte an ihrer Körperhaltung ablesen, dass sie überrascht war. Er traute sich noch ein paar Schritte weiter.

»Darf ich?«, fragte er und zeigte auf den Weg vor sich. Da die Frau auf sein Ansinnen nicht reagierte, machte er weitere vorsichtige Schritte. Die Frau wich leicht zurück, Thalmeier blieb stehen.

»Bitte. Ich möchte nur etwas über sie wissen. Dann bin ich wieder weg.«

Die Frau griff nach der Klinke, zögerte aber.

Thalmeier machte einen weiteren Vorstoß. »Sie kennen sie doch, Frau von Rechlin?«

Edeltraud nickte zag. Sie fixierte Thalmeier, und allmählich war er so nah, dass er den Ausdruck in ihren Augen lesen konnte. Es lagen nicht nur Furcht und Ablehnung darin, sondern auch Neugier. Das motivierte ihn schließlich, auch die restlichen fünf Meter zurückzulegen.

»Entschuldigen Sie bitte mein Eindringen«, beeilte er sich zu sagen, »aber ich habe Sie gestern Nacht gesehen.«

Die Frau vor ihm nickte. Thalmeier war überrascht, als er ihr Gesicht von nahem sah. Sie war eine Schönheit. Verwittert wie ihre Villa, aber unzweifelhaft war sie in früheren Jahren eine überaus attraktive Frau gewesen. Sie hatte tiefdunkle Augen, eine lange schmale Nase mit einem leichten Buckel und hohe Wangenknochen. Obwohl ihr Gesicht von einer Unzahl feinster Falten durchzogen war, erkannte er, dass ihr Mund einst voll und geschwungen gewesen sein musste, wie von Modigliani gemalt. Sie wirkte wie eine Tänzerin, trotz ihrer Verwahrlosung bewahrte sie Haltung und Grazie. Thalmeier stellte sich vor, was die Frau mit der Andeutung eines Nickens aufnahm.

»Sie wissen, dass Gudrun von Rechlin gestern tot aufgefunden wurde«, begann er das Gespräch und beobachtete sie genau. Wieder zeigte sich in ihren Mundwinkeln ein feines Lächeln, so, wie er es bereits gestern Nacht am Tatort bemerkt hatte.

»Sie kannten sie?«

Edeltraud nickte erneut. Offenbar wollte sie sich nicht weiter einlassen.

»Ich suche jemanden, der in letzter Zeit bei ihr gewohnt hat«, fuhr Georg Thalmeier fort.

Und zum ersten Mal kam Bewegung in die Frau vor ihm. Ihr bislang so verschlossenes Gesicht öffnete sich mit einem breiten Lächeln, und ihre Augen strahlten.

»Amor«, gab sie zurück und nickte.

Thalmeier war perplex. Wie ein Amor hatte der steinalte Mann mit dem blinden Auge nicht auf ihn gewirkt, aber offenbar gab es hier eine Geschichte zu ihm.

»Können wir reingehen?«, fragte er, und tatsächlich öffnete sie ihm die Tür.

Thalmeier zögerte kurz, doch dann trat er über die hölzerne Schwelle von Edeltrauds Reich.

*

»Schau dir das an!« Der Alte zerrte ihn aus dem Auto. Sie waren im Nirgendwo. Zwar hatte er registriert, dass sie über die ungarische Grenze gefahren waren, ab da lauter Schilder mit ööö, obwohl das hier nirgendwo war, eine Mondlandschaft. Der Greis hatte ihn aus dem Auto gezogen und ihn wie Dreck am Straßenrand abgelegt. Er war zu k. o., um sich zu wehren. Er hätte den Alten treten können, zu Fall bringen, fertig machen, aber er war am Ende. Er wollte nur noch, dass das alles vorbei war. Er wollte schlafen, in Ruhe gelassen werden.

»Schau dich um! Schau hin, schau!« Der alte Mann war ganz seltsam außer sich, als er mit seinen irre langen Armen schlenkerte. Offenbar wollte er ihm etwas zeigen, aber da gab es nichts zu sehen. Eine tote und kaputte Landschaft. Abgestorbene Bäume, verkarstete Wiesen, einen eigenartig schlammigen Fluss, ganz rot. Kein Vogel war zu sehen, nichts regte sich in dieser toten Landschaft. Es erinnerte ihn an die Bilder von Tschernobyl. Er erkannte in einiger Entfernung einen Bauernhof, aber auch der schien verlassen und nicht bewirtschaftet zu sein. Selbst der Himmel war seltsam bleiern und verschleierte die Sonne, die ihr diffuses Licht auf die rötlich verbrannte Erde schickte.

Er streckte sich aus, das trockene Gras mit der eigenartigen Kupferfarbe stach in seinen Rücken, aber er war zu Tode erschöpft.

Nun beugte sich der Greis zu ihm herab und öffnete ihm die Handschellen. »Denk darüber nach«, sagte er zu ihm und schob dabei sein Gesicht ganz nah über seines.

Er starrte in das hellblau verschleierte starre Auge. Der Mann roch säuerlich aus dem Mund. Er hätte die weißen Bartstoppeln zählen können, so nah war der Zyklop vor ihm.

»Ich lasse dich am Leben.« Der Alte machte eine Pause und musterte ihn intensiv.

Er empfand keine Angst mehr. Er lag am Boden und empfand gar nichts mehr.

»Übe Demut.« Sprach das Gesicht zu ihm. Dann erhob sich der Alte wieder, ging zur Fahrerseite, stieg ein, startete und fuhr davon.

Er lag am Straßenrand und ließ sich in die Böschung rollen. Dort lag er, nackt, nur mit der Unterhose des alten Mannes bekleidet, und zog die Knie an den Körper. Er schloss die Augen und wollte schlafen. Aber die Bilder kehrten zurück, die Bilder aus dem Keller. Die Alte, die in der Tür gestanden hatte. Annette, wie erstarrt. Er, der unfähig war zu reagieren.

Es hatte vielleicht eine oder zwei Sekunden gedauert, dann waren die Frauen aufeinander losgegangen, es war widerlich gewesen. Er hatte sich daraufhin gezwungen, den Schlüssel für die Handschellen zu suchen, auch, damit er von dem unwürdigen Kampf nichts mitbekam. Sie waren mit einer Wucht und einem Hass übereinander hergefallen, der darauf schließen ließ, dass sie nur darauf gewartet hatten, sich zu vernichten. Panisch hatte er alles abgesucht, aber dann bemerkt, dass die Schlüssel außerhalb seiner Reichweite an eine Wand gerutscht waren. Die Alte hatte gellend aufgeschrien und versucht, ihre Tochter mit der Sichel zu treffen, als die Kellertür erneut aufgegangen und der Greis hereingekommen war. Es hatte keine zwei Minuten gedauert, da hatte er kurzen Prozess gemacht. Trotz seines Alters musste er die Kraft eines Bären haben, denn er hatte der zähen Alten binnen kurzem mit dem Gürtel die Luft abgeschnürt. Er selbst hatte weggesehen. Er hatte nicht ertragen, den Todeskampf mit anzusehen. Wieder ein Todeskampf! Denn er hatte den anderen alten Mann noch nicht vergessen, wie dieser würgend und zitternd vor ihm gelegen hatte, den Körper in Krämpfen gewunden. Es war ihm unendlich vorgekommen, bis die Zuckungen schließlich aufgehört hatten und der Mann mit Schaum vor dem Mund und blau angelaufen vor ihm gelegen hatte. Ein schrecklicher Tod, ein langer Kampf. Nun hörte er das heisere Röcheln der Alten und den stoßweisen Atem der Tochter, die vor Angst an die Wand gerobbt war. Da war alle Kraft aus ihm gewichen, vergessen waren sein Stolz auf seine Kraft, sein Hochgefühl darüber, dass er bald frei sein würde. Er hatte das Geräusch gehört, mit dem der tote Körper der alten Frau zu Boden gefallen war, und er hatte sich so schwach wie nie zuvor in seinem Leben gefühlt. Er war völlig willenlos gewesen, als der alte Zyklop die Schlüssel aufgehoben und die Handschellen von der Heizung gelöst hatte. Wie ein Lamm zur Schlachtbank war er dem Alten gefolgt, nackt, aus dem Keller hinaus, mit zittrigen Knien. Keinen Blick mehr hatte er Annette gegönnt, er hätte ihren Anblick nicht ertragen. Dann waren sie zu dem alten Benz gegangen, der vor der Garage geparkt war, der Alte hatte ihn auf den Beifahrersitz geschoben, und nun lag er hier in der toten Fremde ohne jeden Schutz.

Zwei Wochen danach

Zyankali, hatten die Beamten ihr gesagt. Das hätte die Obduktion ergeben. Er hatte die Kapsel im Mund zerbissen. Die Verpackung dazu hatte sich in seiner Hosentasche befunden. Angesichts des Zustands der Leiche – sie war weitgehend zersetzt, denn jemand hatte den im Auto befindlichen Leichnam ihres Mannes mit Kalk bestreut – ließ sich der genaue Todeszeitpunkt und -ort nicht mehr bestimmen.

Beate Klinger ballte die Hände zu Fäusten. Sie saß allein am Tisch ihrer kleinen Küche, vor sich die Kaffeetassen und den Gebäckteller, den sie für die Beamten hingestellt hatte. Sie hatte sich beherrschen können, hatte sich ahnungslos gestellt und überrascht. Aber nun wurde sie übermannt von der Anspannung der vergangenen Wochen, der Einsamkeit und der Angst, was die Zukunft bringen würde. Dann kam das Bewusstsein hinzu, dass sie ihrem Mann Unrecht getan hatte. Sie hatte ihn aus ihrem Leben verbannt, weil sie ihn für einen kaltherzigen Menschen gehalten hatte, der aus materiellen Gründen einem anderen die Freiheit genommen hatte. Aber nun stellte sich heraus, dass er daran zerbrochen war. Sie schlug mit den Fäusten auf den Tisch. Kräftig, einmal, zweimal. Sie heulte laut auf, konnte sich nicht mehr kontrollieren. Immer wieder sausten ihre Fäuste auf den Tisch, und sie schrie und heulte, das Geschirr klirrte, und Klaus kam aus seinem Zimmer und war starr vor Schock, als er seine Mutter so sah.

*

Hans Günther Heims sprach nicht mehr, seit er in Ungarn von der Polizei aufgegriffen worden war. Es hatte einige Tage gedauert, bis man ihn identifizieren konnte und nach Deutschland überstellte. Dort war er in stationärer psychologischer Betreuung, aber er tat nichts weiter, als zu meditieren und Kraftübungen zu machen. Demnächst würde er auf eigenen Wunsch entlassen werden. Er gab keine Auskunft darüber, wo er sich in der Zwischenzeit befunden hatte und wie er nach Ungarn gekommen war, mit nichts als einer Unterhose bekleidet. Eine Verbindung zum Doppelmord von Lohdorf gab es ohne Zweifel, aber die Polizei arbeitete noch an dem schwierigen Fall, eine Aufklärung war nicht in Sicht. Es schien, als sei der Mann ebenso verschwunden, wie er aufgetaucht war – ohne dass es jemanden interessiert hätte.

*

Er zog die Handbremse des Mietwagens an. Endlich hatte er den Hof gefunden. Georg Thalmeier war seit einer Woche unterwegs, seit vier Tagen in dem Gebiet, das vor einem Jahr nach dem Dammbruch von Kolontár vom Rotschlamm überflutet worden war. Das war der einzige Hinweis auf Amor gewesen, den Edeltraud ihm hatte geben können. Sie kannte nicht seinen Namen, sie wusste nicht, wo in Ungarn er lebte, aber sie erinnerte sich daran, dass er davon erzählt hatte. Ihre Erinnerungen waren wirr, aber voller Sehnsucht und Liebe gewesen, und Thalmeier hatte immerhin verstanden, dass sie und dieser alte Mann sich nach dem Krieg kennengelernt hatten. Er war aus russischer Kriegsgefangenschaft gekommen und hatte bei ihr Unterschlupf gesucht, weil Gudrun von Rechlin ihn abgewiesen hatte. Er war gegangen und gekommen, zuletzt in der Nacht vor dem Mord an Gudrun von Rechlin.

Thalmeier betrachtete den ärmlichen Bauernhof von der Straße aus. Ein niedriges Haupthaus mit einer Scheune zur Linken und einem Stall zur Rechten. Hühner staksten auf dem Hof umher. Eine alte Frau, in Schwarz gekleidet, fegte den Hof mit einem Reisigbesen, dabei schimpfte sie mit den Hühnern und verjagte sie. Und mittendrin stand der dunkelblaue alte Mercedes. Thalmeier war sicher, dass er ihn gefunden hatte. Er stieg aus dem Wagen und ging mit gemischten Gefühlen auf den Hof zu. Was wollte er dort? Eine Bestätigung für seine Theorie? Er hatte mit niemandem darüber geredet, weder mit den Kollegen noch mit Stifter. Er wollte das Phantom, das ihm nur einmal flüchtig begegnet war, einfach nur finden. Dann mit dem Mann reden und sich ein Bild machen.

Die Frau auf dem Hof hatte ihn bereits bemerkt und kam ihm mit fragendem Gesichtsausdruck entgegen. Aber sie schien nicht abweisend zu sein, im Gegenteil, nachdem Thalmeier sich höflich auf Deutsch vorgestellt hatte, nahm sie ihn an der Hand. Sie sprach seine Sprache offensichtlich nicht, aber es schien, als hätte sie ihn verstanden, denn nun zog sie ihn, unaufhörlich ungarisch redend, ins Haus. Es hörte sich an, als klagte sie, und als sie die Tür zu einer Kammer öffnete, die von dem niedrigen kleinen Flur wegführte, wusste Georg Thalmeier auch, warum. Das kleine Zimmer war ohne elektrisches Licht, aber unzählige Kerzen erhellten flackernd die Szenerie. Thalmeier hörte zuerst, bevor er sah. Er hörte lautes Wehklagen und Jammern und geleierte Gebete in einer fremden Sprache. Die Frau neben ihm brach in lautes Schluchzen aus und deutete auf den Leichnam, der in der Mitte des Raumes aufgebahrt war. Er trug einen alten schwarzen Anzug, der ihm an den Armen und Beinen zu kurz war, sein Gesicht war unnatürlich wächsern, aber Georg Thalmeier erkannte ohne Zweifel den alten Mann, der aus dem Mercedes heraus in Lohdorf nach dem Weg in die Wettersteinstraße gefragt hatte.

*

Der Tourwechsel würde erst zum ersten November erfolgen können, und so musste Stifter seine Route noch immer in der Chamissostraße beginnen. Schon von weitem sah er den älteren Golf vor dem Haus der Regmeiers parken und konnte es sich, während er die Post bei den Nachbarn verteilte, nicht verkneifen, immer wieder zum Grundstück zu blicken. Ein Schild stand im Garten, der noch immer eine Erdwüste war: »Zu verkaufen.« Stifter war betreten. Er hatte jüngst von der Verkäuferin in der Bäckerei am Novalisplatz erfahren, dass Herr Regmeier bei dem Konzern angestellt war, der in naher Zukunft seinen Sitz in Bayern aufgeben und 3000 Stellen streichen würde. Nun öffnete sich die Haustür, und ein älterer Herr trat aus dem Haus der Regmeiers. Er trug schwer an zwei Koffern. Hinter ihm folgte eine Frau im gleichen Alter, die einen der kleinen Regmeier-Buben auf dem Arm hatte. Frau Regmeier folgte ihr mit dem zweiten. Als die kleine Truppe das Auto erreicht hatte, verstaute der Opa, denn das waren unverkennbar die Eltern der jungen Frau, die Koffer umständlich im Wagen, während Frau Regmeier und ihre Mutter sich bemühten, die Jungs auf die Kindersitze zu zwängen. Stifter rollte näher heran. Frau Regmeier bemerkte ihn und lächelte ihm leicht zu, aber er konnte sehen, dass ihre Augen verweint waren. Ihre Mutter strich ihr mit einer flüchtigen, aber fürsorglichen Geste über die Wange und sagte etwas zu ihrer Tochter. Die warf einen letzten Blick auf den modernen Wohnkubus, schluckte tapfer und nahm zwischen den Kindersitzen Platz. Dann fuhr der vollgestopfte Golf mit rauchendem Auspuff davon, und Stifter spürte, dass ihm weh ums Herz wurde. So verzweifelt die Lage der Regmeiers anscheinend war, so sehr berührte ihn die tiefe Verbundenheit zwischen Eltern und Kindern und Kindeskindern. Die Sicherheit, die Familie geben konnte. Konnte, nicht musste, wie sich bei den Rechlins gezeigt hatte. Annette war an ihrer Familie zerbrochen. Sie hatte ihren Selbstmordversuch überlebt und war noch immer in der Klinik. Stifter hatte sich vorgenommen, sie zu besuchen, sobald das möglich war. Er hatte viel an sie gedacht, an ihre Einsamkeit. Und ihre Verzweiflung. Und er hatte Angst davor bekommen, einsam zu werden. Einsam alt zu werden.

Er steckte die Post, die er in der Hand hielt, in den Briefkasten »Göteborg«, einen silbernen Metallkasten mit abgerundetem Deckel, der gefährlich scharfe Kanten hatte, und beschloss, seine Tour zu unterbrechen. Er trat in die Pedale und bog zweimal ab. Erst in der Holländischen, Ecke Emmentaler bremste er. Noch auf dem Sattel sitzend, klingelte er an dem sympathischen Hexenhäuschen und hoffte, dass sie da sein würde. Tatsächlich öffnete Vroni die Tür. Sie war überrascht, als sie ihn erkannte. Aber als Stifter sie fragte, ob sie am Abend schon etwas vorhatte, lächelte sie.

Dank

Ich danke Hannah und Alexander Hagelüken für die Informationen zu einem Thema, über das ich rein gar nichts wusste: Geldgeschäfte.

ELSEBETH EGHOLM
Rachlust
Dicte Svendsen ermittelt
Kriminalroman
439 Seiten
ISBN 978-3-7466-2767-0
Auch als E-Book erhältlich

Blutige Rache für geschändete Seelen

Zwei nahezu gleichzeitige Bombenanschläge im Herzen von Århus geben Rätsel auf. Nur knapp entgehen Dicte Svendsen und ihre beste Freundin dem Attentat. War es wirklich gegen die umstrittene Bürgermeisterkandidatin der Stadt gerichtet? Erneut sieht sich die Journalistin in einen Mordfall verwickelt, der schon bald machtvolle Interessen offenlegt. Noch dazu führen die ersten Ermittlungen zu Svendsens erst kürzlich aus der Haft entlassenen Sohn und in eine Vergangenheit, mit der sie eigentlich gehofft hatte, abgeschlossen zu haben.

»Dänemarks ungekrönte Krimikönigin.« JYDSKE VESTKYSTEN

»Egholm weiß, wie man fesselnde Stories schreibt.« EKSTRA BLADET

Mehr Informationen erhalten Sie unter www.aufbau-verlag.de
oder in Ihrer Buchhandlung

atb aufbau taschenbuch